日本战后左翼文学研究

刘玮莹 著

九州出版社 JIUZHOUPRESS | 全国百佳图书出版单位

图书在版编目（CIP）数据

日本战后左翼文学研究/刘玮莹著 . --北京：

九州出版社，2022.5

ISBN 978-7-5225-0902-0

Ⅰ.①日… Ⅱ.①刘… Ⅲ.①日本文学-左翼文化运动-文学研究

Ⅳ.①I313.06

中国版本图书馆 CIP 数据核字（2022）第 063529 号

日本战后左翼文学研究

作　　者	刘玮莹　著
责任编辑	肖润楷
出版发行	九州出版社
地　　址	北京市西城区阜外大街甲 35 号(100037)
发行电话	(010)68992190/3/5/6
网　　址	www.jiuzhoupress.com
印　　刷	北京九州迅驰传媒文化有限公司
开　　本	720 毫米×1020 毫米 16 开
印　　张	16
字　　数	230 千字
版　　次	2022 年 5 月第 1 版
印　　次	2022 年 5 月第 1 次印刷
书　　号	ISBN 978-7-5225-0902-0
定　　价	58.00 元

　　资助项目：本书获得了湖北省社科基金一般项目（后期资助项目）"日本战后左翼文学研究"（项目批号：2020228）、武汉工程大学校内科学研究基金项目"日本反战文学左翼思想研究"（项目批号：K201927）以及武汉工程大学翻译跨学科研究中心的出版资助。

序

　　刘玮莹是武汉工程大学外语学院的一名年轻教师,也是我的学生。刘君自 2014 年入学博士课程以后,在我的影响之下,将研究选题定为日本战后左翼文学。这个选题有其复杂性和特殊性。首先,它不是对单个作品或单个作家的研究,而是对由不同作家所创作的作品群的研究。因而这个选题需要研究者具备宏观的逻辑架构能力以及复合型的理论研究视角。其次,日本战后左翼文学是发生在 1945 年至 20 世纪 90 年代前半段这一特殊历史时期的左翼文学。它既有对文学艺术的痴心追求,也有对社会现实的深切关怀。因此,这个选题需要研究者在运用文学理论对作品进行文本阐释的基础上,还要结合当时的历史背景,对作品所反映出来的社会现实进行深刻的洞察。

　　刘君的本科和硕士均毕业于武汉大学日语语言文学专业,硕士阶段开始就对日本文学研究抱有浓厚兴趣;尤其擅于从社会历史的视角来解读文学作品。从博士期间的日常上课和学术讨论的过程中,我看出其为人认真踏实、勤于思考。因此,我认为刘君不管是在专业功底还是研究态度上,都适合从事这项研究工作。事实也不出所望,刘君在这个选题上交出了一份令为师较为满意的答卷:不仅顺利拿到了华中师范大学比较文学与世界文学专业的博士学位,还获得了湖北省社科基金的后期资助项目。

　　日本是一个资本主义国家,其意识形态是为资本主义的经济发展和资产阶级的政治统治服务的。以文学为代表的艺术创作也在无形或有形之中受到了资本主义意识形态的控制和影响。二战期间,日本实行严格的言论管控,任何反战乃至左翼言论都遭到了禁止。对于具有左翼思想的人士,政府则会采取禁言、审讯、拘监等高压手段胁迫他们"转向"。在这样的舆论环境之下,日本的左翼文学创作几乎处于停滞的状态。二战结束以后,多数刊物和报纸也仍都不肯刊登具有左翼思想倾向的文学作品或是相关的评论文章。日本战后左翼文学就是在这样艰难的社会环境中发展起来的。研究日本战后左翼文学,有利于我们更深入地把握日本战后的社会现实,以及马克思主义思想在战后日本的传播和发展,同时,日本战后左翼文学作为世界左翼文学的一部分,其所蕴含的艺术思想和创作手法也是值得探讨和研究的。

刘君撰写的这部《日本战后左翼文学研究》,是国内首部对日本战后左翼文学进行整体性、系统性研究的著作。它一方面推动了我国对日本左翼文学的研究,另一方面也为日本的左翼文学研究提供了多元语境的观照。具体来说,该书的特色主要表现在以下几个方面:

第一,在研究思路上,该书依据日本战后出现的左翼运动将日本战后左翼文学分为民主主义题材、战争体验题材、美军基地题材、党内生活题材、学生运动题材五个类别,梳理了其中的战败书写、军营书写、基地书写、日共书写和学运书写,考察了作品对于日本社会现实以及民族精神思想的呈现和反思。

第二,在研究对象上,该书从知识考古学的角度对"左翼""左翼文学"进行了词语溯源,在此基础上对何谓"左翼"、何谓"左翼文学"进行了再思考和再定义。刘君认为,批判性的态度和平等性的诉求是左翼的定义性特征。那么,左翼文学就是以实现平等诉求为目标,具有批判意识的文学。对研究对象所涉及的核心概念进行界定是研究工作中至为关键的一环,它不仅可以帮助研究者圈定具体的写作范围,化大为小,化虚为实,还可以强化审题,照亮研究的核心观点。但这一点往往会被研究者忽略,刘君在著述的开头对核心概念进行界定是十分重要的。

第三,在批评方法上,该书运用马克思主义、后殖民主义、存在主义、女性主义、叙事学等多种理论批评方法对日本战后左翼文学的思想内涵和艺术创作方法进行了系统评介,深入浅出地将理论融合于文本阐释,兼具历史视野、现实关怀和理论洞察。

总之,刘君的专著《日本战后左翼文学研究》是一部内容充实、结构严谨、方法创新的作品。它让我们完全有理由把它看成我国日本左翼文学研究方面能与同领域国际前沿对话的新成果。希望刘君的这部著作能早日出版问世,借此与业内同行共同探讨、切磋。同时也希望刘君能戒骄戒躁,继续潜心做自己的学问,争取更多的学术成果。

李俄宪

2021 年 12 月于桂子山华中师范大学

目 录

绪 论　　1

第一章　民主解放题材左翼文学　　19
　　第一节　战争伤痛与工农斗争　　23
　　第二节　战争反思与民主思想启蒙　　34
　　第三节　启蒙话语的建构　　57

第二章　战争体验题材左翼文学　　67
　　第一节　军营体验与加害行为　　70
　　第二节　左翼立场与反战思想　　87
　　第三节　宏大叙事背景下的个体化表达　　104

第三章　美军基地题材左翼文学　　115
　　第一节　受害事实与反抗斗争　　119
　　第二节　政治批判和主体性反思　　131
　　第三节　主体性叙事策略及其审美特征　　148

第四章　党内生活题材左翼文学　　157
　　第一节　日本战后共产党的发展困境　　160
　　第二节　日本新左翼思想的表达　　169
　　第三节　日本左翼新写实主义的发展　　179

第五章　学生运动题材左翼文学　**193**

　　第一节　革命青春的激荡与破灭　196

　　第二节　现代性反思与左翼抵抗　205

　　第三节　唤醒集体记忆的叙事策略　214

结　语　**223**

参考文献　**229**

绪　论

李俄宪在《社会文学：日本左翼文学的滥觞》中指出："日本左翼文学是一个所指比较宽泛的概念，在日本研究界很少直接使用，一般称之为左翼文学运动，有时也在描述和概括日本左翼文学现象、左翼作家时使用'日本左翼文艺家总联合''左翼文艺家联盟'等称呼。"不过，"日本左翼文学"虽然在概念称呼上很少被直接使用，但并不表示与这一概念对应的文学作品在日本不存在。日本共产党于1922年就在日本成立，虽然它的发展经历了艰难反复的历程，但是在二战结束后日本共产党终于获得了合法的政党地位，并一直存续至今。而与左派事业息息相关的"日本左翼文学"，它的命运与日本共产党一样，虽然经历了艰难反复的历程，至今却仍然在日本社会中涌动推进。对于日本左翼文学，李俄宪认为它"是指日本明治维新开始一直到二战以后的包括社会文学、社会主义文学、第四阶级文学、马克思主义文学、无产阶级文学、社会主义现实主义文学等等在内的所有左翼文学创作"①。李俄宪从思想资源的角度对日本左翼文学进行了类别划分。而如果从时间阶段上来看的话，还可以将日本左翼文学划分为日本战前左翼文学和日本战后左翼文学。

战前，日本左翼文学主要表现为无产阶级文学的形式。它出现于20世纪20年代初，以《播种人》杂志1921年10月在东京重新创刊为标志。1928年，全日本无产者艺术联盟（简称"纳普"）的成立标志着日本无产阶级文学的成熟，至30年代初无产阶级文学在日本文坛上占据着主流地位。

---

① 李俄宪. 社会文学：日本左翼文学的滥觞 [J]. 外国文学研究，2010，(6)：15.

日本著名文艺评论家吉田精一在回顾当时的情况时说："在昭和初期，马克思主义给予青年知识界的影响是很深的。至少在关心文学的人中，即使没有到信仰的地步，也可以说没有一个不是受过它的感染的。左翼青年已占了压倒的多数。"① 然而，1931 年开始，日本帝国主义发动了对中国的侵略战争，无产阶级文学运动及其统一战线遭受了空前残酷的镇压。1933 年，日本无产阶级文学的领军人物小林多喜二遇害。1934 年，日本共产党的部分领导者发表转向声明。许多无产阶级文学家也纷纷转向或转入地下，日本无产阶级文学运动至此瓦解。

二战战败之后，战争消耗了日本国内大量的人力和物资，日本国民面临着生产停滞、物资匮乏、物价高涨、生活困难的局面。不仅如此，对于刚刚接到战败消息的大多数日本国民来说，他们在感情上是复杂的，在思想上是混乱和迷茫的。于是，一批从战时军国主义天皇制重压之下解放出来的马克思主义者、社会主义者以及自由主义者，发起了民主主义运动，倡导推行政治体制的非军事化、民主化，以彻底消灭法西斯军国主义，并鼓舞民众重拾信心，展开战后重建。随着民主主义运动的兴起，宫本百合子、藏原惟人、中野重治、德永直、壶井繁治、秋田雨雀、江口涣等战前无产阶级文学运动的代表人物也再度活跃起来，他们成立了新日本文学学会，发行刊物《新日本文学》，试图以文学的形式实现民众思想意识的民主化，唤醒他们早日从战争的废墟中走出来。这样，二战结束以后，日本左翼文学在战前日本无产阶级文学的基础上，以民主主义文学的名义复苏。之后，伴随着日本 55 年政党体制的形成，反战运动、安保斗争、新左翼运动、全共斗学潮等左翼运动风起云涌，日本文坛相继诞生了很多与这些左翼运动相关的左翼文学作品。

从 20 世纪 20 年代日本无产阶级文学诞生之初至二战结束，日本国民的言论自由一直受到法西斯当局的严酷压禁。二战结束之后，日本的社会舆论也一直处在资本主义主流意识形态的控制之下。因此，无论是在战前还是战后，日本的左翼文学都是在极其艰难的环境中形成和发展起来的。加

---

① 吉田精一. 现代日本文学史［M］. 齐干译. 上海：上海人民出版社，1976：122.

强对日本左翼文学的研究，有利于提升日本国内外对左翼文学的重视和保护。另一方面，相较于日本战后左翼文学而言，战前日本无产阶级文学的特征变化较为单一，并且日本国内外已经对其进行了大量深入的研究，有了较为成熟的论著。而关于日本战后左翼文学的研究却成果匮乏。鉴于此，本书将主要研究对象限定为日本战后左翼文学。在展开论述之前，首先需要界定基本关键词，梳理先行研究，并对本论的研究方法、研究思路进行介绍。

一、三个关键词

黑格尔曾经明确说过要从事某一研究，首要问题是必须弄清楚研究对象究竟是什么。因此，当试图对日本战后左翼文学进行研究时，首先必须对左翼、左翼文学以及日本战后左翼文学等研究对象做出相应的解释与说明，以此夯实研究的学理基础。

（一）左翼

《辞海》对"左翼"的起源是这样描述的："法国大革命初期，1789 年 5 月，国王召开三级会议，贵族与僧侣坐在右边，第三等级坐在左边。其后，国民会议召开时，主张民主、自由的激进派坐在左边，保皇派、保守派坐在右边，无形中形成左右两派。19 世纪，欧洲国家的议会也以议长座椅为界，分左右两派就座。后左派、右派即分别成为政党派别在政治上激进或保守的代名词。"① 可见，在现代政治学意义上的"左翼""右翼"的概念是西方议会制度的产物。那时正处于法国大革命初期的 1789 年，马克思还未出生，所以"左翼"一词在产生之初和无产阶级革命、共产党、马克思主义是没有任何关系的。事实上，最早的左翼分子正是马克思所反对的，在当时站在王贵特权对立面的新兴资产阶级。

那么，为什么今天左翼与无产阶级革命紧密联系在一起了呢？这是因为在法国大革命初期，新兴的资产阶级是"政治上激进或革命"的一方，

① 辞海 8（第六版典藏本）．上海：上海辞书出版社．2009：6062．

他们刚刚兴起并逐渐拥有了一定的经济实力，要求废除国王、贵族的特权，实现政治上的平等。但是，大革命之后，资产阶级逐步夺取了政权，建立起资本主义社会，成为保守的一方。马克思在政治经济学的研究中揭露了资产阶级通过剥削无产阶级以获取剩余价值的秘密，于是无产阶级在世界各国纷纷成立共产党并发起了革命，成为"激进和革命"的左翼。直至今天，这一左右翼对立的世界格局依然保持着。

这样我们发现，左翼所代表的阶层或群体是处于滑动状态的，任何一个政治集团的内部，处于"激进、革命"的一方都可以称为左翼。小堀真裕认为："左翼不仅包含马克思主义，还意味着对现代主流思想的批判性思想以及运动。例如，社会民主主义以及环境保护运动，妇女解放运动等。"① 浅羽通明在《右翼与左翼》中指出："左翼旨在实现和传播自由、平等、人权的理念，并认为这些理念的实现是人类的进步。批判和改革现实中出现的统治与压迫、上下身份等级关系、歧视等一切侵害自由与平等理念的制度，是左翼人士的使命。"② 吴冠军、蓝江在"左翼前沿思想译丛"的总序中指出，左翼有两个定义性特征：批判性的态度和平等性的诉求。首先，左翼对当下既有现状持着一个批判性的态度。"这个态度，亦即福柯所说的'启蒙的态度'：'可以连接我们与启蒙的绳索不是忠实于某些教条，而是一种态度的永恒的复活——这种态度是一种哲学的气质，它可以被描述为对我们历史时代的一个永恒的批判'。"③ 其次，左翼的实质性内核是对更充分平等的诉求。"'左翼'的政治思想或话语，无论再如何呈现出五光十色的多元性，其最根本层面上的底色不会更改——追求一个更为平等主义的社会。"④ 笔者认为这些关于左翼特征的描述较为准确地抓住了左翼的内核，

① 小堀真裕、张俊跃. 当今日本社会中的马克思主义与左翼运动——迟来的"再分配"政治的走向 [J]. 学海，2011，(2)：151.

② 浅羽通明. 右翼と左翼 [M]. 幻冬社，2006：44. 原文为日语，日译汉由笔者翻译，文责自负。下文出自该书引用处不再赘述。

③ [意] 吉奥乔·阿甘本. 神圣人：至高权力与赤裸生命 [M]. 吴冠军译. 北京：中央编译出版社，2016：1.

④ [意] 吉奥乔·阿甘本. 神圣人：至高权力与赤裸生命 [M]. 吴冠军译. 北京：中央编译出版社，2016：1.

为我们理解左翼的内涵提供了重要参考。

综上所述，现实批判，是左翼的永恒态度；充分平等，是左翼的本质诉求。左翼所代表的始终是某个社会或某个集团中处于弱势的阶级或群体。并且，在某个社会或某个集团中，弱势是相对而言的，例如女人相对于男人、老人相对于青年人、儿童相对于成人、少数族裔相对于多数族裔、无产阶级相对于资产阶级、发展中国家相对于发达国家等等。总的来说，站在弱势阶级或群体的立场，批判一切侵害自由与平等理念的现实及其背后的体制制度，正是左翼最本质的特征。

（二）左翼文学

长期以来，关于左翼文学的含义好像是不证自明的，人们普遍将它与无产阶级革命、马克思主义、共产党等联系在一起。《中国大百科全书》对左翼文学的定义是："20 世纪 30 年代中国左翼作家联盟领导下的文艺实践。"① 法国左翼文学研究者吴岳添认为："左翼文学是指马克思主义产生以来，特别是在俄国十月革命胜利之后，在各国无产阶级的斗争中，特别是在共产党领导下的反法西斯斗争的影响下，在世界范围内发展和繁荣的进步文学。"② 季亚娅在"'左翼文学'传统的复苏和它的力量——评曹征路的小说《那儿》"中指出："如果用一种创作上的倾向来形容'左翼文学'，'左翼文学'传统应该是这样一种传统：它以骨肉相亲的姿态关注底层人民和他们的悲欢，它以批判的精神气质来观察这个社会的现实和不平等，它以鲜明的阶级立场呼唤关于社会公平和正义的理想。"③

在日本提起"左翼文学"，大部分人会联想到"纳普"（全日本无产者艺术联盟）、"普罗列塔利亚文学"（无产阶级文学）。的确，无产阶级文学是俄国 1917 年十月革命胜利之后，随着无产阶级运动在世界范围内的展开而诞生的。并且，最早以"左翼"命名的文学组织是"左翼艺术阵线"，它

---

① 中国大百科全书.30（第二版）[M].北京：中国大百科全书出版社.2009：229.

② 吴岳添.法国现当代左翼文学 [M].湘潭：湘潭大学出版社.2007：6.

③ 季亚娅."左翼文学"传统的复苏和它的力量——评曹征路的小说《那儿》[J].文艺理论与批评.2005（1）：50.

是 1922 年在莫斯科出现的文学团体，无产阶级诗人马雅可夫斯基是这个团体的组织者和领导人。这也许是世界上第一个采用政治上激进派的概念来标榜自己革命政治色彩的文学组织。可以说，最早以左翼文学来命名的文学就是无产阶级文学。那么，左翼文学是否可以等同于无产阶级文学呢？

在解释"左翼文学"之前必须先弄清楚"左翼"的内涵。从前述对"左翼"这一关键词的追根溯源中我们可以知道，左翼所代表的始终是某个社会或某个集团中处于弱势的阶级或群体。左翼与无产阶级革命并无必然的联系。那么，将"左翼文学"等同于无产阶级文学，显然也就将左翼文学的范围缩小了。另外，左翼文学不是从文学的形态或性质，而是从文学内容的政治立场加以划分的。因此在定义左翼文学的时候一定要将它的政治立场强调出来。综上所述，笔者对左翼文学的界定是：左翼文学具有一定的政治倾向性，它表达着左翼立场人士的政治诉求。它是以实现平等诉求为目标，具有现实关怀和政治批判意识的文学。

（三）日本战后左翼文学

关于日本战后左翼文学，有狭义的界定和广义的界定，狭义的日本战后左翼文学指的是从 1945 年到 20 世纪 90 年代前半段具有显著革命性或者共产主义意识形态特征的左翼文学创作，广义的日本战后左翼文学指的是从 1945 年到 20 世纪 90 年代前半段与左翼运动有关的文学创作和文化活动，甚至包括那些对日本共产党或者左翼运动表面分歧但实质上又具有千丝万缕联系的文学创作活动。狭义的左翼文学无论就形式还是内容而言都是单纯和局限的，相反，广义的左翼文学则是复杂和多元的。笔者倾向于从广义的角度来界定日本战后左翼文学。

日本战后的左翼文学首先在继承和批判了战前普罗文学（即无产阶级文学）文学传统的基础之上，以民主主义文学的形式复苏。其后通过对战争的书写批判了日本法西斯主义，揭露了战争对人类的摧残。1950 年年初，日本共产党内部因意见分歧出现分裂，一批身处日共内部的文学工作者们围绕党内出现的问题创作出了许多探讨左翼实践的文学作品。1960 年前后，战败后一直处于美国占领下的日本，爆发了"反安保"的新左翼运动，这一时期以美国占领为题材的左翼文学作品大量出现。1968 年前后，围绕着学园纷争、安保条约的更新以及"冲绳回归"等问题，日本爆发了大规模的学生运动，史称"全共斗"，以学生运动为题材的左翼文学成为这一特殊历史时期的重要见证。70 年代以后至 90 年代苏联解体，日本政府大力打压共产主义势力，左翼运动进入低迷期，左翼文学也星光黯淡。

日本是一个资本主义国家，其意识形态是为资本主义的经济发展和资产阶级的政治统治服务的。以文学为代表的艺术创作也在无形或有形之中受到了资本主义意识形态的控制和影响。二战期间，日本实行严格的言论管控，任何反战乃至左翼言论都遭到了禁止。对于具有左翼思想的人士，政府则会采取禁言、审讯、拘监等高压手段胁迫他们"转向"。在这样的舆论环境之下，日本的左翼文学创作几乎处于停滞的状态。二战结束以后，多数刊物和报纸也仍都不肯刊登具有左翼思想倾向的文学作品或是相关的评论文章。日本战后左翼文学就是在这样艰难的舆论环境中发展起来的。它和那些在日本工厂、田地里劳动着的人们，那些正在遭受美国和日本垄断资本家剥削的人们，那些为了争取平等和自由而进行斗争，因而不得不忍受解雇、失业、被捕的日本进步工人和农民的命运是一致的。因此，我们有必要加强对日本战后左翼文学作品的研究，以提升日本国内外对他们的关注和保护。同时，中国的文学研究者们，还可以通过对日本战后左翼文学发展状况的了解，采撷日本战后左翼文学在痛苦的磨砺之下孕育出来的珍贵成果，吸取其中的经验与教训。

二、国内外研究综述

（一）国外的研究现状

1. 日本的研究现状

由于日本文学界一直较少使用"左翼文学"这一概念，再加上主流意识形态的压制，日本国内从日本战后左翼文学的整体出发所进行的整理和研究并不算多见。但是，个体、局部以及周边内容的研究成果却是不胜枚举。其研究情况涵盖了文学理论研究、文学史研究、作家研究、作品研究等多个领域。这些研究立足于实证性与文本性，既注重文学的历史性，又注重文学的审美性。

日本国内对战后左翼文学的整体研究肇始于 1961 年第 9 期《国文学：解释与鉴赏》，围绕"左翼文学是否是艺术"这一主题，对叶山嘉树、小林多喜二、久荣保、宫本百合子、德永直、佐多稻子、野间宏等战前以及战后左翼文学的代表作家进行了研究，探讨了左翼文学的艺术性问题。

日本战后文学史研究中也有一部分是对日本战后左翼文学进行的整体梳理。例如，由松原新一、矶田光一、秋山骏合著的《战后日本文学史·年表》将战后日本文学分为三个时期。第一个时期是"战后变革时期"，即从战败至 20 世纪 50 年代。编者在这一时期中安排了两个章节分别描述了战后民主主义文学发起和发展的过程。第二个时期是"战后文学的转换期"，即从缔结合约至 20 世纪 60 年代。编者在这一时期中介绍了中野重治、佐多稻子等一批成熟左翼文学工作者的作品。第三个时期是"日常性的现实和文学的展开"，即从 1961 年至 1977 年。编者将来自高桥和巳、柴田翔、真继伸彦的一批描写左翼学生运动的作品收入到"反'日常'的社会小说"这一章节。事实上，它们都是日本战后左翼文学的重要组成部分。

然而，对日本战后左翼文学进行整体研究的学术专著相对较少。日本思想运动研究所于 1969 年编辑出版了《人物战后左翼文学运动史》，通过对左翼文学代表作家的介绍，梳理了战后左翼文学运动的历史。另外，矶田光一于 1986 年出版了《左翼的弱化——一个时代的精神史》，从大西巨人、中野重治、佐多稻子、平野谦，到黑井千次、高桥和巳，再到筒井康隆、立松和平和岛田雅彦，通过对这些战后作家们的左翼文学作品的评析，作者指出日本战后左翼文学作品中的左翼倾向出现了逐渐弱化的趋势。

综上所述，日本战后左翼文学的研究主要呈现以下几个特点：

第一，对于战后左翼文学的整体研究大多集中在对战后民主主义文学的研究方面。小田切秀雄在 1948 年出版了《民主主义文学论》，秋山清于 1956 年出版了《文学的自我批判——民主主义文学的证言》，佐藤静夫于 1968 年出版了《战后民主主义文学运动史》，窪田精于 1978 年出版了《文学运动中——战后民主主义文学私记》，1981 年日本民主主义文学同盟出版了《民主主义文学的历史与理论》。津田孝于 1987 年出版了《民主主义文学是什么——文学运动与作家·作品论》等等。日本对战后左翼文学的整体研究大多集中在战后民主主义文学上大概是因为，日本一直较少使用"左翼文学"这一概念，提及"日本左翼文学"，一般日本人想到的都是战前的无产阶级文学或者战后的民主主义文学。自战败以来，对于民主主义文学已经从文学理论、文学史、作家、作品论等各个角度进行了深入研究。然而，对于后期的左翼文学，包括新左翼时期的左翼文学作品，虽然有很多个案研究成果，但是整体研究的成果较少。至于对战后这一整个时期日本左翼文学发展状况的研究和介绍就更是罕见了。

第二，日本学者极为重视日本战后左翼文学作品的文学性和艺术价值问题。这大概是受到了日本战败后不久日本文学评论界掀起的"政治与文学"之争的影响。之后的日本左翼文学不管是在文学创作还是文学研究上都极为重视文学的文学性与艺术价值问题。1961 年 09 期的《国文学：解释与鉴赏》，就围绕"左翼文学是否是艺术"这一主题，对叶山嘉树、小林多喜二、久荣保、宫本百合子、德永直、佐多稻子、野间宏等战前以及战后左翼文学的代表作家进行了评论和研究。但是，左翼文学本身是极具社会性的文学，因此，还应该从社会历史、伦理等多个角度全方位的去考察左翼文学作品的主题内容和艺术特征。

第三，日本国内由于受到国内政治意识形态和实际国情的影响，对战后左翼文学抱持排斥和批判的态度。例如矶田光一在《左翼的弱化——一个时代的精神史》中，评论大西巨人的《天路的奈落》时指出："1980年代的日本已经不再需要共产主义革命了，不管如何努力推行共产主义的那套道德规范，都无法逾越与读者之间的鸿沟……共产党若仍是像今天这样标榜议会主义的政党，那么如果按照《天路的奈落》中的主人公那样进行改革的话，虽然可以在伦理方面得到净化，但是党内的统摄力将会大大削弱。"① 从这些评论我们可以看出，作者的视野始终局限在日本国内。因为 20 世纪 80 年代的日本已经进入资本主义发达国家的行列，不再需要共产

---

① 磯田光一. 左翼がサヨクになるとき——ある時代の精神史［M］. 集英社，1987：32. 原文为日语，日译汉由笔者翻译，文责自负。下文出自该书引用处不再赘述。

主义革命，又因为现在的日本共产党是议会制度下的在野党派，所以作者认为像《天路的奈落》这样弘扬共产主义道德的作品已经落后于时代了。但是，如果将它置于像中国这样的社会主义语境中来考察的话，也许会有不同的解读和评价。正是因为日本战后左翼文学中的很多作品不太受日本大众的喜爱，其所宣扬的价值观也与日本当今社会的主流价值观相斥，所以这些作品中所蕴含的艺术和思想价值在很大程度上因为国家意识形态和主流价值观的影响而被忽略了。也就是说，日本战后左翼文学的研究需要多元语境的观照，仅仅依赖日本国内学者的研究是远远不够的，甚至是有很大局限性的。而处于社会主义语境下的中国一直以来都与日本的左翼力量保持着千丝万缕的联系，中国学者研究日本左翼文学可以说有着先天的优势，也能为日本国内的研究提供新的视角和观点。

2. 美国的研究现状

美国日本左翼文学研究方向的领军人物是 Heather Bowen-struyk，她于 2015 年与 Norma Field 一同编辑出版了选集 *For Dignity，Justice，and Revolution：An Anthology of Japanese Proletarian Literature*，介绍了小林多喜二、中本贵子、若杉鸟子、青野季吉、叶山嘉树、林房雄、佐多稻子、片冈铁兵、藏原惟人、平林泰子等 25 位日本作家在 20 世纪前半期创作的无产阶级文学作品。还与 Ruth Barraclough、Paula Rabinowitz 一起编辑出版了专著 *Red Love Across the Pacific：Political and Sexual Revolutions in the Twentieth Century*，其中收录了 Heather Bowen-struyk 的论文 *Between men：Comrade Love in Japanese Proletarian Literature*，对 20 世纪二三十年代日本无产阶级文学作品中出现的红色恋情进行了文本分析。另外，George Tyson Shea 于 1964 年出版了专著 *Leftwing literature in Japan：A brief history of the proletarian literary movement*，从文学史的角度介绍了日本无产阶级文学运动的发展历程。Heather Bowen-struyk 还于 2007 年 4 月在 *The Asia-Pacific Journal* 上发表了论文 *Proletarian Arts in East Asia*，介绍了 20 世纪二三十年代中国、日本等东亚国家的无产阶级文学。综观美国对日本左翼文学的研究现状可以发现，目前美国对日本左翼文学的研究多集中在战前的无产阶级文学，且多为介绍性研究，缺乏对文本进行深入分析的研究成果。

（二）中国的研究现状

国内对日本战后左翼文学的研究多集中在宫本百合子、中野重治、佐多稻子、野间宏等几位左翼文学作家的个案研究上。其中野间宏、宫本百合子的相关研究居多。在整体研究方面，对于日本民主主义文学的研究较为集中，这一点和日本的研究现状相似。孙树林于 2000 年在《日语知识》上发表了论文"战后民主主义文学"，梳理了日本战前无产阶级文学和战后民主主义文学的发展史，并指出日本战后民主主义文学是"昔日无产阶级文学的继承和发展"，但由于日本现代历史特殊性的制约，"导致了日本战后'民主主义文学'的文学观的不完整性和片面性"，在叙事方面也难以跳出表现手法的单一模式化，"从而影响到文学整体的审美价值"。赵仲明于 2001 年在《当代外国文学》上发表了论文《战后日本民主主义文学的历史回顾》，介绍了宫本百合子、德永直、中野重治等一大批战后民主主义文学的杰出作家以及他们的代表作品，并指出："民主主义文学运动不是简单的对战前无产阶级文学运动的继承，而是在更高层次上的以追求形式和内容的统一、文学与政治的统一为目标的对无产阶级文学的发展和开拓。"

对于日本战后左翼文学的整体研究，目前中国国内唯一一位先行研究者是曲阜师范大学的刘炳范教授。刘氏于 2001 年在《日本研究》（第 3 期）上发表了论文"日本战后左翼文学批判研究"，从四个方面对日本战后左翼文学运动弱化、失败现象及其作品中表现出来的错误战争认知理念进行了批判研究。第一，日本战后左翼革命运动理念、行动纲领和斗争行为存在着严重偏差；第二，日本战后左翼作家的世界观及信仰存在严重缺陷；第三，日本战后左翼文学运动发展偏离了正确方向；第四，日本战后左翼文学创作的战争认识理念存在错误。他认为，日本战后左翼文学作品对待侵略战争态度暧昧，着重揭露和描写战争给日本本国国民带来的严重伤害，企图弱化日本军国主义所犯下的滔天罪行，缺乏正确的战争认知理念。

另外，刘霞、李俄宪于 2012 年在《外国语言文学文化论丛》（第 3 辑）中发表论文《日本左翼文学在中国的研究现状》，从三个方面综述了中国学者研究日本左翼文学的主要成果：一是对日本左翼文学的介绍性研究，包括其历史沿革、理论及团体的介绍；二是日本左翼文学作家与作品研究，主要集中在小林多喜二、叶山嘉树、宫本百合子及德永直等作家；三是对以左联为中心的中国无产阶级文学的影响研究。并指出由于政治和意识形态的束缚以及战争意识等问题的限制，一定程度上影响了研究的客观性。这是国内首次对日本左翼文学在中国的研究现状的介绍，然而遗憾的是，文章主要集中在对二战以前的日本左翼文学，也就是日本无产阶级文学的中国研究现状的介绍，关于日本战后的左翼文学，却只有寥寥数笔。值得一提的是，作者详尽整理了有关宫本百合子和德永直在中国的研究现状，其中包括这两位作家很多战后作品的相关研究成果。

除了以日本战后左翼文学为研究对象的整体研究之外，战后日本文学史的研究中也有一部分是关于日本战后左翼文学的研究。其中尤以李德纯的《战后日本文学史论》最为全面深刻。李德纯将战后日本小说分为恢复期、成熟期、发展期和相对稳定期这四个时期，在第一个时期里，作者介绍了以宫本百合子、壶井荣、德永直、中野重治为代表的民主主义文学，以及野间宏、椎名麟三等为代表的战后派文学，民主主义文学以及部分战后派文学都属于左翼文学。第二个时期中，李德纯介绍了广津和郎、石川达三的左翼文学作品，以及霜多正次、中本高子、有吉佐和子的反美主题左翼文学，还有以高桥和巳、柴田翔、真继伸彦为代表作家的，以学生运动为题材的"挫折文学"。另外，曹志明在《日本战后文学史》中，也介绍了许多日本战后左翼文学的作家和作品。

概观中国的日本战后左翼文学研究全貌，以下几个问题值得反思：

第一，大部分研究都是介绍主要作家作品的史料研究，缺乏探求文本内部的研究。

第二，研究多集中在作品的战争认知方面，对作品文本的探求缺乏广度和深度。

第三，个案研究和零散研究居多，没有针对日本战后左翼文学的整体性研究。

三、研究方法与思路

本书通过分析国内外关于日本战后左翼文学研究的先行情况，在借鉴已有成果的基础之上，采取社会历史批评、叙事学、西方马克思主义批评、后殖民主义批评、女性主义批评等多种批评方法，试图对自 1945 年日本战败以来至 20 世纪 90 年代前半段这一特殊历史时期所产生的日本战后左翼文学进行整体研究，总结和评述日本战后左翼文学的独特艺术魅力。

左翼文学与政治的亲缘性决定着左翼文学的兴衰与臧否，它总与这个国家作为政治力量的左翼势力以及左翼运动的盛衰起落紧密相连。因此我们要梳理一个国家左翼文学的历史演变，就需要首先了解这个国家左翼运动的发展进程。为了对日本战后左翼文学进行整体研究，笔者首先结合《战后日本文学史·年表》（松原新一、矶田光一、秋山骏著）与《现代日本文学史》（吉田精一著）中所附的年表梳理出了战后日本文学史上出现的主要左翼文学作品。接着，根据小堀真裕的《当今日本社会中的马克思主义与左翼运动——迟来的"再分配"政治的走向》、姚远的《日本市民运动的历史演进和当代转型》，以及浅羽通明的著作《右翼与左翼》，大致整理出了战后日本出现的主要左翼运动。它们有：战后民主主义运动、反战运动、反安保斗争、反对美国占领冲绳的斗争、新左翼运动、全共斗学生运动等等。最后，笔者发现，伴随着日本国内形势的变化以及左翼运动的开展，日本战后左翼文学集中出现了民主解放题材、战争体验题材、美军基地题材、党内生活题材、学生运动题材等五种题材类型的左翼文学作品：

民主解放题材：《歌声，唱起来吧》《播州平原》《两个院子》《路标》《知风草》（宫本百合子）、《妻啊安息吧》（德永直）、《这样的女人》《我要活下去》（平林泰子）、《五勺酒》（中野重治）、《我的东京地图》（佐多稻子）、《二十四只眼睛》《妻座》（壶井荣）、《人间悲剧》（金子光晴）、《壶井繁治诗集》（壶井繁治）

战争体验题材：《阴暗的图画》《崩溃的感觉》《真空地带》（野间宏）、《樱岛》（梅崎春生）、《审判》（武田泰淳）、《俘虏记》《野火》（大冈升平）、《神圣喜剧》（大西巨人）、《时间》（堀田善卫）、《在死亡的阴影下》（中村真一郎）、《终于没有出动》（岛尾敏雄）、《瓜达卡纳尔岛战争诗集》《一岛战争诗集》（井上光晴）、《闪光的黑暗》《夏日的昏暗》（开高健）

　　美国基地题材：《日本劳动者》（春川铁男）、《铁路的轰鸣》（足柄定之）、《静静的群山》（德永直）、《早晨，在落了霜的路上》《美国血统的日本人》《C 镇采访录》（西野辰吉）、《冲绳岛》《守礼之民》（霜多正次）、《跑道》《火凤凰》（中本高子）、《在喷烟之下》（间宫茂辅）、《冲绳札记》《人羊》《万延元年的足球》（大江健三郎）、《海暗》（有吉佐和子）

　　党内生活题材：《五脏六腑》《梨花》《甲乙丙丁》（中野重治）、《未完成的一章》《病灶》（井上光晴）、《夜晚的记忆》《溪流》《塑像》《齿轮》《灰色的下午》（佐多稻子）、《天路的奈落》（大西巨人）、《小小的冒险》（岛尾敏雄）

　　学生运动题材：《忧郁的党派》《我的解体》（高桥和巳）、《然而，我们的日子》（柴田翔）、《发光的声音》（真继伸彦）、《时间》《五月巡礼》（黑井千次）、《风之少年》（桐山袭）、《给温和左派的嬉戏曲》（岛田雅彦）、《温柔的反叛者》（井上光晴）、《我们的时代》《洪水来到我的灵魂》（大江健三郎）

　　为了系统性、整体性地把握日本战后左翼文学，本书将从内容、思想和艺术手法这三个方面对日本战后左翼文学所集中出现的五大题材的文学作品进行研究。总体而言，本书由绪论、第一章、第二章、第三章、第四章、第五章以及结语七个部分组成。绪论主要论述三个问题，其一为关键词梳理，其二为国内外研究现状分析，其三为研究方法和研究思路介绍。具体来说，绪论首先界定了左翼、左翼文学、日本左翼文学三个关键词。界定左翼的内涵，有利于我们理清左翼文学作为一种文学样式所应具有的思想立场。界定左翼文学可以为我们把握日本左翼文学的一般性和特殊性提供重要参照。界定日本战后左翼文学则有利于我们明确研究对象及其范围。接着，绪论梳理了国内外关于日本战后左翼文学的先行研究，它既可以较为全面地了解已有的研究成果，及时把握研究动态，又可以为本书的选题和立意提供依据。最后，绪论介绍了本书的研究方法和研究思路，明确了本书的结构框架和理论方法。总之，关键词的界定、研究现状的梳理以及研究方法和研究思路的确立是本书得以立论和完成的基础。

　　第一章主要研究民主解放题材的左翼文学。首先，梳理与总结民主解放题材左翼文学中关于日本二战战败以后的城市景象、社会困局以及民主斗争的描写。其次，解读民主解放题材左翼文学中的反战思想、反封建思想和民主启蒙思想。最后，评析民主解放题材左翼文学中所出现的人道主义视角、"内"与"外"的双重叙述以及革命现实主义等艺术创作手法。

　　第二章主要研究战争体验题材的左翼文学。首先，整理战争体验题材左翼文学中关于日本士兵的军营体验、反战、厌战心理以及战争见闻的描写。其次，解读战争体验题材左翼文学对战争背后的生命政治和阶级剥削的批判，剖析其反战思想中的先锋性和局限性。最后，考察战争体验题材左翼文学作品中个体化表达、他者视角与内倾式书写等叙事技巧。

　　第三章主要研究美军基地题材的左翼文学。首先，梳理美军基地题材左翼文学关于对日本因美军基地建设所引发的各类社会问题，以及日本民众的苦难与斗争的描写。其次，解读美军基地题材左翼文学中的政治批判思想以及对日本民众革命主体性的反思。最后，考察美军基地题材左翼文学中的情节反转、荒诞叙事以及现实主义成长小说等叙事类型和叙事策略。

　　第四章主要研究党内生活题材的左翼文学。首先，总结党内生活题材左翼文学中关于日本共产党在战后的发展状况以及所面临的现实困境的描写。其次，解读党内生活题材左翼文学在对既成左翼实践模式的质疑和批判中所体现出来的革命人道主义和新左翼的精神思想。最后，分析党内生活题材左翼文学中的第三人称自传体和"革命+家庭"叙事等叙事模式，考察其对日本新写实主义的探索与反思。

　　第五章主要研究学生运动题材的左翼文学。首先，梳理学生运动题材左翼文学中关于革命青年的学运经历、体验，以及他们的精神世界的描写。其次，解读学生运动题材左翼文学中的政治批判意识以及对左翼精神的缅怀与反思。最后，考察学生运动题材左翼文学中的文体杂糅、戏中戏和创伤叙事等艺术手法。

　　结语部分则是对上述五章内容的归纳与概括，从中提炼和总结日本战后左翼文学作为资本主义国家左翼文学的精神气质和个性特征。

第一章
民主解放题材左翼文学

1945 年 8 月日本天皇宣布无条件投降之时，对于大多数日本国民来说，他们在感情上是复杂的，在思想上是混乱和迷茫的。一方面，战争消耗了日本国内大量的人力和物资，日本国民面临着生产停滞、物资匮乏、物价高涨、生活困难的局面。并且，日本很多家庭在战争中都蒙受着亲子分离、生死未卜的担忧和痛苦。所以，战败的结局给日本国民带来了"战争结束了，痛苦结束了"的安心感和幸福感。另一方面，日本国民在战前和战中受到了来自日本军统的极具煽动性的军国主义思想的灌输和教育，不少人深受军国主义思想毒害，将这场战争看作为国效忠的"圣战"。因此，战败的结局同时又令日本国民感到失望甚至有遭到背叛的悲愤感。面对这样的社会局面，一批从战时军国主义天皇制重压之下解放出来的马克思主义者、社会主义者以及自由主义者，意识到日本当前的紧要工作是对国民进行思想革命，具体来说就是要铲除国民思想中的军国主义毒瘤，只有如此才能实现战后重建。于是他们联合发起了民主主义运动，提出推行政治体制的非军事化、民主化改革的主张，倡导首先要在国民思想上进行民主革命，实现战后重建。

民主主义运动是由战前从事无产阶级革命运动的共产党人士领导和发起的，之所以从无产阶级革命转向民主主义革命，并不意味着妥协和倒退，而是他们认为日本当前的主要矛盾是军统专制和人民民主的矛盾，而不是无产阶级和资产阶级的矛盾，因此日本需要首先进行的是反专制的民主革命，而不是反资本主义的无产阶级革命。吉田精一在《现代日本文学史》中指出："在战后，日本共产党尽管得到允许可以公开活动，但是他们已不再像以往那样组织单纯的马克思主义文学工作者的团体，而是以一种人民阵线性质的广泛的民主主义文学运动的形式开展活动了。这是由于他们的革命目标与其说直接指向社会主义革命，不如说是集中在包括广大人民群众在内的民主要求上面，也就是民主主义革命上面了。"① 也就是说，民主主义运动是日本左翼人士根据日本在战败之后所面临的主要社会矛盾和革命目标所发起的。

随着民主主义运动的兴起，宫本百合子、藏原惟人、中野重治、德永直、壶井繁治、秋田雨雀、江口涣等战前无产阶级文学运动的代表人物也再度活跃起来，他们成立了新日本文学学会，发行刊物《新日本文学》，试图以文学的形式实现民众思想意识的民主化，铲除封建主义、军国主义思想毒瘤。在民主主义运动以及民主主义文学运动的影响之下，战后日本左翼文学以民主主义文学的形式复苏，出现了许多以民主解放为题材的作品。例如，宫本百合子的《播州平原》（1946 年）、《知风草》（1946 年）、《两个院子》（1948 年）、《路标》（1950 年），德永直的《妻呵，安息吧》（1946 年）、《静静的群山》（第一部，1949—1950 年；第二部，1954 年）、《锛儿头》（1950 年），中野重治的《五勺酒》（1947 年）、《五脏六腑》（1954 年）、《儿女和父母的关系》（1955 年）、《梨花》（1958 年），佐多稻子的《我的东京地图》（1949 年）、《树影》（1949 年），江口涣《新娘和马一匹》（1948 年），壶井荣的《二十四颗眼珠》（1951 年）、《阁楼纪事》（1950 年），小泽清的《街道工厂》（1946 年）、热田五郎的《寒冷的窗子》（1947 年）、松田解子的《九月十四日之夜》（1947 年）、《尾》（1948 年）等等。这些作品反映了日本民众饱受战争和专制迫害的现实，抒发了日本人民渴望民主与和平的心愿。为战后初期日本民众反省战争、从战争的阴影中走出来发挥了积极的作用。

---

① ［日］吉田精一. 现代日本文学史［M］. 齐干译. 上海：上海人民出版社，1976：171.

第一节　战争伤痛与工农斗争

文学属于读者，属于时代。作家对于他的广大读者或人民，对于他所生活的时代应该有一个承诺，就是要记录和表现时代的变迁，刻画在时代变迁中人心的变化和人自身的变化。战争期间，日本军国主义政府对国民的言论自由进行了严厉控制，造成国内舆论万马齐喑的局面。文学界中，大部分作家也于这样的社会环境之下选择了沉默，在创作中极力回避战争和革命的话题，这实际上违背了时代赋予文学的使命。战争结束以后，日本左翼文学以民主主义文学的形式复苏，出现了一批以民主解放为题材的作品。这些作品生动刻画了日本战后的社会景象以及日本民众在战时、战后的生活遭遇，尤为关注底层民众和以工农为代表的日本无产阶级的生活现状，描写了日本的工人、农民在战后所掀起的为争取民主解放而开展的革命斗争。

一、战败后的城市景象

二战中，在美国的大规模空袭之下，日本包括广岛和长崎在内的 66 个主要城市皆遭到严重轰炸。据统计，在最大的城市东京，65% 的住宅被摧毁。在全国第二和第三大城市大阪和名古屋，这一数据分别是 57% 和 89%①。日本战后民主解放题材左翼文学如同电影胶片一般捕捉到了战后日本那些无尽残破的城市街景。

《播州平原》是宫本百合子的代表作品，也是日本战后民主解放题材左翼文学的开山之作。作品描写了 1945 年 8 月 15 日日本天皇发表广播向国民宣布日本无条件投降之后，主人公宏子从日本东北乘坐火车去西边的山口县看望婆婆，又从山口县途径播州平原去东京迎接丈夫出狱的旅途经历和见闻。随着宏子的空间移动，作品生动展现了日本战败初期的一幅幅社会图景。例如，

---

① ［美］约翰・W. 道尔著，胡博译. 拥抱战败［M］. 北京：生活・读书・新知三联书店，2008：47.

　　搭乘那一天一班的开往下关的列车，从仅剩下圆顶铁架子的东京车站出发后，一路所见到的风景，简直没法称得起它是"风景"。——东京横滨一带不用说，只要是够得上快车停车资格的都市，除去热海以外，差不多每一处都变成了废墟。本来刚刚开进了乡村风味的绿色耕地、山野、架了铁桥的大河之间，人们多少尝到那么点儿旅行的味道；可是真是好景不长，紧接着废墟又一个连一个地出现了。①

小说通过对宏子从列车车窗外所看到的城市景象的描写，反映了日本的许多城市经历战争洗劫之后满目疮痍、百废待兴的现实状况。

还有，同一时期的另外一位女作家佐多稻子在作品《我的东京地图》中，以文学的笔触描绘了东京从战前至战后 30 年间的城市变迁，通过对比东京在不同年代的城市图景，揭示了战争给东京这座城市所带来的毁灭性打击。例如：

　　在我看来，东京的街道中，牛进神乐坡附近是战败之后变化最大的。这里没有留下任何生活的痕迹，只看见一块平缓的坡面，这是东京的土地最原始的样貌。……在不远的过去，谁曾见过这样光秃秃的地面呢？它让人联想到人类最初来到这片土地生息繁衍的时期。……在这条街道上，真的曾经有过鳞次栉比的商铺和熙熙攘攘的人群吗？正是因为这一带曾经是最热闹繁华的地方，所以它被烧毁之后的痕迹看上去更加萧条落寞。②

《播州平原》借助主人公的空间移动，透过她的视野描绘了日本在战败之后整个国家所到之处皆为疮痍的惨景。而《我的东京地图》则依据着主人公的时间经验，通过她的记忆对比了东京在战败后与在过去不同年代的城市图景，揭示了战争对城市所带来的前所未有的毁灭性的破坏。

此外，这些作品还描写了广岛、长崎在经历了原子弹爆炸之后的城市

---

　　① ［日］宫本百合子 . 播州平原［M］. 叔昌译 .//宫本百合子选集（第三卷）. 北京：人民文学出版社，1959：41.
　　② ［日］佐多稻子 . 私の東京地図［M］. 東京：講談社文庫，1972：100—101. 原文为日语，日译汉由笔者翻译，文责自负。下文出自该书引用处不再赘述。

景象。例如，《播州平原》中，宏子因从东北乘坐火车去山口县看望婆婆而需要在广岛转车，从而看到了广岛在被原子弹炸后不久的景象："在雨中，宏子小步跑进了地道。在广岛车站多少还剩下点原状的，只有这条地道了。所谓'纵目而望，一片焦土'这句话绝非夸大的形容。那里已经不再是宏子所知道的广岛市，也不再是广岛车站了。"①

还有，佐多稻子的《树影》以原子弹爆炸之后的长崎为背景，描写了未婚的华侨妇女柳庆子和有妇之夫的日本画家麻田晋之间的情感悲剧。小说对长崎在原子弹爆炸三年之后的市街面貌进行了这样的描述：

> 当年在白色闪光中燃烧、被热风卷走、化为焦土的市街，如今依旧是荒地一片，显得冷冷清清。……在那用孟加拉漆涂刷的黄赤色格子门里面，躺着下半身瘫痪了的少女。在那铺着石板的斜坡旁的人家里，还住着因为脸被烧伤而面带愁容的年轻人。这种痛苦和怨恨广泛地潜伏在医院里和街头巷尾。它是那么深重，人们自然连说话的气力也没有了。②

城市是人民赖以生存的空间，也是国民经济发展的载体，城市的摧毁带来的是生命的危机和文明的倒退。城市遭受摧毁意味着人类以及其他物种的生存空间、生存条件和生存资源均受到挤压和破坏，同时还意味着人类多年建造和积累下来的物质财富和文化财富的灰飞烟灭。

二、战败后的社会面貌

太平洋战争爆发后，日本战争经济的负担急剧加大。为满足持久战的需要，日本进一步强化了以军需生产为中心的全面经济统制。据统计，1941年日本军事工业的钢铁消费量占全部消费量的 56%，1942 年占 61%，1943

---

① ［日］宫本百合子.播州平原［M］.叔昌译.//宫本百合子选集（第三卷）.北京：人民文学出版社，1959：52.

② ［日］佐多稻子.树影［M］.文洁若译.长沙：湖南人民出版社，1980：2.

年占70%①。军需工业的片面发展不仅意味着其他非军需产业的萧条,还意味着大量劳动力都聚集在军需生产线上。战争结束之后,日本的军事需求急速下降,大量军需工厂倒闭,工矿业生产力下降到战前的31%。破产者、失业者更是不计其数,仅军需工厂被解雇的工人就多达400万人②。不仅如此,还有部队解散后复员的军人,以及从殖民地被遣返回国的军兵和劳动人员。大量的失业者和闲置人员的出现进一步加剧了社会的动荡不安。日本战后民主解放题材左翼文学刻画了日本在战争结束后动荡不安、人心涣散的社会景象。

例如,宫本百合子的《播州平原》中,主人公宏子在日本天皇通过广播向国民宣布日本无条件投降之后,从东北乘坐火车去山口县看望婆婆。她所乘坐的火车上,大部分的乘客都是复员的官兵、归国军人。他们在离开部队之际,争先恐后地把能带走的、能捞得到的装进行李,拖着大包小包地上了火车。在宏子看来,"车厢里人挤得满满的。可是在这么许多人之中,没有任何共同的心情和兴趣能把这些人联合到一起。人心是四分五裂的;各自关心自己个人的事,关心着急骤变化了的个人利害与前途"③。

还有,德永直的《静静的群山》多方面反映了日本战败投降之后两三年间所面临的社会现实。在小说开头处,作者便描述了日本战败投降后大批工厂停产、军队解散,导致许多工人、兵士失业,社会极度动荡不安的景象:

> 在冈谷车站上,也挤满了好些等待火车的兵士,和"天皇广播"以来陆续被赶出工厂的征用工(平时从事一般生产的职工,在战时被军部强迫调往军需工厂工作的,都叫作"征用工",在"征用工"中也有农民)、女子挺身队员(战时被军部强迫征用,派往各工厂去从事军需品生产的妇女,她们大部分是学生,也有一般的职业妇女)等等。

① [苏]罗·伊·卢基扬诺娃.第二次世界大战期间的日本垄断资本[M].北京:商务印书馆,1959:81.

② 杜德斌主编.世界经济地理[M].北京:高等教育出版社.2009:494.

③ [日]宫本百合子.播州平原[M].叔昌译.//宫本百合子选集(第三卷).北京:人民文学出版社,1959:31.

那些穿着束脚裤、抱着包袱或者背着行李的姑娘们，和头戴战斗帽、身穿褐色工作服、像兵士似的征用工们，都排成了长队，从车站一直排到了站外的广场；行列越来越长了。兵士们排成一队队不整齐的小队，挤在广场上和车站厕所旁边，有的在点名，有的保持着队形坐在地上。还有好些由十五到二十个兵士组成的小队仍在络绎不绝地向车站赶来。看上去他们好像不久以前还在什么山里挖壕沟，一个个都带着一张又脏又乏的脸。他们连枪也没有，有些人甚至挂着竹刀，大部分兵士都像扛锄头似的把军用铁锹扛在肩上；每当一些由几个将校和下士押送着、戴着烙有五角星标志的木箱或文件箱之类的军用卡车横冲直撞地开过来，一群一群的兵士，就被挤到了铁路旁的木栅跟前去。他们仰着又瘦又黑的脸，张着嘴，带着一种不安的神色，瞪着眼望着。车站、广场陷入一片混乱，挤在这里的人们又都互不相关，好像每个人都是孤零零地迷失了方向。他们所关心的，似乎不是什么战争失败的问题，而是自己今后的命运。然而此刻最要紧的，还是想办法比别人抢先搭上火车。①

这两部作品均注意到了战败之后日本人心涣散的社会局面。与战前、战中相比，每个人都不再关心国家的命运，而是极力想在动荡的局势中争取和保住个人的利益和前途，当务之急就是抢先搭上离开的火车。在《播州平原》中，主人公发现，战败以后，违章乘车的人与战争时期相比大幅增加了。这是因为战败以后，日本在一片城市废墟之下，由于生产停滞、物资匮乏的同时，出现了动荡不安、弊病丛生的社会局面。人心涣散的社会意味着社会凝聚力的丧失，每个人都只考虑个人利益而不顾公众利益，甚至为了个人利益肆意破坏公众利益，其结果将导致犯罪率的升高，社会安定受到威胁。

除了反映日本在刚刚宣布战败之后的动荡不安状态之外，一些作品还尤为着重地刻画了日本工业、农业在战败之后几年时间内的发展状况，以

---

① ［日］德永直.静静的群山（第一部）［M］.萧萧译.北京：作家出版社，1956：3—4.

及工人、农民的生活状态，并尖锐地指出，日本战后的民主化改革并没有真正改善工人、农民的生活状况。例如，德永直在《静静的群山》中写道：在农村，"从'八·一五'起不到半年的时光里，就有一千三百万人回到乡村来。他们为了免于饿死互相抢夺荒瘠而疲惫的耕地。……当盟军司令部根据波茨坦公告向日本政府指示实行'耕地改革法'的时候，地主们趁它还没变成法律以前先造成'已成事实'，从佃户的手里收回几十年来的租地，把还长着庄稼的水田和旱地乱挖一气"[1]。在工厂，"生产的复兴很不容易进行。资本家们想的是应该用怎样的方法来保住曾经发了的'战争财'，……对于他们来说'生产的复兴'首先便是'大资本家的复兴'。通货膨胀政策是他们所最欢迎的"[2]。"对于日本民族来说，再没有比战后这个时期更尖锐而具体地暴露出资本主义制度——'生产的社会化'和'生产资料的私人占有'的矛盾的了"[3]。德永直在《静静的群山》发现，日本的工人、农民在战后的民主化改革中并没有获得利益，得到生活的改善。相反工人、农民的生活境况依旧困窘，而地主和资本家们却实现了财富的增加。其原因在于日本的资本主义制度，换句话说，只要资本主义制度不改变，日本的工人和农民就不可能从民主化改革中获利。可见，德永直的作品批判了日本在战败之后搁置无产阶级革命，企图在保留资本主义体制的前提之下实现民主主义革命的想法，提出了必须推翻资本主义制度才能彻底实现民主主义革命的观点，可谓是表现出了鲜明的马克思主义立场。

另一方面，日本战后民主解放题材的左翼文学作品还描绘了战争结束后，日本民众终于迎来了和平和光明的生活面貌。宫本百合子在《播州平原》中多次提到了日本民众家里的电灯。例如，小说的开头第一段即是："一九四五年八月十五日的黄昏，妻子小枝往悬着古老挂钟的饭厅桌子上，摆全家人吃晚饭用的碗碟。她开口问道：'孩子他爹，没关系了吧？今儿晚

---

① ［日］德永直. 静静的群山（第一部）［M］. 萧萧译. 北京：作家出版社，1956：100.

② ［日］德永直. 静静的群山（第一部）［M］. 萧萧译. 北京：作家出版社，1956：101.

③ ［日］德永直. 静静的群山（第一部）［M］. 萧萧译. 北京：作家出版社，1956：103.

上不用把灯光遮起来了吧？'。"① 事实上，从战争爆发那一天开始，日本各城市就进入夜间灯火管制时期。为了在夜间从空中看不到一点光亮，日本城市里的每一条街巷、每一个家庭，再也没有灯火辉煌的夜晚了。每个家庭的窗帘都是用双层布制作的，外层是黑色，里层是红色，紧紧遮掩窗户不许漏出一点光线。一听到空袭警报的汽笛声，室内的电灯就要放下红里黑面布制灯罩，只有一束光线维持生活。这种昏暗的状态给民众的日常生活带来了极大的不便。并且，比灯火管制更令人痛苦的是，由于空袭随时可能降临，日本民众每天都过着提心吊胆的生活。因此，《播州平原》的开头处，小枝问孩子他爹今天晚上是否不用把灯光遮起来，是具有隐喻意味的，它在表明日本人的生活重获光明，恢复正常的同时，也寓意着日本人民在战争结束之后迎来了和平安宁，不再需要过担惊受怕的日子了。

还有，小说中，宏子在战争结束之后去朋友家探望时，发现他们家里电灯的遮光罩被剪出了许多漂亮的镂空花样，整个屋子因此和战前相比显得明亮而温馨。并且，宏子还将弟弟家与朋友家拆除灯罩的做法进行了对比。弟弟家是将遮光罩直接扔掉，换上擦拭干净之后的白色磁玻璃罩。而朋友家对灯罩进行了镂空的剪裁，这样既提升了灯光的明亮度，又使房间显得更加温馨精致。宏子很欣赏朋友家这种自己制定方针、主动改变事物、具有独创精神的做法，而不是"被外力机械地，或者无意识地改变着"②。小说通过对日本普通民众家庭中照明灯具的描写，既寓意了战争结束之后日本人民过上了和平安宁的生活，又反映和肯定了日本人民在战争结束后努力开展重建的精神面貌。

三、民众的战争伤痛

第二次世界大战的爆发给日本的一般民众也带来了深重的灾难。战争期间，为了筹集不断增加的军费开支，日本政府除了对占领区、殖民地人

---

① ［日］宫本百合子．播州平原［M］．叔昌译．//宫本百合子选集（第三卷）．北京：人民文学出版社，1959：3.

② ［日］宫本百合子．播州平原［M］．叔昌译．//宫本百合子选集（第三卷）．北京：人民文学出版社，1959：34.

民进行横征暴敛之外，还加紧了对国内人民的压榨和搜刮，使得日本国内的物资供应日趋枯竭，国民生活难以为继。同时，随着战争规模的扩大，大量的普通国民放弃了生计，被日本法西斯政府赶上战场，充当侵略战争的炮灰和杀人工具。而那些未被驱入战场的妇女、老人、儿童，则需要承担繁重的军需和农业生产。不仅如此，战争期间，日本军国主义政府对国民的言论自由进行了严厉钳制，使得国内万马齐喑，文学界的作家们大部分都选择了沉默，在创作中极力回避揭露战争的话题，甚至还有一小部分作家为了迎合政府创作了一批国策文学。战争结束以后，日本国民终于从法西斯的集权压迫中获得了解放，作家们才纷纷开始控诉战争的危害。日本战后民主解放题材左翼文学作为日本战后首批出现的进步文学，在作品中大量揭露了日本的普通民众在战争中的真实遭遇及其所承受的苦痛。

例如，宫本百合子在《播州平原》中浓墨重彩地描述了石田一家的不幸遭遇。石田家的长子重吉因反对侵略战争，参加左翼运动被捕入狱；老二直次在广岛服役，遭受原子弹轰炸之后下落不明；老三在南洋当兵，杳无音信。家里只剩下女人和孩子。老母因担心儿子们的安危日渐憔悴，媳妇为生计终日奔波劳累，性情变得越来越暴躁、乖戾。宏子从石田一家的生活中深切地感受到："作为一个家庭的中心的男子被夺去后，那个家庭所发生的不幸和生活上的残缺不全，怎样以各式各样的形式表现出来。战争的灾祸把这个'寡妇镇'上的石田一家人的生活，打根基冲刷荡尽……"①战争使石田一家成为了"寡妇之家"，而这样的家庭还有很多。石田一家所居住的村镇被称为"寡妇镇"，因为大部分家庭里的男丁都被征赴战场了。而这样的"寡妇镇"在日本全国有几十万个。小说通过石田一家的悲惨生活揭示了战争给日本几百万个家庭所带来的破坏，而这些数量惊人的破碎家庭的出现即代表着民众所蒙受的巨大的战争伤痛。

还有，壶井荣的《二十四颗眼珠》通过大石老师和她的十二个学生在战争前后十八年间的生活遭遇，反映了战争给日本人民带来的不幸和灾难。小说中的主人公大石久子于 1928 年在岬角村担任小学教员的时候，与班上

---

① ［日］宫本百合子. 播州平原［M］. 叔昌译.//宫本百合子选集（第三卷）. 北京：人民文学出版社，1959：67.

的七个女孩和五个男孩结下了深厚的师生情谊。十八年后，大石老师再次回到岬角村担任教职时得知，十八年前的五个男学生均被征入伍，其中有三人阵亡，一人失明；而七个女学生则有的因贫困而死，有的为生活所迫从事于卑下的职业。大石老师也饱尝到了战争的苦痛，她的丈夫、母亲和女儿相继在战争中死去，她带着两个幼小的儿子过着紧衣缩食的生活。这部小说曾于1954年由日本导演木下惠介改编成电影，在中国上映时也赚取了许多中国观众的眼泪。作品感人至深的地方在于它十分真实地描写了战争给普通人的生活和命运带来的伤害，以及他们在命运伤害面前的心痛和无奈，同时又用十分细腻的笔触刻画了普通人内心深处的纯真和温柔，以及他们之间所结成的深厚的羁绊和情谊。这部作品以小见大，从一粒沙中看世界，通过展现普通人生活世界里的悲欢离合，揭示了战争对生灵的摧残和破坏。

另外，日本战后民主解放题材左翼文学还揭露了战争给日本民众的战后生活所投下的阴影。宫本百合子的《播州平原》中，宏子的隔壁坐着一名伤兵，他在战争中失去了一条腿。在兵营的时候，周围的士兵大多都是缺胳膊断腿的，大家甚至因此而感到有一些自豪，所以他并没有感到介意。可是如今即将复员回家的时候，他不禁为今后的生活感到担忧。"比方说我家里有个今年五岁的孩子，凭我这个切断了一条腿的身子，就再也没法子站着抱他了。"① 还有，自己的缺陷使他失去了对于夫妻之爱的自信心，甚至对妻子产生了更为微妙的种种感情。士兵的不安、不自信心理的出现代表着战争伤病给复员士兵在战后生活中埋下的隐患，它同时也表明战争的结束并不意味着战争伤痛的结束，战争给人所带来的肉体上的伤病以及精神上的创伤大多数时候会相伴终身，有些伤痛甚至会在战争结束相当长时间之后才逐渐显现和加剧。

还有，佐多稻子的《树影》以原子弹爆炸之后的长崎为背景，描写了未婚的华侨女性柳庆子和有妇之夫的日本画家麻田晋之间的情感悲剧。小说中，麻田晋曾是一名才华横溢的画家，原子弹轰炸的当天，麻田曾待在降下黑雨的地区。战后麻田患上了肺结核，因病无法再继续作画了。这对

① ［日］宫本百合子. 播州平原［M］. 叔昌译.∥宫本百合子选集（第三卷）. 北京：人民文学出版社，1959：46.

于热爱绘画的麻田来说，无疑是致命性的打击。同样，华侨女性柳庆子在原子弹爆炸一周之后曾进入过爆炸中心区。战争结束三年以后，她和麻田一样得了肺结核，健康每况愈下。他们在医院相识，产生了心心相印的感情。事实上，维系着麻田与柳之间不伦情愫的是潜藏在他们内心深处的对原子病的恐惧以及由此而产生的孤独，他们的恋情悲剧揭示了原子弹爆炸给日本人民的战后生活所带来的肉体与心灵的撕裂和伤痛。

因此，日本战后民主解放题材左翼文学通过对故事人物在战时或战后的悲惨境遇的描写，折射了日本千千万万个家庭以及广大民众在战争中以及战争结束后所蒙受的肉体和心灵、物质与精神上的伤痛与苦难。

四、工农的反抗斗争

战后初期，日本涌现出了一批描写工农生活与斗争的作家，如德永直、小泽清、热田五郎、松田解子等等，他们创作的作品大多取材于自己在工厂或农村的亲身经历。

德永直是现代产业工人出身，成为作家后，又始终和劳动人民保持着密切的联系，同时也是民主主义文学运动中的领军人物。他创作的许多作品都成功地反映了各个时期的日本工人和农民为争取解放、反对剥削所进行的斗争。战前，他创作的《没有太阳的街》，深刻揭露了资本主义官商勾结，血腥镇压工人运动的罪行，同时也描写了波澜壮阔的工人罢工斗争，歌颂了日本工人阶级的反抗精神。战后，德永直又完成了表现工农生活与斗争的鸿篇巨著《静静的群山》。在《静静的群山》中，作者把握的是日本战后充满激荡的历史转折时期。1945 年 8 月 15 日日本宣布无条件投降之后，为了挽回民心，日本统治阶级实行了一系列民主化的改革，例如取消治安维持法、承认日本共产党的合法性等等。但是，日本统治阶级在一阵惊慌之后又开始蓄谋东山再起，企图再次骑在人民头上作威作福，同时占领日本的美帝国主义者也撕掉了"民主"的假面具，开始露出狰狞的面目。

小说在开篇处，即以浓重的笔墨描述了战后日本工业、农业的现实状况，以及工人、农民的生活状态。事实上，战后日本的民主化改革并没有真正改善工人、农民的生活状况。"对于日本民族来说，再没有比战后这个时期更尖锐而具体地暴露出资本主义制度——'生产的社会化'和'生产资料的私人占有'的矛盾的了。"① 小说对战后日本的农村、工厂的现实状况的纪实性描写，反映了战后日本无产阶级的生活状态，揭露了日本统治阶级和美帝国主义者"假民主"的阴谋。但是，这并不是《静静的群山》这部鸿篇巨制的主要内容，而只是对故事发生的社会现实背景进行的交代和铺垫。小说重点描写了日本长野县川添山区电气器材工厂的工人和长野县鸟泽村的农民，在日本共产党的领导之下，为挣脱剥削和压迫，逐步觉醒和团结起来展开工农斗争的历程。

　　小说第一部以位于日本长野县川添山区里的东京电气器材公司的工厂为舞台。工厂的青年工人荒木敏雄、池部新一、古川二郎等最初都是未组织的、没有觉醒意识的个人。战后初期工厂停产后，他们各顾各地离开了工厂。十个月之后，工厂复工，他们再次回到工厂。此时，日本共产党已经获得合法地位，并在东京等地的工厂成立了工会，组织工人开展工人斗争。荒木敏雄、池部新一、古川二郎等人逐渐认识到，工人必须成立属于自己的工会，"因为工会是一种工人进行经济斗争的工具，同时也是进行阶级斗争的工具。"② 于是，他们秘密地向周围的工人宣传成立工会，向工厂要求增加五倍工资的斗争计划，得到了工人群众的广泛支持。这样，他们于 1946 年 1 月举行了全体职工成立工会的大会，并以工会的名义，根据东京总公司工会的先例向厂方提出了"增加五倍工资""承认工会""保证团体交涉权"和"确立实际工作七小时制度"等十几项要求。起初，工会提出的要求几乎全部遭到厂方的拒绝。但是，荒木敏雄、池部新一、古川二郎等进步青年带领川添工厂的工人开展了罢工斗争和生产管理斗争，终于迫使厂方同意对工人涨工资和补助生活津贴。同时，在开展工会工作的过程中，池部新一、古川二郎、大野木熊雄等工会代表的政治觉悟和阶级斗争意识有了显著提高，他们逐渐认识到，为了穷人能够翻身做主人，不仅

---

① ［日］德永直.静静的群山（第一部）［M］.萧萧译.北京：作家出版社，1956：103.

② ［日］德永直.静静的群山（第一部）［M］.萧萧译.北京：作家出版社，1956：172.

要和工厂斗争，还必须和那些骗人的社会党等政党进行斗争，从他们手中夺取政权后重新建立新的日本。而能够担负这一使命的只有日本共产党。于是，他们主动申请加入了日本共产党，成为了川添工厂首批诞生的共产党员，并成立川添工厂党支部。

小说第二部以山中初江、鸟泽莲、山中菊等人的故乡——长野县鸟泽村为舞台。1945 年 8 月日本接受波茨坦公告，宣布投降。战后日本根据波茨坦公告开展了耕地改革，以便铲除农村的封建势力，实现社会的民主化。但是，美国占领军从日本政府颁布的耕地调整法中把山林和原野除外了。这样，总面积的百分之六十都是山林和原野的鸟泽村基本无法实行耕地改革，致使封建势力仍然存在，民主主义无法普及。为此，村民中的老共产党员鸟泽文也和他的儿子鸟泽元也经历重重困难组建川添农会，启发被旧封建陋习束缚住的贫苦的农民们团结起来组建农会，农会成立之后，鸟泽元也作为农会代表和村里的四大山林主进行了交涉，通过农民集体的力量，以及与川添工厂的工人们团结起来形成的更为强大的工农联盟的力量，迫使山林主让出山地给鸟泽村的农民们开垦。

小说所描写的工农斗争采取的是"地区斗争""工农联盟"的斗争方式，它倡导在局部地区，将工人和农民联合起来共同与阶级敌人进行斗争，这样的方式密切结合了日本战后工厂、农村的现实状况，为战后日本的工人、农民争取民主、解放的斗争提供了重要的启示和参考。同时，小说还突出强调了日本共产党对工农斗争的领导作用。川添工厂的工人以及鸟泽村的农民在日本共产党员的启示下，逐渐认识到了团结的力量，他们通过成立工会、农会的方式，由分散的个体结成了凝聚的团体。并且，也是在党的影响下，山区里的工人、农民们逐步从被封建愚昧思想束缚的普通群众成长为有阶级觉悟的革命斗士。

第二节　战争反思与民主思想启蒙

二战战败以后，面对日本历史上从未出现过的巨大损耗和灾难，日本社会各界展开了对这场战争的反思，其中包括战争缘何发起，战争责任该由谁承担等一系列问题。日本文坛上也涌现出大量反思战争的文学作品。战后民主解放题材左翼文学可以说就是在反思战争的基础上发展起来的。其中大量作品不仅描写了日本国民尤其是底层民众、左翼革命者在战时体制下所蒙受的苦难，还深刻揭露了战争的资本掠夺和阶级剥削本质，指出了日本法西斯极权政府和天皇专制制度所应承担的战争罪责。

另外，根据波茨坦公告，以美国为主体的 GHQ（盟军最高司令部）在占领日本之后将民主化作为清除日本军国主义毒瘤的"解药"，对日本实施了一系列旨在非军事化和民主化的改革。例如：解除军事力量、逮捕战犯、撤销军国主义者的公职、解除超国家主义团体的指令、废除治安维持法和特高警察、释放政治犯、五大改革（解放妇女、鼓励组织工会、学校教育民主化、废除秘密审讯的司法制度、经济结构民主化）、农地改革、财阀解体，还首次承认了日本共产党作为合法政党的地位等等。

在文学界，日本战后出现了一批民主解放题材的左翼文学，它们不仅对战争进行了反思，还意识到战争的根源来自资本主义和军国主义的专制极权制度，试图通过文学作品的形式宣扬民主思想，来铲除日本民族心理中的封建残余和军国主义毒瘤，以启迪民智，实现国民精神思想上的民主化，把日本早日引向和平主义道路的正轨。

一、战争责任认识

1945 年 8 月 15 日，昭和天皇宣布日本无条件投降。尔后，日本社会各界展开了对战争责任问题的激烈讨论，涉及追究天皇、政府、军部、财阀和文学界、医学界、教育界、宗教界等各界人士在发动、执行、协助或默许侵略战争方面的责任。由于不同的战争体验、知识结构、政治立场等因素的影响，日本国内出现了各种各样的战争责任论。例如，战败之初，日本政府提出了官民共同承担战争责任的"一亿总忏悔"论，该论要求日本国民与统治者一起承担战争责任，的确，日本政府在战时采取了全体总动员的策略，可以说这场战争得到了大部分国民有意或无意、主动或被动的支持和参与，因此说日本国民应和统治者一起承担战争责任似乎也无可厚非，但这样则势必会造成"人人都有罪，就等于人人无罪"的局面，从而导致天皇和政府的战争责任被淡化甚至遮蔽。日本战后民主解放题材左翼文学在反思战争责任的过程中，充分运用了政治批判的视角，把日本的战时统治、官僚专制和天皇制度视作导致日本走向战争的重要原因，将战争责任归咎为日本的政治体制。

（一）极权主义政治统治

1945 年 9 月 5 日，在日本战败后首次召开的众议院会议上，芦田均提出了《导致大东亚战争不利地终结的原因及其责任》的长篇质问书，认为官僚统治的失败与言论统治封闭了真正忧国者对政策的批判，是导致战败的主要原因。芦田均的发言指出了极权统治对于批判声音的压制。事实上，从战前至战中，在日本法西斯政府的极权高压统制之下，日本国内的和平运动，反战、反侵略运动遭到了猛烈的镇压和破坏，以至在战争爆发之前和之后，日本国内公开的反战声音完全销声匿迹，从而使国家走上了军国主义之路。因此，日本法西斯政府的专制极权统治是导致日本走向战争的重要原因。日本战后民主解放题材左翼文学的很多作品，深刻揭露和批判了日本法西斯独裁政权对国民的极权主义统治。它主要表现在以下两个方面：

1. 左翼革命迫害

宫本百合子是战前日本无产阶级革命文学的代表作家。1931 年，她秘密加入了日本共产党，并于次年同日本共产党的重要领导人宫本显治结婚。1933 年，日本统治集团加剧了对左翼革命运动的镇压。"纳普"书记长小林多喜二等众多左翼活动家被捕遇害，使得左翼革命组织的内部产生了剧烈动荡，大批共产党员、左翼作家纷纷"转向"，只有百合子等少数几人坚持不转向。但是，他们也为捍卫自己的理想付出了高昂的代价，1932 年至 1945 年间，百合子屡屡被捕入狱，数度被禁止发表作品。丈夫宫本显治也于 1933 年 12 月被捕入狱，在位于北海道最北端的网走刑务所度过了十二年，直至战败以后才出狱。根据这些亲身经历，战后百合子创作的作品大量描写了左翼革命者在战时所遭受到的残酷迫害，猛烈抨击了日本法西斯政府的专制统治。

宫本百合子战后的代表作品《播州平原》以作者的亲身经历为素材，

揭露了日本极权统治集团对从事左翼革命活动的丈夫的迫害。小说主人公宏子的丈夫重吉是左翼革命人士，战时因违反治安维持法一直被关押在北海道网走市的监狱里，临行时丈夫说这场战争很快便会结束，没想到这一别就是十二年，战争没有结束，重吉也一直未得到释放。小说刻画了宏子对丈夫日夜担忧与思念的心情，展现了他们之间忠贞不渝的爱情，并借此揭露日本法西斯极权主义政治统治对革命人士的迫害。除了这种侧面抨击的描写之外，小说还借助宏子的回忆直接披露了日本专制统治者对革命者的血腥迫害。例如，小说中，宏子回忆到，丈夫重吉被捕入狱之后因严酷的审问被折磨得患上了肠结核，病情十分危重。"他虚弱得连在椅子上都坐不住，穿件睡衣，快要滑下来似的倚在椅子上；他的头发全脱落了，从隔着桌子坐着的宏子的位置看过去，发际朦胧地透着亮，那简直跟画上画的幽灵的头发的样式一模一样。"① 但是，检察厅却以重吉不肯改变思想立场为由，两次批驳了宏子让重吉假释出去疗养的申请。从宏子的回忆中，可以了解到以重吉为代表的左翼革命者们所遭受到的非人的摧残以及日本极权统治者的冷酷无情。

　　宫本百合子的另一部作品《知风草》也是以宏子和重吉为主人公的具有自传性质的作品，小说中，宏子从别人口中听到了九个死在狱中的同志的情形。"关在宫城监狱里的市川正一，牙齿完全坏了，可是得不到医治，他用手指把麦饭捏碎来吃。他是这样拼命地要活下去。可是后来体重减到只有五十多斤，结果送了性命。户坂润由于营养不足，被全身的癣疥折磨而死。"② 这些描写都直接披露了日本法西斯统治者对左翼革命者的残酷迫害，反映了日本战时政治统治的极权主义倾向。

　　2. 左翼思想钳制

　　二战以前，也就是 20 世纪二三十年代，随着国内外无产阶级运动的高涨，日本国内也出现了风起云涌的无产阶级革命运动，并于 1922 年成立了

---

　　① ［日］宫本百合子. 播州平原［M］. 叔昌译.∥宫本百合子选集（第三卷）. 北京：人民文学出版社，1959：115.
　　② ［日］宫本百合子. 播州平原［M］. 叔昌译.∥宫本百合子选集（第三卷）. 北京：人民文学出版社，1959：171.

日本共产党。然而，从 1931 年九一八事变起，日本政府走上了军国主义和法西斯化的道路，加强了对国内左翼人士的镇压和肃杀。这段时间里，日共中央的活动和它所领导的左翼运动基本处于停滞状态。1925 年，日本统治集团颁布了《治安维持法》，成立了专门拘捕思想政治犯的特高警署。至二战战败，日本特高警署共计将十万余人投入监狱，其中大部分都是左翼运动的领导人或参与者。同时，日本统治者还全面封杀了社会主义以及一切民主思想的传播，极力在思想文化上对国民进行统治，为侵略战争营造适宜的舆论环境。日本战后民主解放题材的左翼文学中，许多作品都反映了日本人民在战时体制下所受到的思想禁锢和限制。

德永直的《妻呵，安息吧》中，主人公"我"是一名工人作家，常常写一些反映工人生活的作品。在白色恐怖的年代里，这也引起了反动当局的注意。"本地的特高警察，一月一次来家里询问：'那么说起来，你这部小说是主张什么主义的呢？'有时宪兵队也来问'那么你这部小说里不会有反对战争的地方了？'"①

壶井荣的《二十四颗眼珠》中，有位稻川老师因为向学生宣传反战思想遭到了警察的逮捕，报纸上把他写成是腐蚀纯洁灵魂的红色教员。还有，大石老师在班上问学生们有没有人知道"共产党""无产阶级"的意思时，没有一个人答得上来。下了课堂后不久，大石老师因在学生面前谈论左翼思想而遭到了校长的警告："你这样的不小心，可真叫人为难。要知道，现在不能随随便便地说话呀"②。

还有，宫本百合子的《播州平原》中，宏子对写信内容的忌惮也反映出了日本统治者对国民的思想钳制。"要不是亲身体验过的人，那是几乎想象不出这种不安和戒心是多么痛苦的。给重吉的信里，甚至像'对停战感到高兴'之类的话，都不敢坦率地表达出来。如果稍不留意在信中透露出一星半点，都会给重吉带来危难。"③

---

① ［日］德永直. 妻呵，安息吧［M］. 周丰一译. 上海：上海文艺出版社，1961.
② ［日］壶井荣. 二十四颗眼珠［M］. 孙青译. 北京：新文艺出版社，1956：97.
③ ［日］宫本百合子. 播州平原［M］. 叔昌译. ∥宫本百合子选集（第三卷）. 北京：人民文学出版社，1959：10.

日本极权统治阶级除了大肆镇压革命活动、迫害左翼人士之外，还极力禁锢和限制反战思想、马克思主义思想等任何不利于法西斯主义极权统治的思想的传播。战时，日本法西斯独裁政府相继出台了《军事机密保护法》《国防保安法》《治安警察法》《治安维持法》《不稳文书临时取缔法》《国家总动员法》《言论出版集会等临时取缔法》，使日本报纸、杂志、广播、出版、文学创作等几乎所有的传播媒介都被纳入了战时体制，严禁传播任何社会主义或民主思想，只允许进行歌颂战争、宣扬战争正义性的报道，极力煽动国民的战争情绪。同时，这些法律也对一般民众的言论具有监管作用，如果有人进行了包含民主思想或者反战思想的言论，就可能立刻遭到日本特高警察的拘捕和逼问。在这样的形势之下，日本社会出现了国民之间互相告发、人人自危的白色恐怖氛围。日本战后民主解放题材左翼文学都对日本统治阶级钳制国民思想的行为进行了大胆揭露，国民思想的单一化是日本极权主义统治的结果和表现，同时也是全民总动员式的战争得以实现的重要条件。

（二）日本天皇的战争责任

日本战争时期的在位天皇是第一百二十四代天皇裕仁，东京审判中，裕仁天皇并未被追究战争责任。关于天皇裕仁的战争责任问题，战后日本社会各界一直对此讳莫如深。除了日本共产党、少数知识分子和个别国民以外，很少有人指责天皇是发动或指导侵略战争的领导者。一些右翼分子以"天皇是立宪制君主"为依据为天皇开脱罪责，不仅说天皇在制定国策上没有"决定权"和"否决权"，还力图把天皇说成是"希望和平、反对战争"的和平主义者。前首相中曾根康弘也曾公开指出："陛下本人是和平主义者，曾竭力避免战争，而发动战争的是军部中的开战派一伙。"① 战后日本史学界中，绝大部分学者都把天皇、重臣和宫廷官僚称为"稳健派"和"主和派"，而把发动战争的军部成员称为"激进派""主战派"，这样便为天皇裕仁开脱了战争责任。并且，日本的多数民众也普遍接受了裕仁天皇

① 安平. 胜利日 [M]. 北京：华文出版社，2015：194.

的和平主义者形象，认为他在战争中的行为是迫于军部和政府的压力。

但是，日本战后民主解放题材左翼文学的一些作品尖锐地指出了天皇所应承担的战争责任。例如，德永直的《静静的群山》中，川添工厂的青年工人古川二郎是从前线复员回来的士兵，战场上的经历给他带来了巨大的伤痕和痛苦，再加上母亲在东京轰炸中丧生的悲痛，他变得极为消沉堕落。起初，他认为一切的牺牲都是为了天皇陛下，但是，荒木等进步青年不断地启发和鼓励他："聪明的人都是咬紧牙关忍受着，在脑子里想：这样残忍的战争是怎样发生的？天皇是拿什么理由发布了他的宣战诏敕，这回又拿什么理由停止了战争？大家都在想这个前后矛盾的事儿。他们谁也不像你光喝浊酒，耍酒疯！"① 后来，二郎的思想逐渐发生了转变，认识到了天皇的战争责任："战犯？战犯？他的确是个战犯！二郎本身就是给他一篇'宣战诏敕'赶到前线去的。虽然天皇在脸上摆着一副'战争是东条他们干的，咱可不晓得那号事'的神情；可是如果没有'宣战诏敕'，谁也不会去打仗的，几十万、几百万的生命也不至于遭受屠戮的。"② 所以当他在"赤旗"报上看到一幅题为"战犯：天皇裕仁"的漫画，起初他对画这幅漫画的画家感到生气，后来却充满仇恨地伸出一只脚，狠命地踩住了漫画。还有，在川添工厂的工会筹备委员会上，工人代表大野木在会上发言时坚定指出："天皇正是头号战犯"③，当遭遇反对声音时，青年女工鸟泽莲勇敢地站起来支持大野木对于天皇战争责任问题的观点："天皇是侵略战争的最高责任者。我认为如果不打倒天皇政府，日本的民主化是不能实现的"④。

二战后，由美国主持的远东国际法庭并未追究天皇的战争责任，这是美国为了实现其反苏反共的目的，将其作为反苏反共的亚洲堡垒，而有意

---

① ［日］德永直．静静的群山（第一部）［M］．萧萧译．北京：作家出版社，1956：190.

② ［日］德永直．静静的群山（第一部）［M］．萧萧译．北京：作家出版社，1956：234.

③ ［日］德永直．静静的群山（第一部）［M］．萧萧译．北京：作家出版社，1956：241.

④ ［日］德永直．静静的群山（第一部）［M］．萧萧译．北京：作家出版社，1956：243.

扶持日本，维护日本内部稳定的行为。因为美国发现，天皇是日本人的精神领袖，保留天皇制有利于日本国内的安定和发展。但是，正是由于天皇是日本人的精神领袖，所以尽管天皇没有直接统治权，战争决策是由日本军统做出的，然而由于天皇的精神领袖作用，他在动员国民参战、凝聚军心方面发挥了不可替代的精神支柱的作用，因此，说天皇没有战争责任的论断和决定显然是站不住脚的。即便如此，战败后日本在美国主导之下保留了天皇制已成事实，这样便使得追究天皇的战争责任变得更加困难。大部分将天皇作为精神领袖的国民在情感上不愿承认，保留了天皇制的日本政治意识形态更是极力回避谈及天皇的战争责任。在这样的背景之下，德永直的《静静的群山》这部作品借助工农青年们的思想觉醒，大胆追究了天皇的战争责任，可以说是一部具有彻底反战思想的力作。它对于日本人反省侵略、铲除军国主义思想有着极大的启迪作用。

（三）军国主义思想教育

日本战后民主解放题材左翼文学还批判了日本军国主义教育体制对青少年思想的毒害。壶井荣的小说《二十四颗眼珠》以一所穷苦渔村的小学学校为舞台，描写了一位名叫大石的女教师与她班上的十二名学生从战前至战后的生活际遇。小说不仅反映了战争对老师以及学生的个人命运所造成的严重影响，还揭露了战时体制下日本的学校向青少年灌输军国主义思想的行径。

小说中，大石老师在和学生们接触的过程中逐渐发现，班上大部分男孩子未来的志愿都是去当兵。他们有的是因为家境贫苦，认为当军人比开米店或者打渔更加挣钱，比如正和竹一。但不少学生却是出于崇拜、憧憬的心理而志愿当兵的，比如森冈正、大吉等人。他们把军人当作英雄一样崇拜，认为为国牺牲才是对君尽忠、对亲尽孝的道路。小说还用浓重的笔墨塑造了大吉这个人物形象，他可以说是日本学校教育所培养出的具有军人崇拜情结的典型学生代表。他听说邻村某一家有四个孩子都战死了，那家的门框上并排地挂着四块光荣牌，便等到下课之后怀着无比尊敬和羡慕的心情特地跑去观看。还有，大吉的爸爸是军人，在战场上受伤之后便回到家中养病，不久，大吉的爸爸接到了军部要求上船返回部队的命令。对此，大吉不仅不感到悲伤，反而兴奋至极。因为假如爸爸去参加战争的话，自己在同学中会显得有面子。后来，大吉一家收到了父亲战死的公报，对于父亲的牺牲，大吉虽然感到悲痛，但觉得"没有父亲的孩子并不止自己一个，因此认为这是理所当然的"，并希望母亲说"父亲是很高兴而且勇敢地去的"。从这些情节描述中均可以看出，大吉小小年纪就深受军国主义思想的影响，把参军赴战、为国牺牲看作是出人头地、光宗耀祖的事情。然而，为什么大吉小小年纪就有了如此顽固的军国主义思想呢？

小说中出现了两次大吉唱儿歌的情景：

> "兵叔叔们骑着马，洋枪扛在肩头上，威风凛凛地走着，我最喜欢兵叔叔。"没有到家，在外面就听到孩子们在屋子里拉直了喉咙，神气十足地唱着；一进门就见到背了书包的大吉领头，并木和八津跟着，在屋子里面团团转。①
>
> ……
>
> 那时，幼小的大吉曾经叹息自己太小。
>
> "哎！我真想早一些升到中学！"
>
> 嘴里还唱着：
>
> "……穿上七颗扣的军装，落樱般地视死如归……"②

并且，小说开头处描写了大石老师生病之后，学校的男教师在音乐课上教学生们唱《千夫石》："千夫莫移磐石轻，为国效劳义为重。存亡危机临敌日，挺身枪林弹雨中，为我皇国齐前进！男儿天职是效忠。"③ 由此可以推断，大吉所唱的歌曲是学校老师教的。这些歌曲饱含着对视死如归、为国尽忠的精神的颂扬，是向天真懵懂的孩子们灌输军国主义思想的有力武器。它们在无形中以诱使、激发的方式把学生训练成为视生命如草芥、视牺牲为最高荣誉的"少年兵"。

---

① [日] 壶井荣. 二十四颗眼珠 [M]. 孙青译. 北京：新文艺出版社，1956：135.
② [日] 壶井荣. 二十四颗眼珠 [M]. 孙青译. 北京：新文艺出版社，1956：144.
③ [日] 壶井荣. 二十四颗眼珠 [M]. 孙青译. 北京：新文艺出版社，1956：39—40.

　　1938 年，为了抵制民主和平思想的传播，日本军部法西斯政府发布了《全国总动员法》，在全国建立起战时体制。日本的学校教育也被纳入了日本军政府的严密控制和操纵之下，成为了灌输法西斯思想的吹鼓手。学生使用的教科书里充斥着宣扬忠君爱国思想、歌颂官兵的内容，另外，学生还被要求接受军事训练课程、参加慰问皇军的活动等等；学校内建有供奉天皇陛下照片的奉安殿，学生被要求定期礼拜，合唱爱国歌。在法西斯政府的军国主义思想教育之下，许多青少年走上了极端狭隘的民族主义道路，成为了法西斯政府发动侵略战争的牺牲品。《二十四颗眼珠》这部小说通过对贫苦渔村的孩子们的成长经历进行的刻画，深刻揭露了日本学校的军国主义教育对青少年思想的毒害。

　　小说《二十四颗眼珠》用浓重的笔墨塑造大吉这个人物形象，其目的就在于批判日本的军国主义教育对青少年思想的毒害。此外，作者不仅通过塑造那些深受军国主义思想毒害的儿童形象来侧面抨击日本学校教育的别有用心，还会时常暂停故事情节的叙述，直接评述了孩子们的教育现状。例如，小说中有这样一段话：

　　　　无论你的家境怎么样，假使不倾心于这方面的话，就认为你丧失了国民的资格；这种潮流鼓舞着孩子们背着父母去当学生军，如果是独生子，那么对他的英雄的评价就更高。在镇上中学里的许多少年志愿兵中，就有三个是背着父母参加的独生子，这件事成了学校的荣誉，可也寒了父母们的心。

　　　　……孩子们被教育得，只相信唯有人的生命能和樱花相比，而像落花那样的牺牲才是年轻人的最终目的，最崇高的荣誉。当时的教育，就是要使全日本的男孩子们，最低限度能接近和相信这种思想。①

　　福柯在《规训与惩罚》中提出，进入现代以后，权力施展的重心不再是如摧毁、破坏、阻碍等压迫性或否定性的权力，而是技术性与肯定性的力量，它通过行使制度化、规训化的管理权力，本着为生命负责而不是剥

---

① ［日］壶井荣. 二十四颗眼珠［M］. 孙青译. 北京：新文艺出版社，1956：144.

夺生命的形式，采取诱使、激发的方式使个体自愿接受引导，将其所做所为导入权力所期望的方向，以此造就出新型的、顺从的、训练有素的、听话的身体。日本法西斯主义独裁政府一方面利用法律、监狱等暴力性的国家机器来摧毁异己势力、禁锢民主思想，另一方面极力通过学校教育向孩子们灌输"忠君爱国""为国捐躯"的思想，以此来培养顺从、听话的国民。从福柯提出的权力理论来看，这两方面是权力的两种不同的表现形式，虽然后者没有惩罚性、不带暴力色彩，但其本质是相同的，都是为了实现控制和驯服的目的。

二、民主思想启蒙

二战前，日本是一个带有浓厚军事封建色彩的帝国主义国家，这成为了滋生法西斯右翼独裁政治的温床，最终把日本推上了军国主义的道路。因此，在远东委员会制定的"投降后的对日基本政策"中有这样的规定："日本需完全解除武装，并且非军事化；军国主义者的权力和军国主义的影响得完全除去；一切体现军国主义和侵略精神的制度要强行压制。鼓励日本国民对尊重个人自由和基本人权的要求，特别是对宗教、集会、结社、言论及出版自由的强烈要求；鼓励日本国民组织民主主义且带有议会性质的机构。"GHQ（盟军最高司令部）占领日本之后即据此将民主化作为清除日本军国主义毒瘤的"解药"，对日本推行了一系列旨在实现非军事化和民主化的改革。

战后初期，宫本百合子、藏原惟人、中野重治、德永直、壶井荣、江口涣发起了民主主义文学运动，日本文坛上出现了一大批民主解放题材的左翼文学作品。这些作品中蕴含着丰富的民主启蒙思想，其目的在于启迪民智，宣扬民主主义思想，以铲除日本民族心理中的封建残余和军国主义毒瘤，实现国民思想和精神上的民主化改革。

（一）反天皇专制和天皇迷信

在日本的神道教中，天皇是日本人的皇祖——天照大神的后裔，具有神性。日本从古代至近代的历任统治者都将天皇视为"现人神"，不断强化着日本人的天皇崇拜意识。其目的在于借助天皇的皇威来统治国民，使他们将国家意志视为"神"的召唤，举国一致予以响应。天皇崇拜思想是一种类似于宗教感召的观念意识，它比一般的政治学说具有更大的煽动性和迷惑力，日本人在侵略战争中所表现出来的盲目的"忠"和偏执的"勇"，很大程度上是受到了天皇崇拜意识的蛊惑。因此，日本要实现民主化改革，铲除军国主义思想毒瘤，其首要任务就是要破除天皇迷信。战后日本文学作品中，德永直的《静静的群山》、中野重治的《五勺酒》都试图恢复天皇的"人身"，破除国民对天皇的神性崇拜。

德永直的《静静的群山》中，古川二郎是日本战败以后从部队转到川添工厂的复员士兵，战场上的经历给他的心灵蒙上了巨大的阴影，他的母亲也在东京轰炸中丧生。他曾把这一切的牺牲都当作是为天皇效劳。但是，进入川添工厂工作之后，他通过日本共产党的机关报纸"赤旗"了解到天皇陛下的名字叫"裕仁"，于是在心里纳闷，"有点不对劲呀，天皇陛下怎么会有个人的名字呢？"① 古川对天皇名字的质疑，其意在指出天皇是人而不是神，国民一直以来将天皇视作神一样的存在，是受到了政治统治阶级的蛊惑。

事实上，二战以前，日本无论是官方还是民间都将天皇奉为"现人神"。1946 年 1 月 1 日，裕仁天皇在美国强大的压力下发表新年诏书，正式标题是《国运振兴诏书》，一般称之为《人间宣言》。因为在这份诏书中，裕仁天皇首次向世人承认，自己是人而不是神。诏书如下：

> 千百年来，日本人民把天皇视为神圣不可侵犯的神，天皇说的话，不论正确与否，一律奉为不可违抗的圣旨。这是封建迷信的表现。当然，责任不在于人民，而在于皇室成员、历届内阁、军事将领为了自身利益而进行的种种欺骗宣传。恳望全国人民切实地觉悟过来，以坚定不移的意志从封建迷信中解放出来，从那些荒诞不经的欺骗宣传中解放出来！我郑重宣告，裕仁我绝不是什么神，而是个实实在在的凡

---

① ［日］德永直．静静的群山（第一部）［M］．萧萧译．北京：作家出版社，1956：234.

人，一个食人间烟火、结婚生儿育女、有许多错误的凡人。现在，我庆幸自己从虚无缥缈的云霄中、神话中解放出来而回到人间，恢复了我是凡人的本来面貌。①

这样，日本天皇才终于揭开了戴了一千多年的作为"现人神"的假面具，走下了"神坛"。《静静的群山》中，古川对天皇人名的质疑，具有破除天皇迷信、批判君权神授的启蒙思想。

除此之外，日本作家中野重治在战后创作的很多作品中都探讨了天皇与天皇制的问题。例如，《五勺酒》中，中野重治通过一名小学校长写给他的一位日共党员朋友的信，将天皇与天皇制区别开来。这名小学校长在信中指出，战争责任与日本天皇制有关系，作为国家制度的天皇制是日本民主化的阻碍，应该予以废除。但是天皇（裕仁天皇）是有血肉之躯的人，应该将他从政治的桎梏中解放出来，让他以一个个体而不是以一种政治表现生活下去。这位小学校长在信中写道："只有废除天皇制，将天皇从这辱没人性的天皇制中解放出来，否则就谈不上实现了国民从半封建中的革命性解放"②。小说将天皇作为一个有血肉之躯的个体来看待，认为天皇是人，把他推向神坛的是天皇制，因此应该废除的是天皇制这样一种政治制度，而不是某个具体的人。这种将天皇与天皇制区别开来的做法，使人们意识到天皇是和担任首相、总理等职位的人一样，并非神灵，他的权力是被政治体制赋予的，而不是来自他本身或是被神赋予的。这样的观点具有破除天皇迷信和批判天皇专制的启示意义。

不过，这种将天皇和天皇制完全区别开来的思想，在战败初期日本国内热烈讨论战争责任的背景之下提出，具有一定的暧昧性。在本应追究作为国家最高领袖者的天皇的战争责任的时候，小说却对天皇个人给予了同情，还提出了对天皇进行人性救济的问题。虽然从天皇作为一个人类个体

---

① 杨晓、杨飏. 矛与盾：近代日本民族教育之管窥［M］. 北京：知识产权出版社，2015：59.

② ［日］中野重治. 五勺の酒［M］.∥大冈昇平・平野谦・佐々木基一. 现代文学の発見〈第四卷〉政治と文学. 学芸書林 1968：23. 原文为日语，日译汉由笔者翻译，文责自负。下文出自该书引用处不再赘述。

的角度来看，这是一种带有人道主义立场的关怀和救赎。但是，天皇既然处于天皇制下的天皇的地位，就具有了作为日本最高精神领袖的伦理身份，也就应该承担相应的伦理责任，因而不能仅被当作一个普通人去同情。换句话说，天皇作为一个人是需要得到人性救济的。但是，一个人作为天皇的伦理身份和伦理责任也不可忽视。因为任何人都应该承担与他的伦理身份相应的伦理责任。因此，《五勺酒》在战争责任认识方面表现出了一定的局限性，它虽然指出了天皇制的战争责任，却忽视或者说回避了天皇作为日本的最高精神领袖对这个国家所应肩负的最高政治责任。

（二）主体意识的唤醒

日本人民头脑中的封建愚昧除了表现在天皇迷信方面以外，还尤为突出地表现在主体意识的匮乏方面。当然，这不仅仅是日本人民独有的问题表现，而是所有深受封建思想钳制的民族的共通点。日本战后民主解放题材的左翼文学即对日本人民在封建思想的长期禁锢下所表现出来的逆来顺受、听天由命的软弱性进行了许多生动的刻画。

例如，《静静的群山》中，德永直刻画了一位经历了半个世纪以上日本封建地主压迫的老农藤作，他发现政府虽然曾经制定了多少法令，但从来也没有一次束缚过地主们，"这些地主在藤作看来，从祖先代代以来就是坐在农民头上的，只要他们存在一天，那么政府也好，天皇陛下也好，都和四周的群山一样的神秘，只可高高搁在头上尊敬，不应该去追究，就是追究也没什么好处"①。在老农藤作看来，地主和政府、天皇一样都是高高在上，不可亵渎的。因此，面对地主变本加厉、凶神恶煞的盘剥，他只是一味地忍让，不敢想也从未想过要进行任何反抗。

藤作的形象是千百年来深受地主剥削却默默忍让的日本农民的化身。他们的问题不是在于没有能力改变现状，而在于从未意识到要去改变现状。这才是封建枷锁禁锢人的思想意识的可怕后果。安东尼奥·葛兰西在《狱中杂记》中提出了属下理论。他以意大利农民为主要考察对象，指出属下

---

① ［日］德永直．静静的群山（第一部）［M］．萧萧译．北京：作家出版社，1956：56.

阶层在思想上被统治阶级的意识形态所渗透、笼罩和支配，呈现出被动、顺从甚至是依赖的特征。然而，能够自由选择奴隶主的奴隶并不是真正拥有了自由。事实上，这是一种人的异化状态。只有唤醒人的主体意识，恢复人的主体性，才能把人从异化状态中解放出来，也只有如此才能使他们改变顺从、依赖的状态，加入革命斗争的队伍之中。

《静静的群山》中，久一郎被地主逼死以后，老农藤作不禁愤怒地喊出："地主，地主，有啥了不起！嗯。"① 对藤作来说，这是翻天覆地的一句话，它意味着藤作终于撼动了封建社会附加在自己身上的精神枷锁，开始走上反抗斗争的道路。老农的改变是在日本共产党的影响之下出现的主体意识的觉醒，他自己由于受到封建思想的桎梏，是无法自发完成这样的转变的。小说通过老农藤作的觉醒历程旨在唤醒日本农民的主体意识，激发他们在封建社会长期的剥削压抑之下所蕴积着的反抗情绪和革命力量。

综上所述，日本战后民主解放题材左翼文学的创作者们注意到了封建社会对人的主体意识的戕害。《静静的群山》中的"老农藤作们"都被封建社会套上了沉重的精神枷锁，他们认为这就是自己的命运，只能顺从和忍耐。这不仅阻碍了推翻封建压迫的革命力量的集聚，也是日本人民民主主义思想缺失的重要表现。日本战后民主解放题材左翼文学对老农藤作等故事人物的刻画，带有着强烈的主体意识唤醒的意味。

(三) 妇女解放思想

二战结束以后，以美国为主体的同盟占领军，对日本推行了一系列民主化改革，涉及政治、经济、法律、教育、文化等各个领域，其中还规定日本妇女拥有选举权和参政权，并废除了在日本延续了五百年之久的绝对男尊女卑式的"家族制度"等等，这对于保障日本妇女的基本权利，争取男女两性的平等地位，具有划时代的意义。

战后初期的民主解放题材左翼文学中，不少作品的创作者都是女性。例如，《播州平原》《知风草》的作者宫本百合子、《树影》《我的东京地

① ［日］德永直. 静静的群山（第二部）［M］. 萧萧译. 北京：作家出版社，1956：593.

图》的作者佐多稻子、《二十四颗眼珠》的作者壶井荣等等，均是女性。她们所创作的民主解放题材左翼文学作品，大部分都包含有一定的妇女解放思想。

例如，壶井荣《二十四颗眼珠》中，大石老师在调查学生的未来志愿时发现，喜欢读书的琴江决定念完六年级就不念了。经过和琴江交谈后大石老师了解到，琴江的母亲因为生的六个孩子中五个都是女儿，所以总觉得愧对丈夫，每天随着丈夫下海，任劳任怨地干活。"脸已经给太阳晒得叫人想不到是女的了，头发也给潮风吹得变成红褐色而且是乱蓬蓬的了"①。看到母亲辛苦地劳作，琴江为自己生来是女孩子而感到愧对母亲，她在作文中写道："很可惜我生来是个女孩子，因为不是男孩子，所以父亲总后悔；因为不是男孩子，不能跟着去打渔，只好让母亲替我去。无论是在寒冷的冬天，炎热的夏天，母亲都得替我上海里去工作。我想，长大以后一定好好地孝顺母亲才行。"② 因为感到愧对母亲，所以琴江决定听从母亲的安排，念完六年级后就出去挣钱，然后嫁给一个农民或渔夫。

琴江和母亲都深受封建男权思想的压制和奴役，为自己是女人而感到低人一等，并且认为这是女子所应走的道路，于是逐渐养成了遇事退让、逆来顺受的习惯。作者在小说中批判她们"就像只知有浑浊的泥水而不知还有碧清的流水那样的守旧"③。事实上，琴江和她的母亲只是女性同胞们的代表，"守旧"的还有日本成千上万名深受封建男权思想的戕害，却只知顺从和忍耐的女性们。小说试图通过琴江和母亲的故事批判封建男权思想，表达对两性平等、妇女解放的呼吁。

另外，除了女性作家之外，有些男性作家的作品也包含了妇女解放的思想。例如，德永直《静静的群山》（第一部）描写了川添工厂的女工们逐步觉醒，并参与到工会工作中来的过程。起初，男尊女卑的封建意识还牢牢地盘踞在人们的思想里。"在横排侧坐在台下的干部里，除了男工代表的池部和大野木他们以外，没有瞧见一个女工代表的脸。这些女工代表例如

① ［日］壶井荣. 二十四颗眼珠［M］. 孙青译. 北京：新文艺出版社，1956：112.
② ［日］壶井荣. 二十四颗眼珠［M］. 孙青译. 北京：新文艺出版社，1956：111.
③ ［日］壶井荣. 二十四颗眼珠［M］. 孙青译. 北京：新文艺出版社，1956：112.

山中初江她们，都跑到右边的女子席里去，躲在大家的身后，坐在干部席的只有车间书记的岐土花、贝岛信子和代表办公室女子部的鸟泽莲。而大家也理所当然地接受这种现象，没有一个人表示诧异。"① 但是后来，以初江为代表的女工们不仅积极参与到工会工作中来，还拿起话筒站在街头，号召市民们为共产党候选人投票。这些转变充分表明，战后日本妇女在日本共产党的领导之下逐步摆脱了封建思想的束缚，获得了主体意识，与男性工人一样参与到阶级斗争中来了。这样，作品通过川添工厂女工们勇敢挣脱封建枷锁的精神束缚，参与工会、政党工作的现象，表达了对女性力量的尊重，以及对女性参与阶级斗争、政治斗争的号召。

（四）社会主义民主思想的普及

民主思想的发展源远流长，同时还表现为资本主义民主、社会主义民主等多种形式。资本主义民主虽然相对于封建专制和法西斯集权而言是一个巨大的进步，但是它与社会主义民主是有着本质区别的。资本主义的民主是建立在资本主义私有制经济基础之上的，是少数有产者的民主。而社会主义民主则是建立在生产资料公有制基础上的，是广大群众的民主。因此，只有实现社会主义民主才能使广大人民群众享有真正的民主权利。

德永直的《静静的群山》第一部重点描写了日本长野县川添山区电气器材工厂的工人，在日本共产党的领导之下，成立工会的过程。第二部则重点描写了长野县鸟泽村的农民，在日本共产党的领导之下，成立农会的过程。小说正是通过描写川添工厂和鸟泽村的工会、农会从无到有的过程，展现了日本的工人和农民民主意识的逐步觉醒，并借此普及了人民民主的思想。

例如，第一部以位于日本长野县川添山区里的东京电气器材公司的工厂为舞台。工厂的青年工人荒木敏雄、池部新一、古川二郎等最初都是未组织的、没有觉醒意识的个人。在日本共产党的启发之下，他们逐渐认识到，工人有向厂方提待遇要求的权利。"工会是一种工人进行经济斗争的工

---

① ［日］德永直. 静静的群山（第一部）［M］. 萧萧译. 北京：作家出版社，1956：237.

具，同时也是进行阶级斗争的工具。"① 成立工会可以将工人的力量集结起来，通过集体罢工、生产管理斗争等方式来争取和维护工人阶级的权利。同样，第二部则描写了鸟泽村的农民组建农会，并与川添工厂的工会联合起来，借助工农联盟的力量，成功迫使山林主让出山地给鸟泽村的农民们开垦的经过。这样，小说中，川添工厂和鸟泽村农民，成立工会、农会，依靠集体的力量成功争取到权益的故事，有助于提高广大工农群众的民主权利意识和团结斗争精神。因此，《静静的群山》第一部和第二部均蕴含着丰富的社会主义民主思想。

另外，第一部中，池部新一、古川二郎、大野木熊雄等进步工人在开展工会工作的过程中，逐渐认识到，为了穷人能够翻身做主人，不仅要和工厂斗争，还必须和那些骗人的社会党等政党进行斗争，从他们手中夺取政权后重新建立新的日本，而能够担负这一使命的只有日本共产党。于是，他们主动申请加入了日本共产党，成为了川添工厂首批诞生的共产党员，并成立川添工厂党支部。川添工厂党支部的成立标志着工人阶级政治觉悟的提高，同时也使作品具有了社会主义民主政治的思想。之所以只有日本共产党才能担当使命，使穷人翻身做主人，是因为共产党所实行的是社会主义民主，只有社会主义民主才能使穷人享有民主权利，在资本主义民主制度下，只有有产者才拥有民主权利。

综上所述，《静静的群山》以位于日本长野县的一间电气器材工厂和鸟泽山村为背景，描写了一个小工厂和一个小山村在日本共产党的影响之下，逐步成立起工会、农会以及党支部的经过。它标志着在这里工作或者生活的工人、农民们在维权意识、参政意识上的觉醒。同时小说也通过他们的成长发挥着社会主义民主思想启蒙的作用。

三、反战立场的"进"与"退"

战时期间，日本军统政府对国内各种新闻传播媒体实行严格的审查制度，只允许发表支持、美化战争的言论，任何质疑、反对战争的声音都会

---

① ［日］德永直. 静静的群山（第一部）［M］. 萧萧译. 北京：作家出版社，1956：172.

被否决。不仅如此，他们还会依据情节严重程度逮捕在公开场合发表反战言论的人。这样，在日本政府严厉的言论控制之下，日本舆论完全被控制和垄断，没有人敢发出反战的声音。战败以后，随着民主化改革的启动，受到政府严苛的"言论统制"而处于闭塞状态的日本社会舆论界摆脱了军统的控制，重新恢复了生机，热烈展开了对战争的反思和批判。日本学界，一些战时被禁言的著名思想家、评论家如丸山真男、本多秋五等纷纷发表论著，对战争伤害、战争责任等问题进行了思考。除此之外，日本文坛分无赖派文学、民主主义文学、战后派文学等新的文学派别，它们都对战争的罪恶进行了揭露、批判和反思。其中，民主主义文学与本节讨论的民主解放题材左翼文学是基本重叠的，虽然其最重要的主题是普及民主思想，但是由于大部分作品都产生于战后初期这个时期，这些作品的民主主义立场都是建立在反思和批判战争的基础之上的。因此，可以说，大部分民主解放题材左翼文学都具有反战思想。

首先，纵观日本战后民主解放题材左翼文学，其中存在着许多描写战争给日本本国人民所带来的物质、肉体、精神上的毁灭性灾难的内容，这些描写有力证明了日本统治者发动这场战争的错误性和欺骗性，即这场战争不仅没有给日本国民带来任何利益，反而使他们蒙受了巨大的物质和精神上的伤害。例如，宫本百合子的《播州平原》、佐多稻子的《树影》《我的东京地图》等作品以浓重的笔墨描写了日本遭遇轰炸以后满目疮痍、百废待兴的城市景象；德永直的《静静的群山》真实反映了战后初期日本生产停滞、失业激增、人心涣散的社会局面；还有，宫本百合子的《播州平原》通过石田一家因战争而失去男丁的不幸遭遇，揭露了战争对日本千百万个家庭所造成的破坏；壶井荣的《二十四颗眼珠》以大石老师和她的十二名学生在战争前后十八年间的生活遭遇，表现了战争对日本民众个人命运的摧毁；等等。这些作品和战时日本国内出版的那些美化战争的文艺作品不同，他们揭露了战争的残酷性和伤害性，表现出了人道主义关怀和反战意识。

其次，日本战后民主解放题材左翼文学和其他反战文学相比更注重展现战争对日本底层民众的影响，体现出了强烈的阶级意识。例如，宫本百合子在《播州平原》中，描写了战争所造成的"寡妇家庭"的大量出现。这些家庭中很多本就贫困，由于作为主要劳动力的丈夫被征入伍，使得他们维持生计变得更加艰辛。还有，壶井荣的《二十四颗眼珠》中，被分派到岬角村当小学教员的大石老师发现，"农村的每一个角落里都弥漫着好战的气氛"①。许多农村出身的男孩子都想当军人，因为他们认为当军人比打渔、开米店挣钱多。"有些贫苦人家的孩子，虽然还不到年龄，可是为了能尽量地吃赤豆糕，所以就有去当航空兵的……"② 可见，农村的孩子更好战并不是因为喜欢战争，而是因为贫穷，他们希望通过参军获得物质上的回报。换句话说，当军人对他们来说是一份可以挣钱的工作。但是，这份工作却有极大可能葬送他们年轻的生命。

　　另外，日本战后民主解放题材左翼文学在反战的同时还带有鲜明的政治批判色彩。日本军统营造战争舆论，严厉打压反战人士，这样，在反战立场上勇敢发声的左翼革命者就成为了日本军统的重点围剿对象。日本战后民主解放题材左翼文学中出现了许多揭露日本军统迫害左翼革命活动者的情节。例如，《播州平原》中，宏子回忆到，丈夫重吉被捕入狱之后因严酷的审问被折磨得患上了肠结核，病情十分危重。"他虚弱得连在椅子上都坐不住，穿件睡衣，快要滑下来似的倚在椅子上；他的头发全脱落了，从隔着桌子坐着的宏子的位置看过去，发际朦胧地透着亮，那简直跟画上画的幽灵的头发的样式一模一样。"③《知风草》中，宏子从别人口中听到了九个同志死在狱中的情形。"关在宫城监狱里的市川正一，牙齿完全坏了，可是得不到医治，他用手指把麦饭捏碎来吃。他是这样拼命地要活下去。可是后来体重减到只有五十多斤，结果送了性命。户坂润由于营养不足，被全身的癣疥折磨而死"④。这些描写都直接披露了日本法西斯统治者对反

①　[日]壶井荣.二十四颗眼珠［M］.孙青译.北京：新文艺出版社，1956：114—115.

②　[日]壶井荣.二十四颗眼珠［M］.孙青译.北京：新文艺出版社，1956：144.

③　[日]宫本百合子.播州平原［M］.叔昌译.//宫本百合子选集（第三卷）.北京：人民文学出版社，1959：115.

④　[日]宫本百合子.播州平原［M］.叔昌译.//宫本百合子选集（第三卷）.北京：人民文学出版社，1959：171.

战人士的残酷迫害。对于这样的政治行为，作者表达了强烈的愤慨和质疑，体现出了强烈的政治批判色彩和革命意识。还有，《播州平原》中，主人公宏子作为叙述者直接控诉了统治阶级对革命者的不公正迫害："统治阶级的所谓法律，已经顾不得什么公正，什么体面之类了（虽然它本来应该是公正的、有体面的），而露出狰狞的面目来了。法庭讲的是跟常识所判断的完全相反的歪理。对于重吉更是加倍的苛酷：同一个事件、同一个立场的几个同志之中，在经历方面重吉其实是比较简单的，却只把他判为无期徒刑了。"① 同样，《知风草》中，宏子作为叙述者也表达了对日本统治政权的质疑："对于这么一个纯朴得像自然一样的人，却给加上了可怕的罪名，关在只有四铺席的屋子里，一关就是十二年，究竟是为了什么？究竟有什么根据？如果说因为有权力就可以这样做，那这种没有道理的事，无论如何都不能承认的。"② 综上所述，日本战后民主解放题材左翼文学在反战的同时还表现出来了鲜明的政治批判意识。

不过，日本战后民主解放题材左翼文学在反战思想上还具有一定的局限性。刘炳范在《基于民族主义的矛盾性——战后日本文学战争反思主题评析》中指出："法西斯军国主义发动的侵略战争不仅给各国人民带来了深重的灾难，也给日本国家和人民造成了严重的恶果和深远的影响。战后文学反映最为深刻和描写最为广泛的题材可以说主要是在这个方面。在战后相当长时期内，日本文坛上的主要文学流派、主要作家都创作了大量表现这一主题的作品，而且在艺术上也取得了很高的成就。"③ 周异夫在《战后初期日本文坛的战争反思》中认为：

> 日本军国主义者发动的侵略战争不仅给被侵略各国造成了难以统计的损失，在物质和精神上给当时的日本也带来了前所未有的毁灭性

---

① ［日］宫本百合子．播州平原［M］．叔昌译．//宫本百合子选集（第三卷）．北京：人民文学出版社，1959：109.

② ［日］宫本百合子．播州平原［M］．叔昌译．//宫本百合子选集（第三卷）．北京：人民文学出版社，1959：179.

③ 刘炳范．基于民族主义的矛盾性——战后日本文学战争反思主题评析［J］．济南大学学报．2012（6）：33.

灾难。战后初期的日本文学界对战争的态度基本是反思、批判的，但应该指出的是，这种反思和批判更多的是源于战争带给日本人的心灵创伤、给日本人的正常生活和他们的家庭带来的毁灭性灾难、日本军国主义无视本国国民生死的战争"蓝图"，对战争给被侵害和被奴役的亚洲各国人民带来的深重灾难进行深刻反思和批判的并不多见。不得不说，战后初期的日本文坛在主流上没有站在世界人道主义立场对他国受害群体进行及时的文学观照，其战争的反思和批判具有局限性。而且，这种状况至今仍然没有改变①。

也就是说，刘炳范和周异夫都认为，战后初期日本文坛的反战文学基本都只描写战争给日本本国人民带来的苦难，缺乏对他国受害群体的观照。

的确，不管是在战争期间还是战败之后，日本国民的生活都遭遇了毁灭性的破坏。战争期间，随着战争的持续和扩大，为了维持军需供应，日本法西斯政府在国内建立起了战时统制体制。1937 年 8 月，日本近卫内阁颁布了《国民精神总动员实施纲要》，根据该纲要的规定，日本全国任何组织和个人都必须服从于战争时期的国家动员。1938 年 3 月，日本国会通过《国家总动员法》，全篇五十条，包括国民征用、雇佣限制、劳动争议的防治、物资需求的调整、进口出口管制、物资和工厂设备的使用等内容，该法令的根本目的就是要将日本的政治、经济等一切领域都纳入国家的控制范围。战时统制体制使日本大量男性被征入伍从军，大批妇女儿童被迫到军用工厂从事生产劳动。随着军需生产的扩大，日本社会的大部分资金和原材料都被调用到军需生产中，致使日本的工农业生产受到严重破坏，粮食危机频发，国民经济濒临崩溃。

在举国被动员为战争而服务的时期之后，日本迎来了战败的事实。因原有的国民经济结构在战时体制中遭到严重破坏，致使国内生活物资严重匮乏，通货膨胀，饥荒不断。东京、大阪等主要城市遭到轰炸，大部分被夷为废墟。广岛、长崎被投下了原子弹，其损伤不可估量。大量军需工厂倒闭，破产者、失业者不计其数，还有残废军人、战争遗孤等等，都失去

———————

① 周异夫．战后初期日本文坛的战争反思 ［J］．社会科学战线．2015 (5)：134.

了生活的希望。

面对战时、战后不断恶化的社会状况，日本国民自然产生了强烈的战争受害意识。尤其是在战后，面对变成废墟的城市、崩溃的经济、民不聊生的社会，日本国民才幡然醒悟，战争并没有给国家、人民带来好处，而是带来了灾难。但是，这种民族受害意识使日本战后民主解放题材左翼文学与日本大部分反战文学一样，只一味强调本国人民所蒙受的损失，而缺乏对他国受害群体的观照。这样使得作品在有意或者无意中利用了本国人民的苦难经历，遮蔽了这场战争的侵略性质。

日本民主主义文学评论家荒正人在 1946 年的评论中写道："至今在中国、太平洋各地，不断传出日本军队野蛮的消息……他们是没有教养的民众组成的……日本军队的野蛮如同水面上的浮萍，其下是广泛伸张的巨大野蛮之根。"① 石田宇三郎于 1952 年发表《和平教育与民族教育》一文，指出："如果我们忘记了对亚洲各民族的暴虐责任，同时就忘记了追究我们统治者的责任，也不可能实现民族的重生。即是说，我们没有从那场战争中学到任何关于民族生存方法的内容。充其量只是仅有'战争是讨厌的事'的心情。"② 日本民族的重生意味着日本民族的民主与解放的实现。而日本的军队是由民众组成的。只有让日本民众认识到自己在战争中的加害国身份，承担起对于亚洲各民族的侵略责任，才能实现本国的民主化。虽然说决不能以"一亿总忏悔"的名义来推卸日本统治集团的战争责任，但是日本国民也应该认识和反省自身的加害责任，否则就无法实现日本这个国家真正的民主与解放。综上所述，日本战后民主解放题材左翼文学中的民族受害意识，没有超越出狭隘的民族主义立场，从而不利于推动日本国民从加害视角思考战争责任，这些反映出了日本战后民主解放题材左翼文学在反战思想上的局限性。

---

① 徐志民. 战后日本人的战争责任认识研究 [M]. 北京：社会科学文献出版社，2012：91.

② 徐志民. 战后日本人的战争责任认识研究 [M]. 北京：社会科学文献出版社，2012：95.

第三节　启蒙话语的建构

在新日本文学会成立大会的同一天，《近代文学》杂志发行了创刊号，《近代文学》的创办人山室静、平野谦、本多秋五、埴谷雄高、荒正人、佐佐木基一、小田切秀雄等七位评论家均是新日本文学会的会员，他们把宫本百合子、中野重治、藏原惟人视为老一代文学工作者加以崇敬，其创刊的宗旨也同样是为了推动民主主义文学运动的发展。《近代文学》创刊号上刊登了本多秋五的论文《艺术、历史、人》，这篇论文的基调是批判无产阶级文学运动中出现的政治主义偏向，提出艺术至上主义的文学创作理念。本多秋五写道："我们标榜艺术至上主义，是看到了政治和文学的波长不同，所以我们就想象，使这两者融洽无间，恐怕要到某一个幸福的时代、到全人类大同吧。而在此之前，政治的道路和文学的道路肯定是不能一致的。即使它们是多么不一致，这也不过是意味着文学方面总想永远固守文学的看法。""为了使日本的无产阶级文学今后得到更大的发展，还是有必要从头开始、脱胎换骨。……我们会感到失败前夕的无产阶级文学的文学观——会遇上因检举而使有水平的领导者相继失去的苦难——依照原来那样搞法，又窄又浅，无论如何是要处于没法发展下去的僵局的。"本多认为政治和文学道不同不相为谋，这无疑是对战前的无产阶级文学的创作思路和创作方法提出了质疑。所以，本多秋五的论文引起了新日本文学会创办者们的重视，双方自此就"政治与文学"等问题展开了激烈的论战。暂且不论这场论战的胜负结果，因为政治与文学的关系至今仍然是充满争论性和火药味的话题。但是我们可以看到，日本民主主义文学，其中很多作品属于本节所讨论的日本战后民主解放题材左翼文学，不是对战前无产阶级的原封不动的延续，而是在对战前无产阶级文学一边批判一边继承的基础之上发展起来的。因此，它的创作理念和创作方法相比战前无产阶级文学而言更加成熟，并对协调政治与文学的矛盾冲突等问题做出了一些大胆而有效的尝试。

一、人道主义视角

中日学界的很多研究者一致认为，日本战后民主主义文学的很多作品都带有强烈的人道主义思想。于海鹏在其博士论文"宫本百合子文学研究"中指出，人道主义是支撑宫本百合子人生及其作品的底流思想。伊东一夫在论文《现代小说的解放和重建》中写道，"壶井荣的作品抚慰了受到创伤的战后日本人的心情，赢得了一切阶层的欢迎。作品中没有丝毫的炫耀和生硬的教条主义，洋溢着对人的温柔的母性情爱，贯穿着向往幸福的小小的心愿，而且，隐藏着她的反战的严厉态度。这些作品，真不愧为平民的人道主义的结晶"①。

的确，日本战后民主主义文学之所以能受到一切阶层的欢迎，正是因为它们表现出了强烈的人道主义情怀。例如，宫本百合子在《播州平原》中多次描写了石田一家在战争前后所发生的变化。石田一家的男丁要么被征赴战场、要么被捕入狱，成了失去家庭支柱的"寡妇之家"。老母亲因担心儿子们的安危日渐憔悴，媳妇为生计终日奔波劳累，性情变得越来越暴躁、乖戾。可以说，战争的灾祸把这个"寡妇镇"上的石田一家人的生活根基冲刷荡尽。并且，在日本，这样的家庭还有很多，石田一家所居住的村镇中大部分家庭里的男丁都被征赴战场了，所以这个村镇又被称为"寡妇镇"，而这样的"寡妇镇"在日本全国还有几十万个。"战争给人带来的最大的终身恨事在什么地方呢？——应该说，它也存在于'寡妇镇'的这一家人家里，它也存在于日本全国出现的几十万个'寡妇镇'那默默寡欢、日复一日的残缺不全的生活之中。"② 由此，小说通过描写战争给日本家庭带来的破坏，批判了战争的罪恶。

还有，壶井荣的《二十四颗眼珠》通过描写大石老师和她的十二个学生在战争前后十八年间的生活遭遇和命运变迁，揭示了战争给日本普通民

---

① 吉林人民出版社编.日本问题译丛（第2辑）[M].长春：吉林人民出版社，1979：19.

② 宫本百合子.播州平原 [M].叔昌译.//宫本百合子选集（第三卷）.北京：人民文学出版社，1959：68.

众所带来的不幸和痛苦，体现出了人道主义的精神思想。

不过，笔者认为，战后日本民主主义文学，尤其是以民主解放为题材的左翼文学确实表现出了强烈的人道主义关怀，但是，这一时期的作品更多的是将人道主义作为一种方法或者说视角，去批判战争和专制主义，以及对民众进行民主主义的思想启蒙。例如，《播州平原》即从人道主义的角度，猛烈批判了日本的极权统治阶级对左翼革命人士的迫害。在作品中，宏子的丈夫重吉在他们仅一个月之后就被日本特高警察以违反"治安维护法"的罪名逮捕，并判处了终身监禁。日本天皇宣布无条件投降之时，是重吉入狱后的第十二年，这十二年里，宏子给丈夫写了不下一千封信，同时，小说还在多处描写了宏子对于丈夫的思念之情。"宏子必须活下去。为了有一天可以和重吉共同生活的日子到来，她必须坚强地活下去。她是多么强烈地期待着重吉的归来啊！强烈到经受不起失望、认为失望甚至可以使她活不下去的程度"①。小说通过刻画宏子日夜思念、担心重吉而焦急难耐的心情，从一个失去了丈夫的妻子的角度揭示了日本极权政府对左翼革命人士家庭幸福的破坏。这里，人道主义是作为一种方法或是视角，其最终旨意在于批判日本极权主义专制制度。这种从人道主义视角进行批判的创作风格，深受日本许多作家的推崇，因为，比起从整个人类历史发展的视角来进行创作的宏大叙事，从个体生命的视角来进行观察和创作，能起到更打动人心的效果。

事实上，在日本民主主义文学运动发起后不久，平野谦、本多秋五等人共同创办了《近代文学》杂志，他们站在人道主义和个人主义的立场，批判了战前无产阶级文学运动中出现的政治主义偏向，并在对小林多喜二的评价和"政治与文学"关系、文学的主体性等问题上，同《新日本文学》杂志的成员中野重治、岩上顺一等展开了激烈的论争。姑且不论论战的最终胜负，至少可以肯定，战后日本民主主义文学是在对战前无产阶级文学运动进行反思和批评的基础上发展起来的。相较于战前无产阶级文学，民主主义文学更加注重文学的艺术性，在处理政治与文学的关系上更为审慎。

———————

① ［日］宫本百合子．播州平原［M］．叔昌译．∥宫本百合子选集（第三卷）．北京：人民文学出版社，1959：68、40.

不过，战后日本民主主义文学在人物形象塑造、故事情节设计以及叙述旁白等各个创作元素上都极力表达着对于日本军国主义极权统治以及法西斯战争的痛恨和批判，对于人民民主、思想解放的渴望。可见，民主主义文学虽然相较于战前无产阶级文学更为注重文学的艺术性，但也并没有放弃文学的政治性，把文学和政治当作完全不相干的两种事物，政治批判和民主思想启蒙仍然是民主主义文学的最本质性的主题意义。作家们在创作中倾向于书写个体生命，对个人命运进行人道主义关怀，其更多的是作为一种叙述视角，或者说是一种作为方法的人道主义，这是对战前无产阶级文学中的政治主义偏向进行改善和纠正的尝试。但是，纠正政治主义偏向并不意味着放弃文学的政治功能，对于民主主义文学来说，政治批判和民主思想启蒙是它的根本任务，而人道主义则是达成任务的手段或是方法。

二、"内"与"外"的双重叙述

为了达到民主思想启蒙的目的，日本战后民主解放题材的左翼文学作品通常会采取零聚焦或者内聚焦的叙述方式，这样就可以深入人物的内心，借助人物的视角来表达民主主义思想。例如，德永直在《静静的群山》中采取了零聚焦的叙述方式，试图通过展现川添工厂的古川二郎、池部新一、荒木敏雄等几位进步青年的思想变化过程，来实现对读者进行民主主义思想启蒙的目的。作品中，池部新一阅读了有关社会主义思想的文献之后认识到，"哪怕连一个小小的齿轮也罢，它们都是属于'公司'的，而自己从来没有当过这些'生产品'的主人！在工厂里，是'生产品'成了主人，而被规定每天付给若干工资的、不过是属于'劳动手段'一部分的自己倒成了那些'生产品'的奴隶"①。这里，小说借助新一对"生产手段""劳动手段"的理解，不仅反映出了工人阶级的逐步觉醒，同时还实现了向读者进行思想启蒙的意图。正是因为小说采取的是全知全能的零聚焦的叙述方式，因而才能很自然地展现人物的内心世界，揭示他们的思想意识变化，从而实现思想启蒙的目的。借助人物的意识感知来传达思想，可以使故事

---

① ［日］德永直. 静静的群山（第一部）［M］. 萧萧译. 北京：作家出版社，1956：192.

叙述不被中断或延宕，增加了情节展开的紧凑性和流畅度，还易于为读者所接受，使读者通过与故事中的人物产生共鸣而在潜移默化中受到思想启蒙。

还有，壶井荣在《二十四颗眼珠》中采取了第三人称的内聚焦叙述方式，从具有民主主义思想观念的大石老师的视角进行叙述，对日本军国主义教育进行了批判。例如：

> 坐在后排正面座位上的大石老师，静静地闭着眼睛，想着刚才和她分别的学生们的背影；想着像牺畜般脱得光光地站在检察官面前的年轻人们。在这军人公墓里的白木牌位越来越多的现在，年轻人必须要关心这些牌位比对自己祖先的坟墓还要关心；不，这还不够，必须用更大的关心来礼赞它，而且还要把自己步其后尘的事引为无上的光荣。①

内聚焦叙述是指从某个单一人物的视角来进行叙述，它的特点是让读者通过聚焦人物的视角来观察一切，使读者不知不觉中进入聚焦人物的意识，与之发生视域的融合，进而用聚焦人物的价值观念和思考方式来对故事中的事件进行判断。这种叙述方式有助于缩短读者与聚焦人物的距离，使读者对他的思想观和价值观产生认同感。《二十四颗眼珠》以大石老师作为聚焦人物，一方面增强了读者对于大石老师的亲近感，使读者体会到了大石老师对于孩子们的爱心，为她对教育事业的奉献精神而动容，为她的个人命运遭际而悲伤和感慨。另一方面，小说中大石老师是具有民主主义思想观念的人物，选取她作为聚焦人物，可以引导读者理解并认同该人物的价值观念和感知方式，与她产生视域的融合，进而实现对读者进行民主主义思想启蒙的目的。

不过，民主主义文学作品的叙述者们常常不甘于仅仅让人物来代言，他们总是情不自禁地撇开故事的进程，直接诉诸读者，希望引起读者最直接的反应。壶井荣的《二十四颗眼珠》主要采取的是第三人称内聚焦叙述

---

① ［日］壶井荣．二十四颗眼珠［M］．孙青译．北京：新文艺出版社，1956：130.

方式，从大石老师这个单一人物的视角进行叙述。但同时，叙述者也会时常站出来，对故事事件进行直接评论。例如，对于镇上许多独生子为了成为同学眼中的"英雄"背着父母去当学生军这一现象，叙述者进行了这样的评价："孩子们被教育得，只相信唯有人的生命能和樱花相比，而像落花那样的牺牲才是年轻人的最终目的，最崇高的荣誉。当时的教育，就是要使全日本的男孩子们，最低限度能接近和相信这种思想"①。叙述者的评论尖锐地指出了日本的学校教育对学生思想的军国主义毒害。

还有，《静静的群山》中，叙述者详细描述了日本战败后的社会状况，包括民生、政治、工业、农业等在战败后的发展情况。这样既阐明了作品中故事发生的社会背景，又对日本战败后的工农问题进行了揭露，具有十足的政治批判意味。例如，小说中出现了这样的叙述："对于日本民族来说，再没有比战后这个时期更尖锐而具体地暴露出资本主义制度——'生产的社会化'和'生产资料的私人占有'的矛盾的了。"② 这显然不是故事人物的认识，而是隐含作者站在历史的高度对于社会形势的观察和把握。隐含作者让叙述者撇开人物，直接对读者说出这样的话来，其目的就是为了帮助读者直接认识到战后日本社会所暴露出来的问题和矛盾。

综上所述，战后民主解放题材的左翼文学经常以一些具有进步思想的人物为视角，借助他们的意识感知来传递民主主义思想。如《静静的群山》中的古川二郎、池部新一、荒木敏雄，还有《播州平原》中的宏子、《二十四颗眼珠》中的大石老师等，都是具有进步思想的人物，这些作品大多采取内聚焦的叙述方式，以大量篇幅对这些他们的思想意识进行详细展现，其实质目的就在于引导读者与他们产生视域融合，理解并认同聚焦人物的价值观念和感知方式，从而实现民主主义思想启蒙的目的。除此之外，作品中的叙述者还会中断故事叙述，撇开聚焦人物，对其所讲述的故事进行直接干预。叙述者干预又常被视为叙述者所作的评论性离题，它是叙述者为某一特定的人物或事件所作的评论，所以带有叙述者自身的思想立场。

① ［日］壶井荣.二十四颗眼珠［M］.孙青译.北京：新文艺出版社，1956：144.
② ［日］德永直.静静的群山（第一部）［M］.萧萧译.北京：作家出版社，1956：103.

叙述者干预的部分往往是具有历史高度、理论高度和全局性的评论或介绍，对于战后民主解放题材左翼文学而言可以帮助其更好地实现思想启蒙的目的。不过，过度的叙述者干预会使得叙述者自身的思想立场过于显露，不仅无助于对读者进行思想启蒙，反而会使读者产生一种反感的情绪。但是，融合恰当的叙述者干预则可以发挥出推波助澜的作用，从而进一步增强作品的思想启蒙效果。总而言之，战后民主解放题材左翼文学采取内聚焦为主，外聚焦相辅的双重叙述方式，全方位地推进和实践着民主主义思想启蒙的目的。

三、革命现实主义创作

日本的美学界自古以来推崇"幽玄"之美，受此美学传统的影响，日本近、现代文学以"私小说"居多，它们着眼于书写自然美和个人琐事，几乎不涉及重大社会问题。尽管如此，日本近、现代文学中还是出现了许多优秀的现实主义文学作品。战前有二叶亭四迷的《浮云》、岛崎藤村的《破戒》、夏目漱石的《我是猫》等等；二战以后出现的民主解放题材左翼文学、战后派文学、"社会派"推理小说等都属于现实主义文学范畴。而民主解放题材左翼文学与其他现实主义文学在创作方法上的不同之处在于其采取的是革命现实主义的创作方法。革命现实主义要求作家站在无产阶级立场上，用辩证唯物主义和历史唯物主义的观点观察生活，从革命发展中真实地、历史地、具体地描写现实，反映现实生活的本质。

首先，日本战后民主解放题材左翼文学始终站在无产阶级的立场上，用无产阶级的观点、方法真实地描写生活。《播州平原》中的石田一家、《妻呵，安息吧》中的妻子、《二十四颗眼珠》中的学生们、《静静的群山》中的进步青年古川二郎、池部新一、荒木敏雄还有老农藤作等，都是生活在社会底层的平民，作品选取他们作为主人公，描写他们艰难的生活际遇，揭示造成他们苦难的根本原因在于统治阶级、资产阶级以及地主阶级对他们的多重压迫和剥削。作者对他们寄予了深切的同情，猛烈抨击了剥削阶级的险恶和贪婪，这些都体现出了创作者们的无产阶级立场。例如，《妻呵，安息吧》是一部自传性小说，它描写了作者的爱妻在战时死于贫病的悲剧。作者的爱妻敏绪从小就失去了父母，唯一的亲人外祖母年迈多病，她不得不早早的就外出做工维持生计。后来，嫁给了同样贫困的劳动青年德永直，德永直是一名印刷工人，因参加工人运动遭到日本政府的迫害而无法正常做工，战争的环境、家庭的变故加剧了绪敏的生活负担，在1945年的6月底，在距离战争结束只剩两个月的时候，绪敏终于在病痛中离世了。一生勤劳、善良的绪敏是日本千千万万无产阶级劳动者，尤其是无产阶级女性劳动者的代表，他们生活的时代，正值日本帝国主义统治阶级对外发动侵略战争，对内加紧对人民的剥削和镇压的时候，因此他们的悲惨遭遇是由垄断资产阶级的极权统治以及他们所发动的侵略战争造成的。《妻呵，安息吧》的作者站在无产阶级的立场上创作了这部自传性小说，表达了对勤劳、善良却又饱受生活磨难的妻子的缅怀，以及对阶级剥削的痛恨。

事实上，战争持续得越久，对于无产阶级的处境越不利。换句话说，战争使得无产阶级的工作待遇和整体处境变得更加恶劣。战争的爆发会对资本主义生产体系的运转造成严重影响，除了军需产业，工农商业、进出口等经济发展的各个方面都在战争的冲击下蒙受损失。一些工厂直接倒闭或是大规模裁员，失业是战争带给无产阶级的最可怕的噩梦。另外，资本家们为了维持利润，便不断加剧对无产阶级的剥削。例如，战前政府严格控制着工厂的劳动强度，战时面临着军需生产以及经济发展的压力，政府放宽了限制。于是许多工厂打着军需生产的旗帜延长工人的工作时长，但相应的劳动津贴却没有多少。同时，由于受到经济发展停滞的影响，以及一些投机商人哄抬物价的行为，导致市场上的食品等生活必需品价格疯涨，无产阶级的生活成本大为增加。这些都恶化了无产阶级的生活处境。

其次，日本战后民主解放题材左翼文学采用了辩证唯物主义和历史唯物主义的观点，在革命的历史发展中反映现实。现实主义，自从诞生起就是一个歧义丛生的概念，那些争论不休的不同理解，实际上是由人们对于什么是现实的界定太过模糊所致。因此若想深入理解现实主义的内涵，必须先搞清楚现实究竟是什么？阎连科对于现实主义有过具有重要意义的一段话，他说："生活中有一种真实，是在大家的目光中不存在的真实，它只在我的目光中发生和存在；这个真实在另外的一个世界中存在，在我们凡俗的世界中是没有的。但是，你不能因为没有见到就认为它不存在、不真实。换句话说：生活中有一种不存在的存在，不真实的真实。这不是神秘、不是怪诞、不是寓言，它就是真实，就是存在"①。事实上，即使是现实主义文学作品其所反映的现实也从来都不客观，它是特定时代的人们从他们特定的视野出发所看到的真实。日本战后民主解放题材左翼文学利用辩证唯物主义和历史唯物主义的观点，观察到了现实背后的历史规律和发展动力。例如，《静静的群山》中，作者细致刻画了日本工人阶级和农民阶级代表的觉醒过程。川添工厂的年轻工人池田新一在参加工会斗争和阅读革命经典文献的过程中，逐渐认识到以工厂为代表的资产阶级社会的剥削本质，以及工厂主与工人的阶级对立。另外，在战争时期，他"从工厂、政府的要人和军人的演讲中以及报纸上的新闻中，养成了把共产党看作可怕的东西的思想至今还留在他的头脑里"②。战争结束以后，日本人民终于获得了思想解放。新一逐渐认识到，共产党员是很了不起的人物。还有，老农藤作，他是身处日本地主阶级的深重压迫、挣扎于社会底层的日本农民的化身。一开始，他和其他农民一样，认为地主和农民的"这种关系是祖先代代传下来的，要是压在他头上的地主没有被搬动，'政府'也好，'天皇'也好，都和耸立在这部落四周的群山一般神秘，应该是尊敬，而不是探听追求的东西，如果探听出来，也没有什么用处"③。在以鸟泽父子为首的共产党员所领导的农民斗争面前，藤作表现出了逡巡迟疑、徘徊观望的态度。后来，随着地主和农民之间的矛盾进一步激化，藤作的精神世界终于发生了根本性的变化：

　　　"地主，地主，有啥了不起！嗯。"

　　　藤作坐在帐篷里，从刚才起不停嘴地重复着这句话，……他刚刚喝了烧酒，脸孔像神坛上被煤烟熏黑了的财神一样，边说边耸起白茸

①　王学胜.《底层文学》批判［D］.吉林大学博士论文，2013：82.
②　［日］德永直.静静的群山（第一部）［M］.萧萧译.北京：作家出版社，1956：186.
③　［日］德永直.静静的群山（第一部）［M］.萧萧译.北京：作家出版社，1956：74.

茸的眉毛。

　　"嗯，地主，地主有啥了不起！"①

　　以池田新一为代表的川添工厂工人以及以藤作为代表的鸟泽村村民的觉醒并不是偶然的，它是日本革命发展的时代要求和必要结果。在战前的日本法西斯专制社会里，革命真理被日本统治阶级视为洪水猛兽，只有日本共产党中的一部分革命先觉才敢不顾生命危险去接触革命光辉。一般的日本民众则长期被置于特高警察和宪兵的监视之下，谈论革命思想成为了禁忌。战后，时代发生了巨大转变，法西斯军国主义势力逐步被铲除，国际社会希望日本尽快建立起民主主义的新国家。这样便要求日本的工人阶级和农民阶级肩负起这一伟大的历史使命，他们必须在短时间内接受马克思列宁主义的教育，学习全世界无产阶级革命斗争的宝贵经验。因此，小说对池田、古川、大野木以及藤作等人物的觉醒历程的描写把握住了时代发展的历史规律，是革命现实主义创作手法的集中体现。

　　革命现实主义的创作手法是日本战后民主解放题材左翼文学对战前无产阶级文学创作方法的继承，它体现出了左翼文学的创作者们坚定的阶级立场和把握现实的科学视野。这同时也是阶级立场和左翼精神的突显。

---

　　① ［日］德永直．静静的群山（第二部）［M］．萧萧译．北京：作家出版社，1956：593.

第二章
战争体验题材左翼文学

1945 年 8 月，日本宣布无条件投降，太平洋战争便告结束。投降仪式九天以后，麦克阿瑟在一次记者招待会上评述说，日本已经降到了"四等国家"的地位。这是对日本战后现实状况所进行的露骨却真实的评价。的确，由于战争消耗了日本国内大量的人力和物资，战败后的日本面临着生产停滞、物资匮乏、物价高涨的困局。并且，战争期间战员的伤亡，使得很多日本国民痛失亲人，有的因此流离失所。可以说，日本军统以天皇的名义发动的这场大规模侵略战争给周边国家和地区带来了深重灾难，同时也使日本国民蒙受了巨大损失。

　　战争的苦果使日本人民深切体会到了和平的珍贵。如何对这场战争进行理性反思以避免再次走上军国主义道路成为了摆在日本人面前的一个重大课题。于是，二战以后，日本兴起了一股反思和批判战争、追求和平和民主的"和平主义思潮"。这股和平主义思潮源自日本国民作为战争受害者对劳民伤财的战争的厌恶和对极权专制统治的抨击，它不仅包含政治制度的讨论，还有文化思想的争论，以及社会群众运动的发起。在日本文学界，著名文学评论家本多秋五就曾指出，战败投降是日本历史上绝无仅有的大事，战后文学应当从世界观和人生观两个方面来总结经验教训，以防止历史的重演①。不仅如此，在和平主义思潮的影响之下，日本文学界出现了许多直接描写战争体验、鞭挞战争危害的作品。例如，战后派作家的作品大多取材于作者在战争中的亲身经历，突出表现了日本人对和平生活的向往

①　本多秋五．戦後文学の作家と作品［M］．東京：冬樹社，1971：371.

和对战争的憎恨。

不过，对于战后日本人反思战争的方式，普遍的评价是不够彻底。认为日本人反思战争是出自作为受害者对战争苦难的厌恶以及对和平生活的渴望，并没有深刻反省作为加害者发动侵略战争的责任以及对东亚邻国带来的巨大伤害。周异夫在"战后初期日本文坛的战争反思"中认为："战后初期的日本文学界对战争的态度基本是反思、批判的，但应该指出的是，这种反思和批判更多的是源于战争带给日本人的心灵创伤、给日本人的正常生活和他们的家庭带来的毁灭性灾难、日本军国主义无视本国国民生死的战争'蓝图'，对战争给被侵害和被奴役的亚洲各国人民带来的深重灾难进行深刻反思和批判的并不多见。"也就是说，战后日本文学界所出现的反战文学作品很多是从人道主义的角度来披露二战，而对这场战争的侵略性质、形成的社会历史原因以及军国主义制度的本质，缺乏深入的探索和剖析。

但是，在日本战后所出现的众多战争体验题材文学作品中，有一部分作品，如野间宏的《真空地带》（1952年）、梅崎春生的《樱岛》（1946年）、大冈升平的《野火》（1952年）、堀田善卫的《时间》（1955年）、大西巨人的《神圣喜剧》（1960—1980年）等，这些作品不仅书写了日本人的二战体验，揭露了二战给日本本国人民所带来的毁灭性灾难，还从国家、军队的体制层面出发剖析了战争的本质，鞭挞了军国主义制度的危害。这与从人道主义、和平主义角度批判战争的作品相比体现出了更强烈的政治批判性，具有着鲜明的左翼文学特征。这些作品在日本反战文学中只是少数，因而很少有研究者从左翼视角对它们进行研究。本章将从主要内容、思想内涵和艺术风格三个方面对这些作品进行整体梳理和解读，挖掘其中的思想内涵和创作方法。

第一节　军营体验与加害行为

田中正俊在《战中战后：战争体验与日本的中国研究》中指出："从广义的角度看，与战争有关的生活经历都可视为战争体验。它应包括以下四方面的内容：第一，后方的乃至于司令部高级军人在战争中的情况；第二，前线的军人、士兵特别是牺牲者在战争中的处境；第三，没有参战的一般平民在战争中的境遇；第四，被侵略国家人民在战争中的遭遇等。"① 日本战后战争体验题材左翼文学在书写战争体验时对上述四个方面的战争情况均有反映，其中尤为着重地刻画了日本士兵在后方也就是军营的生活体验，深刻反映了军营作为一种国家机器对人所施行的压迫和规训。并且，这些作品不仅展现了日本士兵在军营中所生活的政治生态环境，还大量深入到士兵们的内心世界，通过描写士兵们的思想意识，揭示出了他们的反军厌战情绪。除此之外，虽然为数不多，但也有一些作品以被侵略国家人民在战争中的遭遇为描写对象，勇敢揭露了日本对亚洲邻国的加害事实。通过研究日本战争体验题材左翼文学对战争经历和战争体验的书写，不仅有利于推进反战文学的研究，还对于促使日本正视亚洲的历史具有重要意义。同时，也对于全世界人民抵抗法西斯极权，维护和平，发扬人道主义精神具有启示性价值。

一、士兵的军营生活

战后日本战争体验题材左翼文学中，很多作品都以军营为舞台，描写了日本士兵的军营生活。例如，野间宏的《真空地带》、大西巨人的《神圣喜剧》、大冈升平的《野火》等等，这些作品从普通士兵的视角，叙述了他们在军营中的生活体验，展现了日本军营的真实面目。并且，这些作品的左翼色彩体现在，它们在描写士兵的军营生活时，突出反映了军营作为一种国家机器和统治工具对士兵身体方面的征用和规训，以及精神方面的压迫和摧残。

（一）军营的制度压迫

野间宏是战后日本反战文学的代表作家。他曾于 1941 年被征入伍，先后在中国华北、菲律宾参战，翌年因病从菲律宾战场被遣送回国。正是因为他有过参战体验和军营生活的经历，这使得他在文学作品中表露出来了极为真切的反战、厌战情绪，也使得他在描写日本法西斯军营的内部生活

---

① ［日］田中正俊 . 战中战后：战争体验与日本的中国研究 ［M］. 罗福惠等译 . 广州：广东人民出版社，2005：4.

时十分细致、逼真。其中，他创作的小说《真空地带》中，频繁出现了关于上级士兵差使、殴打下级士兵的场景描写。例如：

　　一年兵在老兵们带着威胁的喊声中，畏缩地走到自己的床边……他们还在喘着气，用喉咙呼吸着，但却慌作一团；因为他们的脖颈正敏锐地感到班里就要闹起来的险恶气愤。他们跑步出去了。他们要提着水壶上一号厨房去倒茶，还要到下士官室去拿班长的碗筷……。最后，他们还要上石砌走廊去，把值星上等兵带着补充兵送来的饭和菜汤提回来。

　　一个戴着一副大眼镜、下腮很宽的一年兵来到木谷旁边的床前，木谷吃了一惊。他回来的比谁都晚。他放下皮靴，却找不到放在床底下的拖鞋，正在那儿磨蹭着的时候，一个正站在走廊中间、环视全班的身材高大的兵，立刻跑过来把他打倒了。一年兵嘴里嚷着："我错了，上等兵大人，请原谅！"双手拼命抓住床沿不放。①

从这些描写中可以看到，在日本军营中，下级士兵需要服侍上级士兵或军官的日常寝居生活，还会时常遭受到上级士兵或军官的责骂或殴打。日本上级兵殴打、差使下级兵的场景描写揭示了日本军营中所存在的等级压迫现象。而造成等级压迫出现的根本原因则是日本军营内部的等级制度，它使得日本军队的管理体系得以构建起来。在 1945 年战败以前，日本陆军的军阶分为将校、士官、士兵三等，共计十六级。将校为大将、中将、少将、大佐、中佐、少佐、大尉、中尉、少尉；士官为准尉、曹长、军曹、伍长；士兵为上等兵、一等兵、二等兵。在这三等中，将校与士官、士兵之间有着严格的等级界限，就如同日本封建时代的"士农工商"一样，基本上是不能跨越的②。可见，日本军营内部存在着森严的等级制度。

众所周知，等级制度是前资本主义社会划分社会集团的制度，它起着稳定统治秩序和保证统治集团利益的作用，其实质是法律规定的人与人之间的不平等。日本军队是日本政府明治维新之后效仿欧美所建立起来的武

---

①　［日］野间宏 . 真空地带［M］. 肖肖译 . 北京：人民文学出版社，1956：20—21.
②　王志 . 近代日本陆军军阶制度及其特征［J］. 东北亚研究 . 2014（1）：68.

装力量，它利用军阶制度对士兵实行等级分化，目的在于树立军队权威，维护军营统治秩序，使士兵服从军队命令。但其实质却造成了人与人之间的不平等，通过人与人之间的等级分化来稳定军营的管理，维护军国统治集团的利益。总而言之，军队实现其政治目的的秘诀就在于它的军阶制度。在如此森严的军阶制度的压迫之下，"士兵"们在战场上被驯化成了野蛮残暴、嗜杀成性的"人体炮弹"，在军营中，下级士兵则常常受到上级军官灭绝人性的虐待和辱骂。马克思在《共产党宣言》中指出："不管阶级对立具有什么样的形式，社会上一部分人对另一部分人的剥削却是过去各个世纪所共有的事实"。因此从马克思主义的视角来看，这种利用等级制度来进行阶层分化的现象，其本质就是一种阶级剥削。

为了维持军队的权威，实现一部分人对另一部分人的阶级统治和阶级剥削，军队除了施行军阶分级制度，还制定了各种种类繁多的军纪军规。例如，在大西巨人的《神圣喜剧》中，新兵入伍后就会立即收到军队分发的《军队内务书》《炮兵操典》等宣传一般军纪军规的手册，除此之外，还有《陆军礼式令》《作战要务令》《卫戍令·卫戍勤务令》《观测教范》《通信教范》《射击教范》《体操教范》《剑术教范》《马术教范》《衣物保养保存法》《卫生法及救急法》《陆军刑法·陆军惩罚令》《新订野炮兵须知》《新订步兵须知》等以具体教范操典为内容的书册。一方面，森严的军阶制度把士兵们分为上下不同等级，在军营中实行着一部分人对另一部分人的阶级剥削。另一方面，种目繁多的军纪军规这些看似是理性的、一视同仁的规章制度，实际上不断对士兵们进行着身体上和精神上的规训，最终把士兵们都训练成为只知道服从，不会思考的战争机器。法国哲学家米歇尔·福柯把权力分为君主权力和规训权力。他认为，君主权力集中在君主，是一种强迫权力。而规训权力不再集中在一点，而是遍布在各个机构中，它通过在个体之间建立一种不同于契约义务的强制关系，来把人锻造成想象中的客体。换句话说，君主权力以暴力毁灭为目的，规训权力以矫正治疗为目的，它最终想要获得的是驯服的臣民。日本军国主义统治者在军营中设置条目繁多的军纪军规，实际上是利用了规训权力，对士兵们进行身体上的管制和精神上的规训，并最终把他们锻造成驯服的战争机器。

　　这样，军营利用森严的等级分化和烦琐的军纪军规来实现对士兵的统治，把他们培养成统治集团发动侵略战争的"人肉炮弹"。而变成"人肉炮弹"的过程就是不断被客体化，不断丧失人性的过程。战后日本战争体验题材左翼文学中，很多作品并没有描写日本士兵们在被侵略国家野蛮残暴、嗜杀成性的行为，而是以军营为舞台，描写士兵在军营森严的等级分化和烦琐的军纪军规的束缚之下，不仅肉体上遭受到上级军官的差使和虐待，而且精神上受到了极大的压抑。例如，野间宏的《真空地带》中，曾田是一名具有大学学历的一等兵，他在心底将军队内务守则纲领的第一条"兵营乃是一个同甘苦、共生死的军人家庭，兵营生活的目的在于在起居之间培养军人精神，熟习军纪，加强团结"①，改写成了："兵营乃是一个被军规与铁栅所包围的一百平方公尺方形的空间，是以强大压力造成的抽象的社会。人们生活在这个社会里，逐被抽去'人'的要素，而成为一个'兵'。"② 曾田对兵营的认识揭示了兵营作为一个权力空间对人的个性所造成的压抑。他所说的"强大压力"用福柯的权力理论来解释就是军营中由森严的军阶制度和烦琐的军纪军规所形成的规训权力，它试图把人塑造成为军国主义统治集团所需要的战争机器。在这样的环境之中，人在不断被客体化，因而会有自我遭到贬斥的压抑感或者自我被抽离的疏离感。

　　《真空地带》中，有多处描写均反映了曾田在兵营中的自我疏离感：

　　　　曾田在自己的军服、军帽和绑腿里面藏着"自己"，这才是他真正的"自己"，是个大学毕业后当教员，研究经济学和历史学的"自己"。这个"自己"现在活在军装和内衣下面；可是，他却不能到里面去和"他"成为一体。……原来是有样东西把曾田和军装里面的"自己"隔开了，不让他们互相接近。他被隔在外面了。军队里五花八门的军规宛如这套军服一样，像蜘蛛网似的缠在"自己"的外面，紧紧勒住"自己"，使"自己"离开曾田很远很远……③

---

①　[日]野间宏.真空地带 [M].肖肖译.北京：人民文学出版社，1956：180.

②　[日]野间宏.真空地带 [M].肖肖译.北京：人民文学出版社，1956：180.

③　[日]野间宏.真空地带 [M].肖肖译.北京：人民文学出版社，1956：180.

这段文本中，曾田感到在自己的军服、军帽和绑腿里面藏着真正的"自己"，然而军队里五花八门的军规却使他不能到里面去和真正的"自己"融为一体。用福柯的权力理论来看，日本军国主义统治集团为了把参军的民众塑造成战争所需要的"人肉炮弹"，便在军营中制定出条目繁多的军纪军规，它们作为规训权力其目的便在于压抑人性，抽离人的自我，使人完全被客体化为"物"。当人被当作"物"对待时，便会在精神上产生压抑感和疏离感。小说中，曾田感到离真正的"自己"越来越远便是自我疏离感的表现。而自我疏离感的不断累积会使人发生精神异化，而在异化理论中，精神异化指人与自身和社会的疏远，具体有两个表现，第一，人自身的异化，人发现生活中很难真正成为自己，对自身感到越来越陌生；第二，同别人及社会关系的疏离与扭曲。所以，曾田的自我疏离感是精神异化的一种表现。森严的军阶制度以及条目繁多的军纪军规，是作为国家机器的军队在兵营这个权力空间之下，对士兵进行身体规训和精神控制的制度性手段，它不仅使士兵不管是在身体上还是精神上都受到了严重压抑，还出现了异化危机。

（二）军营的政治腐败

野间宏的小说《真空地带》的故事主线是上等兵木谷利一郎从被陷害入狱，到出狱后寻仇的前后经过。首先，小说从木谷的视角，描写了他在遭人陷害，被军事法庭判决两年牢狱之灾的过程中所认识到的日本军事法庭的真面目。日本的军事法庭是直属于师团部的，因此，木谷的军事法庭审判的最终结果，掌握在师团军需部手中。师团军需部早前就听说林中尉针对连队军需室的不良策谋，因害怕问题被揭露出来会牵累到师团部，因此暗地里一步步进行着对付林中尉的准备工作。当林中尉因为怀疑木谷捡到他的钱包未归还而把木谷移交给军事法庭之后，起初军事法庭是想对木谷给予不起诉的处分，但师团部为了对付林中尉，便指使军事法庭的检察官对木谷进行了严密地调查和审讯，诱导木谷说出林中尉充任军需委员时的不正当行为。最后，军事法庭对木谷判决了两年的刑狱，并在审理之后将林中尉转调到运输部队。由此可见，所谓的军事法庭并不是为士兵伸张正义的地方，而是日本军国主义政府为了稳定军营秩序设置的统治机构，它维护的是统治阶级的利益。

小说《真空地带》通过木谷被陷害的经过从侧面揭示了日本军事法庭的虚伪，不仅如此，小说还以木谷的口吻直抒胸臆地痛斥了军事法庭的龌龊、荒唐。"真的，军事法庭实在太不讲理了。军官的话全是对的，士兵的话全都是胡说。要是你不服气，他们就马上说你有反军思想。而且，更糟的是我们再没有别的可以说理的地方。拿我来说，根本用不着蹲两年监狱，可是他们却硬把我送进去了。"① 可见，军事法庭并不是伸张正义的地方，而只是一个为了掩盖军部过失、铲除异己的机构而已。小说从木谷的视角观察事件，并借助他的口吻直接抨击了日本军事法庭的虚伪本质，揭示了日本士兵无处讲理，只能无奈忍受剥削和压迫的悲惨处境。

另外，木谷之所以会遭到陷害，是因为他被卷入了一场复杂的军队内部的政治权力斗争之中。这场政治权利之争的敌对双方就是林中尉和中堀中尉。林中尉误以为木谷是中堀中尉一派的人，所以将他移交给军事法庭，为了防备军事法庭会在中堀中尉的斡旋之下草草了结对木谷的审讯，用缓期起诉或者不起诉的方式把他放走，林中尉用尽一切办法试图说服检察官，木谷捡到他的钱包是按照一定计划进行的有预谋的行为。这使得木谷认为自己遭受两年牢狱之灾完全是受到林中尉的陷害，因此一直对林中尉怀恨在心。出狱之后，他历经磨难终于找到林中尉，准备报复之时才得知，林中尉当年在与中堀中尉的政治权利争夺中落入了中堀中尉的圈套，不仅误会了木谷，害他被军事法庭判刑，自己也被转调到其他部队。见到木谷后，林中尉表达了自己的懊悔以及对军队政治腐败现象的愤慨："军队确实是一个不人道的地方……你也被送进那种地方关了两年，说来我太有点过意不去；但国内的军队真是腐败透了顶。我在外地服务的时候，时常听人辱骂说国内的军队是'太监部队'。后来被调回国内来，实际在国内军队服务后，才知道实际情况比想象的还要糟糕好几倍，真叫人没办法。"② 还有，木谷所说的在他受审期间为他出了不少力，被木谷当作恩人一样看待的金

---

① ［日］野间宏．真空地带［M］．肖肖译．北京：人民文学出版社，1956：146.
② ［日］野间宏．真空地带［M］．肖肖译．北京：人民文学出版社，1956：351.

子军曹，事实上是中堀中尉一派的人，当年陷害自己入狱的不是林中尉，而是包括金子军曹在内的中堀中尉一派的人。但是，当木谷认识到这个事实时，金子军曹为了防止秘密泄露，已经提早将木谷列入下一批被派往前线的士兵名单之中了。

　　这样，小说《真空地带》通过主人公木谷被陷害入狱，以及出狱之后寻仇的经过揭露了日本军队中蝇营狗苟的政治腐败现实。从中我们可以了解到，在日本的军营内部，充斥着军官们之间争权夺利的纠纷。军官们为了满足个人私欲，互相排挤、陷害、猜忌，士兵们则成为了他们政治权力角逐中的棋子。

　　众所周知，日本政府和军部为了发动和维持侵略战争的进行，调动全体国民参战，在学校、家庭、社会等各个方面极力推行军国主义教育，大肆鼓吹战争，美化军人形象。为此，日本军部不仅颁布了以《教育敕语》为代表的一系列教育改革方案，同时还设置了报道部，从全国选拔优秀作家作为报道员。为了鼓动全民支持和参加战争，军部规定，军部报道员在写宣传稿的时候：（1）不准写日本军队打败仗；（2）不准写战争的黑暗面；（3）必须把敌人写得可憎可恶；（4）不准写作战的全貌；（5）不准写部队的编制和名称；（6）不准把军人写成凡人，与分队长以下的士兵不同，写小队长以上的军人时，必须注意把他们描写成人格高洁、沉着勇敢的军人；（7）不准描写女性。① 从这一系列条文规定可以看出，日本军人在国内被塑造成了品德高尚、英勇无畏的形象。那么，反观野间宏的《真空地带》，其中所描写的日本军营内部蝇营狗苟的政治腐败现实，无疑是将日本军部一直以来所致力于塑造的高大、圣洁的军人形象拉下了神坛。可以说，《真空地带》对军营内部政治腐败的揭露，有利于帮助日本国民从军国主义思想毒害中觉醒过来，认清这场战争的本质，它对外实行的是殖民侵略、对内依靠的是阶级剥削，其本质都是为统治阶级攫取利益服务的。

---

　　① 王向远：《炮制侵华文学的"国民英雄"火野苇平》，《名作欣赏》，2016 年 07 期，第 69 页。

（三）军营中的优胜劣汰

日本军队在侵略国作战时，如果出现伤势严重短时间难以恢复的士兵，就会把他们赶出军营，以减轻军粮和医疗的负担。大冈升平的小说《野火》就描写了日本军营中的这种"优胜劣汰"的做法。

小说的故事是从主人公田村二等兵染上肺病之后开始的。田村在连队登陆菲律宾莱特岛西岸后不久便开始咯血，不仅无法作战，连搬运重物的力气都没有。于是，连队给了田村五天的口粮，将他送到设在山里的伤兵收容所。但是，伤兵收容所里到处都躺着满身血污等待治疗的伤兵，田村所患的肺病和他们相比只能算是轻伤。军医们本想拒绝田村的住院申请，看到他带着口粮，便准许入院了。不过，三天之后口粮就已消耗殆尽，这时，医院便以田村的病已经痊愈为由，将他赶出了医院。这样，田村不得不再次回到连队，可是，回到连队之后，班长却给了田村一记耳光，训斥道：

> 混蛋！哪有人家让回来就乖乖儿地回来的！你应当坚决不走，就说无处可去！那样一说，医院总会给你想个办法，连队里可没有多余的粮食来养活你这样一个肺痨鬼！你瞧，部队几乎全部出动搜寻粮食去了，我军正在苦战，没有多余的粮食来养活废物。你给我回医院去！如果医院不收留你，就在那里静坐不走，不管多少天都行。院方决不会置之不理吧。如果无论如何也不收留你，那就只有死路一条。别白白领了那颗手榴弹。眼下，你只能这样为国效力了。①

在连队的班长看来，身患肺病的田村不仅对部队的作战毫无作用，还会增添部队供粮的负担。训斥结束之后，班长递给了田村六个山芋，令他离开军队。但是，田村即使按照班长所说的办法再回到医院，无论静坐多久，医院也不会收留的，因为在医院门前静坐不走的病患不知有多少人。就这样，肺病还未痊愈的田村被军队和医院双双抛弃，手中仅有六块山芋和一只手榴弹。他不由得感叹："我的国家——我为之献出生命的国家给予

---

① ［日］大冈升平．野火［M］．王杞元、金强译．北京：昆仑出版社，1987：1．

我的生活保证仅仅限于这六块山芋"。① 事实上，《野火》中的田村只是一个代表，像他这样还有无法计数的日本人因为生病或受伤而成为了弃兵，日本军部对他们的期望就是自己结束自己的生命。

这样，小说《野火》通过士兵田村患病之后被军队、医院双双抛弃的战争经历，揭露了日本军部为了夺取战争胜利、实现统治阶级的利益，对待本国士兵如同草菅的真相。在日本军营中，士兵对于部队来说，只是作战的工具，一旦失去了作战能力，就会被抛弃。

二、士兵的反军厌战表现

日本政府发动侵略战争以后，为了动员国民支持战争，加大了对新闻媒体、舆论传播的控制，不仅禁止反战言论、社会主义思想的传播，还要求新闻媒体大量报道前线士兵为国效忠、英勇作战的事迹，极力煽动国民的战争情绪和爱国热情。20 世纪 30 年代，日本政府出台了维护治安法，逮捕了小林多喜二等多名无产阶级文学工作者，使日本无产阶级文学运动遭受了沉重打击，走向低潮。另一方面，日本政府大力倡导"国策文学"，以军部的名义聘用了一批作家担任"军部报道员"，为鼓吹战争、传播军国主义思想服务。这样，在日本政府的政治思想控制、各大新闻媒体的舆论煽动之下，日本在二战时期出现了举国范围的战争狂热现象。

但是，战败以后，日本以二战为题材的文学作品中，有不少作品都描写了士兵们反军、厌战的行为表现，这是战时的日本战争题材文学所不曾描写过的内容。野间宏的《真空地带》中，就有不少对士兵厌军、反军、恐战、厌战心理的描写。首先是反军心理。例如，作品中出现了这样的描写："曾田禁不住憎恨起这么无情地把一个人心深处的一切都揭露无余的军队。"② 曾田是日本军营中的一名士兵，作品对他的反军心理的描写揭示了军兵之间的阶级矛盾；其次是反战心理。小说中，曾田不仅憎恨军队对人性的摧残，还产生了反抗军队权威的情绪。小说对他的反战心理进行了这样的描写："他对这种在大众面前无情地挖掘个人生活的军队的威力，激起

---

① ［日］大冈升平. 野火［M］. 王杞元、金强译. 北京：昆仑出版社，1987：3.
② ［日］野间宏. 真空地带［M］. 肖肖译. 北京：人民文学出版社，1956：63.

一种反抗的情绪。"① 还有厌战心理。小说中，当部队要调兵支援前线的消息传开之后，士兵们都开始坐立不安，脾气也变得十分暴躁乖戾，他们都担心自己会被列入支援前线的士兵名单，因为一旦上了前线就几乎不可能活着回来。小说对日本士兵在名单公布之前的焦虑不安进行了详尽的描写：

> 现在上前线，和那时候比较不知危险多少倍，可说简直不能相比。输送船到处受敌人的偷袭，谁也不能预料将来能不能活着回到国内来。……因此，这些兵全身的神经都紧张起来，提心吊胆，乱叫乱嚷，并不是没有理由的。补充兵的年岁都比曾田大得多，他们家里都有大小，其中有经验的老兵们都知道得很清楚，上前线是多么可怕的一件事。②

从这些描写中可以看到，士兵们对于去前线作战怀有极大的恐惧心理。作品通过描写士兵们在新一批赴前线作战士兵名单公布之前，极度焦躁不安的行为表现，从侧面反映出了士兵们恐战、厌战的心理。

关于士兵们的恐战、厌战心理，梅崎春生的小说《樱岛》也进行了极为细致、深刻的描写。小说的主人公是在基地队担任基地通讯工作的村上中士，一天，他接到了调职樱岛的命令，樱岛是日本二战期间的海军基地，极有可能成为美军登陆的目标。所以，村上被调职樱岛就意味着他将不得不在这个只在小学地理课本上学过，从未想过要在一生中去探访一次的小岛上送命。这使得村上陷入了绝望、痛苦的情绪之中。小说对村上来到樱岛之后的恐战、厌战的心理表现进行了大量描写。

> ……我满怀忧郁地吃过午饭，回到寝室午睡，并且做了梦。
>
> 说不清楚那是个什么样的梦，只是在一个幽暗的地方，我一面走着一面拼命嘶号着。我扑簌簌地流着眼泪，昏天黑地地走着；挥着手，跺着脚，还吼叫着什么。就这样，像缓缓地漂浮起来似的醒过来了。汗水浸透了全身。浑身都那么痛楚，梦里的感觉还残留在身上的每一个部分。睡意朦胧的我还像在梦里似的流着眼泪。我按捺着真想着要

---

① ［日］野间宏.真空地带［M］.肖肖译.北京：人民文学出版社，1956：289.
② ［日］野间宏.真空地带［M］.肖肖译.北京：人民文学出版社，1956：270.

抓住什么厮打的心情，和粘在身上的不舒服的汗湿，一动不动地仰卧在那里，心里想着："这样行吗？这样……"

　　一种对于遭受到损害的反抗，强烈地搅乱了我刚刚醒来的清新的意境。我自个儿发着脾气，并不是对某一个人、不是对密电班主任，而是对那使我堕入如此困窘的境地的某种势力感到了无比的愤怒。①

西蒙·弗洛伊德在《梦的解析》中将梦分为愿望梦、焦虑梦和惩罚梦。在焦虑梦的梦境中，做梦人会被梦中出现的可怕、不愉快的事情或情绪折磨，直到惊醒。很显然，中村的梦属于焦虑梦。而焦虑梦与做梦者的焦虑状态有着密切的关系。中村的焦虑感源于他对于随时可能到来的死亡的恐惧。不过，中村害怕的并不是死亡本身，而是为战争而死去。小说中出现了这样的内心独白："死并不可怕。不，不会不可怕。明白地说，我不愿意死。但是，如果横竖也要死去的话，那么我愿意心安理得地死。——就这样在这个岛上，像被抛弃的猫似的，和这里的虫子一般的人们一同死去，那不是过于悲惨了吗？"② 战争爆发之后，日本法西斯政府为了动员国民支持战争，加大了对新闻媒体、舆论传播的控制，不仅禁止反战言论、社会主义思想的传播，还要求新闻媒体大量报道前线士兵为国效忠、英勇作战的事迹，极力煽动国民的战争情绪和爱国热情。然而，《樱岛》中的主人公中村却不把在樱岛为国捐躯当作光荣的事情，他认为这样的死就和被抛弃的猫，或者死了一条虫子一样可怜。可见，中村并不认同为这场不义的侵略战争而牺牲是光荣的事情，因而他害怕在樱岛死亡。除了对死亡的恐惧使中村产生了恐战、厌战心理之外，对于亲人的惦念和缅怀也增加了中村对于战争的怨恨情绪。小说中有这样的描写：

　　到樱岛以后，我还没有给家里写过信。就连我来到樱岛，我的老母也不知道吧，我的哥哥是陆军，在菲律宾，恐怕不会活着了。弟弟

———————

　　① ［日］梅崎春生. 樱岛［M］. 包容译.∥日本当代小说选（上）. 北京：外国文学出版社，1981：115—116.

　　② ［日］梅崎春生. 樱岛［M］. 包容译.∥日本当代小说选（上）. 北京：外国文学出版社，1981：126.

已经战死在蒙古了。立刻，一股粗暴的感觉就像狂风般地充满了我的心上。付出了这么大的牺牲，日本这个国家到底完成了一些什么事情啊？说是徒劳——如果把这叫作徒劳，那么我应该向谁去愤怒地嘶号才对呢?①

因为日本法西斯政府发动的这场侵略战争，中村无法陪伴在年迈的母亲身边，弟弟已经战死在蒙古，哥哥在菲律宾作战生死未卜。这不由得使中村想到，以他家为代表的全日本国民为这场不义之战所付出的巨大牺牲。令他疑惑不解的是，日本国民所付出的巨大牺牲却没有任何回报，那么，付出这么大的牺牲究竟是为什么。事实上，中村还没有认识到，日本政府发动的这场侵略战争是为以垄断资产阶级为代表的日本统治阶级攫取利益而服务的。本国国民不仅得不到任何好处，还成为了日本统治阶级生命政治和经济剥削的对象。

其实，小说《樱岛》的主要内容就是对中村被调往樱岛之后的反战、厌战情绪的描写。日本的军队中也有一部分军人像小说中的吉良上士一样，已经深受军国主义思想的毒害，变成了毫无人性和情感的杀人魔。但是仍然有许多士兵像中村一样，是被迫卷入战争，他们的内心其实是极度恐惧、厌恶战争的。他们不仅不认为为这场战争献出生命是为国效忠的光荣之举，还认为一切的努力和牺牲都是徒劳的。综上所述，从《真空地带》《樱岛》等作品中我们可以看到，日本军营中的一些士兵们并不像军部报道员所报道的那样英勇善战，忠君爱国。相反，他们甚至抱有强烈厌军、反军、恐战、厌战情绪。

三、日军的加害行为

在中国的日本文学研究界，不少学者都曾指出，日本的反战文学较多从日本作为战争受害者的角度来描写战争，强调战争给日本普通士兵和民众带来的灾难，却回避或淡化日军对亚洲他国的加害事实，缺乏关于本国

---

① ［日］梅崎春生. 樱岛［M］. 包容译. // 日本当代小说选（上）. 北京：外国文学出版社，1981：123—124.

战争责任和加害责任的认识自觉。确实，即便是在战后，日本以战争体验为题材的文学作品也较多描写的是军营内部的状况，极少描写敌我对抗的战争场景。这样使得作品的批判立场仅仅只是局限于本国利益的范围，缺乏从全人类的立场正视这场战争的侵略性质以及本国对他国加害责任的姿态。其中部分原因是来自日本军部的压力，正如前文所提及的，日本军部规定军队报道员在写宣传稿的时候：（1）不准写日本军队打败仗；（2）不准写战争的黑暗面；（3）必须把敌人写得可憎可恶；（4）不准写作战的全貌；（5）不准写部队的编制和名称；（6）不准把军人写成凡人，与分队长以下的士兵不同，写小队长以上的军人时，必须注意把他们描写成人格高洁、沉着勇敢的军人；（7）不准描写女性。① 可见，日本军部有意禁止国内关于日军在国外战场上的侵略行为的报道，其目的在于美化军人形象，骗取国民对战争的支持。

　　虽然日本的二战题材文学普遍存在着缺乏对本国侵略事实的书写这一问题，但并不是说日本文坛完全没有描写本国侵略事实的作品。在日本战后左翼文学中，有些作品里就出现了描写日军加害行为的内容。例如，大西巨人的《神圣喜剧》以一名叫东堂的普通日本士兵的视角来描写他在军营中的见闻。他发现，大前田军曹时常在士兵们面前把自己在中国战场的恶行当作英勇事迹一样夸耀。"大前田在中华民国战场上的'英勇事迹'，也就是他所干的那些大逆不道的恶行，连我都略有所闻"。② 这样，小说通过大前田军曹在士兵们面前的夸耀以及东堂对此的转述，披露了日军在战场上的恶行。

　　其中，大前田在讲述自己的"英勇事迹"时曾说过把一个活人烧死只需要两分钟就可以了，他认为两分钟的时间带给被烧死者的痛苦太短了。

　　　我可以想象大前田他们大概是把活着的"匪贼们"放在露天的焚烧物上活活烧死过吧。这种火烧方式应该比火葬场的焚烧炉需要更多

---

① 王向远：《炮制侵华文学的"国民英雄"火野苇平》，《名作欣赏》，2016 年 07 期，第 69 页。

② ［日］大西巨人．神聖喜劇（第一卷）［M］．東京：光文社文庫，2015：436．原文为日语，日译汉由笔者翻译，文责自负，下文出自该书引用处不再赘述。

的时间。但是大前田却说："把一个活人烧死只需要两分钟就可以了。"那么，大前田的这句话究竟是什么意思呢？一个活人会在熊熊燃烧的大火上活两分钟时间，这个人会经历两分钟被烧死的痛苦。所以，大前田的真意是，一个全身被淋上石油的"活人"到被烧死为止需要经过两分钟。所以这个"活人"只需要忍受两分钟如地狱一般的灼热之苦。这实在是太短了。①

大前田之所以觉得两分钟短，是因为他想要被烧死者经历更长时间的痛苦。也就是说，他的目的不仅仅是要夺取对手的性命，还要让对方死得痛苦。这足以看出大前田作为一名军国主义者的凶残变态。事实上，在古代，火刑本身就是死刑中的酷刑，而大前田却仍然认为这火刑只需要让活人忍受两分钟的灼热之苦。听到大前田的这番话，作为小说叙述者的东堂认为"大前田是比死刑执行人更凶残的杀戮者"②。综上所述，《神圣喜剧》中大前田对于自己在战场上的杀戮行为的夸耀以及他关于火烧的言论，都充分表露出了他残暴变态、杀人成魔的性情。可见，《神圣喜剧》不仅描写了日军在被侵略国的施暴行为，还揭露了他们凶残变态的施虐心理。

另外，堀田善卫的小说《时间》大量描写了日军在中国的施暴行为，是日本乃至国外第一部以南京大屠杀为题材的长篇小说。堀田善卫是日本国际文化振兴会的职员，二战末期被派往振兴会驻上海事务所工作，在那里迎来了日本战败。战败之后，他被中国国民党中央宣传部对日文化工作委员会聘用，直至1946年12月才回到日本。回到日本后，堀田创作了一系列以中国为背景的二战题材小说。其中《时间》描写了南京大屠杀时期日军在南京的暴行。

小说《时间》以一个中国人的视角，记录了1937年11月30日至1938年10月3日期间，也就是日军侵占南京城制造南京大屠杀事件前后这段时期，这个中国人的个人遭遇和见闻。这个中国人名叫陈英谛，他曾经留学欧洲，回国后在南京国民政府海军部任职。日军侵占南京城时，他的妻子

---

① ［日］大西巨人. 神聖喜劇（第一卷）［M］. 東京：光文社文庫，2015：447.
② ［日］大西巨人. 神聖喜劇（第一卷）［M］. 東京：光文社文庫，2015：449.

莫愁正怀着第二个孩子。为了躲避日军搜查，他带着家人逃到了金陵大学，那里有国际难民救济委员会所设的安全地带。然而在 1937 年 12 月 19 日，日军还是搜查了避难地区的所有男子。日军发现陈英谛左手有刀伤，便怀疑他是军人，要将他与其他嫌疑人一起带到郊外进行集体屠杀。幸好陈英谛在枪声中装死倒下，趁夜色从尸体堆中爬了出来。但是，他怀孕 9 个月的妻子遭受了日军的凌辱，后又在混乱中被人踩踏，连同腹中的孩子一起丧生了。他五岁的大儿子走失之后成了流浪儿，只能与众多难民乞丐一起守在日军炊事班的后门，期待获得一点残羹冷炙，最终在一次事故中被炊事房的日本哨兵开枪打死了。还有苏州沦陷之后，来南京投奔陈英谛的表妹杨小姐也惨遭占领南京城的日军强暴，精神上受到巨大打击，几次寻求短见未果，后被送到苏北新四军地区疗养。她为了麻痹精神创伤，整日服用鸦片。

小说通过描写陈英谛一家人在南京大屠杀事件前后的悲惨遭遇，披露了日军在南京的暴行及其带给中国人民的深重灾难。同时，小说还借助陈英谛的视角，描写了他在逃难的过程中，所目睹的日军在南京对中国士兵以及平民百姓的施虐暴行：

> 终于，听到了一阵枪声，没有炮声了。接着在别的方向又听到了一阵持续很长的枪声。……后来听说那天持续时间很长的枪声是日军在城外抓了四万中国同胞，用机关枪射杀了其中的一万人。还有三万人也基本没有活命的……据说他们把我军的俘虏集中到长江下关的岸边，以一千人为一组，用机关枪射杀。然后让下一组俘虏把上一组的尸体丢入江中，再将他们以同样的方式进行射杀。①

> 下午四点，日本兵再次把我们男子集中起来，叫我们去收拾学校外的尸体。这里面有小孩的、有女人的，有头部破裂的、有上半身或者下半身裸露的。我们将这五十多具尸体堆积到田野，浇上汽油后进行焚烧，其中或许有人还没死……②

---

① ［日］堀田善衞. 時間［M］. 東京：岩波现代文库，2015：70. 原文为日语，日译汉由笔者翻译，文责自负。下文出自该书引用处不再赘述。

② ［日］堀田善衞. 時間［M］. 東京：岩波现代文库，2015：92.

关于日军在南京大屠杀事件中的暴行，日本国内部分研究者认为中国的报道有夸大其词之嫌，甚至有部分日本右翼人士认为南京大屠杀事件是中国人的捏造。对此，日本作家堀田善卫的小说《时间》可谓有力反驳了他们的谬论。堀田善卫在二战末期有在上海生活的经历，他于1954年创作的小说《时间》参考了远东国际军事法庭的庭审记录，庭审记录不仅有中国人的证词，还有美国医生罗伯特·威尔逊、美国传教士约翰·马吉、原金陵大学教授迈纳·贝茨（贝德士）以及约翰·拉贝等等，他们都有着真实姓名和身份，是东京审判的检方证人。堀田善卫的小说《时间》里也以真实姓名和身份描写了这些人物，从而为读者还原出来一种历史现场感。如果说中国人创作的关于南京大屠杀题材的作品，日本人可能会怀疑其真实性的话，那么，对于堀田善卫的作品《时间》，恐怕没有日本人敢说是纯属虚构吧。

战后，日本政府和大众媒体极力通过宣传广岛、长崎原子弹爆炸，战败投降，美国占领等所谓日本受害的记忆，强化日本人作为战争受害者的心理意识，极力淡化日本在战争期间的侵略行为，其目的是为了加强对国民的意识形态控制，维护资产阶级的统治地位。日本政府对国民意识形态的控制反映在文学上就造成了日本战争题材的文学作品多将笔触转向战场后方，也就是军营，因此日本的反战文学又可称为军营文学。虽然从军营的压迫机制以及政治腐败问题入手也是认清战争本质的一条有效路径，但是日本文坛缺乏书写前线战场的作品不利于本国国民正视日本对亚洲邻国的侵略事实。

新历史主义认为："新历史主义具有强烈的历史意识形态性。新历史主义通过批评运动激发、调动和利用文学与文化研究的消解性和颠覆性，向主流意识形态进行抗争和挑战，从语言层面达到重写历史、文化史和文学史的目的。"①《时间》《神圣喜剧》等日本战后左翼文学作品对日军侵略暴行的揭露，体现出了他们对于日本在二战中的加害责任的认识自觉，同时，这类作品的稀少也反映出日本国内无论是战前、战时还是战后都极力压制

---

① 陆贵山.新历史主义文艺思潮解析［J］.中国人民大学学报.2005（5）：131.

关于日军侵略暴行的报道，这反映出了日本统治阶级的文化霸权以及资产阶级意识形态控制之下历史叙述的人为性和欺骗性。

第二节 左翼立场与反战思想

左翼文学作为一种激进的文学形态，它总是与那些承受着最多苦难的人们建立着精神联系。这是左翼文学的使命使然，也是其激进立场的彰显。那么，当左翼文学与"反战"联系在一起时，其书写战争、批判战争的视野和角度又会发生怎样的变化呢？战后日本战争体验题材左翼文学对战争的普遍态度是反对和批判的，并且，这些作品从左翼的立场突出反映了底层人民在战争状态下的生存困境，剖析和批判了战争的本质及其背后的政治机制。这种左翼立场的彰显是左翼反战文学区别于其他反战文学的本质体现以及精神力量。

一、战争中的生命政治

大冈升平是战后日本反战文学的代表人物。他于 1944 年被征入伍，派驻菲律宾杜拉格岛，1945 年被美军所俘。战后他根据这段经历创作了《野火》《俘虏记》等反战作品。其中，《野火》以日记的形式描写了二战末期的菲律宾战场上，"我"（田村二等兵）因染上肺病而被军队和医院赶出营地，为了不被美军和菲律宾游击队抓获，只能躲在山林中苟延残喘，目睹并参与同伴间相互残杀、争食人肉的经历。小说通过对人在饥饿极限状态下兽性爆发、骨肉相残的描写控诉了战争对人性的摧残。同时，如果我们结合西方当代马克思主义学者阿甘本所提出的"生命政治"理论来看的话，会发现《野火》实际上是一部政治寓言，其中蕴含着对统治阶级得以发动战争背后的生命政治的批判。

《野火》中，主人公田村二等兵在菲律宾战场参战的过程中染上了肺病，不仅无法作战，连搬运重物的力气都没有。于是，连队给了田村五天的口粮，将他送到设在山里的伤兵收容所。伤兵收容所里到处都躺着满身血污等待治疗的伤兵，田村所患的肺病和他们相比只能算是轻伤。军医们本想拒绝田村的住院申请，看到他带着口粮，便准许入院了。但是，三天之后口粮就被消耗殆尽，医院便以田村的病已经痊愈为由，将他赶出了医院。这样，田村不得不再次回到连队，可是，回到连队之后，班长却给了田村一记耳光，训斥道："我军正在苦战，没有多余的粮食来养活废物。你给我回医院去！如果医院不收留你，就在那里静坐不走，……如果无论如何也不收留你，那就只有死路一条。别白白领了那颗手榴弹。眼下，你只能这样为国效力了。"① 训斥结束之后，班长递给了田村六个山芋和一个手榴弹，令他离开军队。但是，田村即使按照班长所说的办法再回到医院，无论静坐多久，医院也不会收留的，因为在医院门前静坐不走的病患不知有多少人。就这样，肺病还未痊愈的田村被军队和医院双双抛弃，手中仅有六块山芋和一只手榴弹。在菲律宾战场上，日本士兵如果离开营地的话就意味着失去了国家力量的保护，不仅得不到食物供给，还将随时会遭遇美军或菲律宾游击队的袭击以及逮捕，或者被其他游荡在山林的弃兵吃掉。

阿甘本认为："人和动物的区分（把动物生命从人类的生活中隔离出来），恰恰是赤裸生命得以产生的沃土：由于人仍然具有自然生命（人的动物性），当某些人被从人类的共同体生活中隔离出来——被弃置——后，他们就可以被直接下降为赤裸生命，成为被捕获与征用的对象，换言之，成为'人权'（表征着法律之普遍性）的例外。"② 换句话说，身体成为主权的载体并非没有前提，只有获得公民身份时，身体才能获得权利，他的生命和尊严才会得到政治和法律的保护。当一个人的公民身份被剥夺时，那么这个人就会成为"赤裸生命"。"赤裸生命"，就是纯粹的生物性生命。这种生命意味着，人只是在动物的自保本能的意义上活着。这样的生命是光秃秃的，他得不到政治和法律上的保护，他的死亡不会引起任何人的关注，也没有任何人对他的死亡负责。所以，生命有两种形式，一种是有权利、有公民身份的生命；另一种是可以被随意处死的牺牲人（homo sacer），即"赤裸生命"。结合阿甘本的赤裸生命理论来看，田村二等兵因为染上肺病

---

① ［日］大冈升平．野火［M］．王杞元、金强译．北京：昆仑出版社，1987：1.

② ［意］吉奥乔·阿甘本．神圣人：至高权力与赤裸生命［M］．吴冠军译．北京：中央编译出版社，2016：36—37.

不仅无法作战，还将成为耗费军营资源的负担，因此被赶出军营，也就是被所在的共同体弃置，在国外战场上，被弃置的士兵就下降为"赤裸生命"，没有政治和法律保护他的人权，他只能依靠自己的动物性存活，要么捕获他人，要么被他人捕获。换言之，被军营赶出后的田村就是可以被随意处死的牺牲人，即"赤裸生命"。因为在菲律宾战争离开军营之后，他的生命就是光秃秃的，没有政治和法律保护他，没有国家对他的死亡负责，甚至说他的死亡才是日本国家所希望发生的事情。

小说中，田村被赶出军队之后，回到了医院门口，发现除了自己之外，还有八个像田村这样的士兵聚集在医院门口。"他们都和我一样，是被吃了败仗的部队赶出来的废物。他们心里都很明白，眼下既无收容他们的救护机构，他们自己又不具备溃败部队所需要的能力，他们是无家可归的。"①可见，田村并不是一个特例，任何失去作战能力的人，对于日本军部来说都是无用的生命，若是在国外战场作战大部分情况都会遭到弃置，成为赤裸生命。

并且，田村在离开军营的时候，一位卫兵司令十分感慨地对他说："是离开部队的你走运，还是留在部队的我们走运，那只有天晓得。我们横竖都是冲锋陷阵呗！"②也就是说，在这场由日本发动的侵略战争中，每一个日本士兵都是潜在的"赤裸生命"。被赶出军营的士兵只能依靠动物性存活，要么捕获他人，要么被他人捕获。而留在军营的士兵也同样是被征用的生命，要么杀死敌人，要么被敌人杀死。

那么，在战争中，国家或者军队是如何合法、合理地使人的生命下降为"赤裸生命"的呢？阿甘本指出，"赤裸生命"是生命被政治化的直接产物。因为生命的"赤裸化"，绝非是生命本身的特征或属性，而只是共同体结构所产生出的一个后果，更具体地说，是例外空间（神圣、主权）之"至高权力"所生成的一个结构性产物。也就是说，赤裸生命是生命政治的产物。所谓生命政治，就是主权者利用至高权力把生命拉到政治里来，生命本身被捕获、被征用、被控制。日本从明治时期开始，就先后颁布了

---

① ［日］大冈升平. 野火［M］. 王杞元、金强译. 北京：昆仑出版社，1987：19.
② ［日］大冈升平. 野火［M］. 王杞元、金强译. 北京：昆仑出版社，1987：5.

《教学大旨》《教育令》《教育敕语》等教育改革法令，日本的修身教育中不断加大关于忠君爱国、天皇神圣思想的灌输，教育国民把对天皇、国家的忠诚置于一切道德之首，这些都为日本走上军国主义道路提供了思想基础。战争期间，日本军部正是利用天皇和国家的权威，以及国民忠君爱国的思想动员全民支持和参与到侵略战争中来了。用阿甘本的理论来解释的话，是日本天皇和国家所代表的至高权力生产出了"赤裸生命"，或者说使生命被拉到政治中来，成为被捕获、被征用、被控制的对象。

那么，日本军部为发动侵略战争在全国范围内大量征兵，并极力向他们灌输军国主义思想，其本质是一种生命政治行为。1935 年以后，随着日本军部的法西斯化，掌握了政治实权的法西斯分子在日本掀起了一场"明征国体"的运动，猛烈攻击了作为日本政党内阁制理论基础的"天皇机关说"，大肆宣扬"国体论"的思想。"国体论"是关于日本国家本质的思想。它由江户时代中期的国学家提出，认为日本国家和民族的根本就在于万世一系的天皇及其统治，天皇及其统治大权神圣不可侵犯，必须绝对尊重和服从。日本法西斯主义军部统治者之所以大肆宣扬"国体论"思想，目的在于要求士兵绝对服从军部命令，将以死献身视为对天皇忠诚的体现。也就是说，日本法西斯军部统治者利用了天皇的绝对神性即至高权力将国民的生命纳入国家政治中来，也就是使国民的生命政治化。因此，军队的运营实际上是一种生命政治行为，它所依靠的至高权力正是"国体论"思想所主张的天皇的绝对神性。

小说《野火》中，当连队的班长让田村离开军营时，他们之间的对话是这样的："明白！田村一等兵立刻返回医院，如果不让住院，就为国尽忠。""好！那就打起精神来去吧！一切为了国家，直到最后，也要以一个帝国军人的姿态采取行动！"① 在军营中，士兵的一切行动的目的都被设定为"为国尽忠"。在日本军部所进行的生命政治之下，被征入伍的日本人从"国民"转变为"士兵"，之后他的个人行动就必须"为国尽忠"，"要以一个帝国军人的姿态采取行动"，这实际上正是生命政治化的一种表现。田村

---

① ［日］大冈升平. 野火［M］. 王杞元、金强译. 北京：昆仑出版社，1987：2.

生病之后，最好的行动就是离开军营或者自己结束生命，因为这是为国尽忠的最好路径。可见，"田村"的行动已经被政治化了，即已经被纳入国家的政治结构中来了。

阿甘本认为："'生命政治'的危险，不是将诸种生活形式暴力性地压缩为自然生命，而是将两者分隔，单独地将生命政治化，从而产生出直接暴露在死亡之前的生命——赤裸的神圣生命。"① 也就是说，生命一旦被政治化，统治者就可以利用至高权力决断例外状态，使生命随时转变成赤裸生命。小说《野火》中，田村一等兵患上肺病之后，连队的班长认为他的存在会成为部队作战的累赘，将其视作无用的生命，令他离开军营。这实际上反映了日本军部法西斯主义的生命政治及其对赤裸生命的征用。并且，《野火》中，以田村为代表的伤兵在军部主权者的至高决断中，被排除在本应受到保护的空间之外，其生命遭到了弃置，也就是被缩减为赤裸生命。而其他留在军营里的士兵也随时面临着被弃置的危险。这种不断将生命政治化、不断征用赤裸生命的生命政治正是日本法西斯极权统治者所发动的这场侵略战争背后的运营机制。

事实上，日本军国主义统治者发动侵略战争的本质目的是为了掠夺资源、攫取财富，换言之，这场战争就好比一台为军国主义统治者谋取利益的生产机器。那么，这台生产机器的燃料是什么呢？其实燃料就是赤裸生命。因为只有依靠赤裸生命的不断牺牲，战争才能得以持续。也就是说，只有不断往战争这台生产机器里面填充"赤裸生命"的燃料，才能推动生产机器的持续运转，巨额利润和财富才能得以产生。《野火》中，像"田村"这样被日本军队赶出的弃兵充分暴露了战争生命政治的本质，那就是制造可以随时被牺牲的赤裸生命，以充当战争的"燃料"。而且，小说中"田村"并不是特例，而是一个普通日本士兵的缩影。因为每一个被征入伍的士兵，都是一个被政治化、被征用的生命，他们在至高权力的规训之下，被迫或主动地成为了可以随时被牺牲的生命，也就是赤裸生命。日本法西斯极权统治者依靠天皇的绝对神性作为至高权力，以将国民的生命政治化，

① ［意］吉奥乔·阿甘本. 神圣人：至高权力与赤裸生命［M］. 吴冠军译. 北京：中央编译出版社，2016：40.

从而不断制造赤裸生命，来维持战争的运营，为日本统治者攫取巨额利润。

综上所述，《野火》可以说是一则隐喻和批判战争生命政治的寓言。它告诉我们，日本法西斯极权统治者所发动的这场侵略战争是依靠不断将士兵生命政治化、不断征用赤裸生命的方式来维持运营的。日本法西斯极权统治者对外发动战争进行殖民扩张，并不会给本国人民带来任何好处，相反，日本法西斯极权统治者是通过不断剥削压迫本国人民，将他们征用为赤裸生命的方式来发动和维持战争的。也就是说，日本法西斯极权统治者发动的侵略战争不会给日本人民带来任何利益，反倒加重了他们被压迫和被剥削的处境。

二、战争中的阶级剥削

日本战后左翼文学中的反战文学与其他反战文学在思想倾向上最大的不同点就是它的左翼立场。首先，它表现在这些作品着重反映了日本的劳苦大众在战争中所蒙受的苦难。野间宏的《真空地带》中，曾田是大学生出身的一等兵，但是他十分关注工人阶级在战时体制下的生存状态。他的女友时子被动员到某化学工业总公司的办公室工作。曾田认为："时子没被动员到车间去工作，是非常可惜的事。要是她能在车间工作，一定能亲眼看见工人的各种痛苦，能学到很多东西。"① 曾田关心工人阶级的处境，认为接近工人阶级可以学到很多东西，可见，曾田具有无产阶级的立场和马克思主义的视野。另外，曾田在去木谷士兵的家中进行家访时，通过与木谷家人的交谈，了解到了一些关于日本工人阶级的生存境遇和劳动状态：

> 木谷的哥哥一谈到工厂的情形，脸上就露出了忧郁的神色。他卷着烟丝的手指不太灵活，曾田仔细一看，原来是大拇指肿肿了，不能弯曲。曾田很想更进一步地了解工厂的情况，但看来对方也并没有什么隐瞒的意思，不过，确实是知道得太少了。曾田只了解到这么一点：大部分被征用来的工人都已开始请假，但请假日期太长了，又得遭到

---

① ［日］野间宏. 真空地带 [M]. 肖肖译. 北京：人民文学出版社，1956：203.

宪兵的调查和严重的处分。工厂的警备很严，高地上都架着机枪。①

木谷哥哥的大拇指肚肿了，不能弯曲，可以推测是工厂里长期劳作所致，可见工人阶级的劳动强度是非常巨大的。并且，工人不能请假太长，不然会遭到宪兵的调查，工厂的高地上还架着机枪。这样的工厂和监狱有什么区别呢？为什么工厂会变成这样呢？对于其中的原因，小说也借助曾田的思考给出了答案，小说中出现了这样一段叙述："曾田并不是完全不知道这些小商店老伴的家庭情况，因为他早就从朋友那儿听说过，可是访问这种陋巷里的店铺，亲眼看见他们的生活却还是头一次。这个店铺可太脏了。他认为这是战时征用令给人民生活带来的后果；但是，从这里应该得出什么结论呢，他就找不到答案了。"② 也就是说，是战时征用令把工厂变得和监狱一样，日本的工人阶级因为战时征用而不得不被强制进行高强度的劳作。

战时征用令的颁布和不断强化，源于日本法西斯极权统治者发动了对外侵略战争以及战争的长期持续。1937 年 7 月，抗日战争全面爆发，日本原计划要"速战速决"，尽快赢得对中战争的胜利然后返回国内。但由于中国人民的坚决顽强的抵抗，日本的"速战速决"战略计划破灭。到 1938 年底，日军投入兵力总计六十万人，国内陆军仅剩正规军一个师团，不仅人力资源严重告急，其财政力量和军需工业也难以支撑新的扩军或作战。于是，为了维持战争的进行，日本政府在国民经济各领域推行了许多带有强制性甚至胁迫色彩的政策措施，建立起了全面战时统制体制。其中就包括战时征用令，它规定日本政府有权强制动员国民参加任何工农业劳动，个人不得随意选择劳动岗位。战时经济统制体制为日本法西斯进一步扩大侵略战争提供了十足的政治和经济基础保障，但是，从本质上来看，它其实是一套压迫和剥削国内人民的经济政治体制。它为资产阶级奴役和剥削无产阶级，强迫他们从事低回报、高强度的劳作提供了制度性的借口。这样，在战争中，不少财阀瞅准机会，打着扩大军需生产的幌子，利用日本政府颁布的各种战时统制政策，大肆剥削工人阶级，压榨工人阶级的血汗，成

---

① ［日］野间宏. 真空地带［M］. 肖肖译. 北京：人民文学出版社，1956：188.
② ［日］野间宏. 真空地带［M］. 肖肖译. 北京：人民文学出版社，1956：185.

为了日本战时统制经济的最大受益者。因此，给像木谷的哥哥这样的劳苦大众的生活带来破坏的正是日本战时统制经济体制。

小说《真空地带》中通过曾田去木谷家进行家访时，木谷哥哥的叙述披露了日本战时体制下工厂资本家强制工人劳动的现象。

> 木谷的哥哥絮絮叨叨地解释说：他也打算到部队去看看兄弟，不过现在被征用了在造船厂里干活，没法去；又说：他最近被拉到泉州工厂去，拿着从来也没拿过的铁夹子，从早晨七点一直干到晚上八点，监工的还紧跟在屁股后面催。下班后还有人专门监视着，被关在宿舍里，只要干一星期，那就累得连腰也直不起来，所以才不得不这样逃回家来喘口气。这若被他们察觉那就不得了；因此，他们只要大家互相替工，轮流偷着跑回来。"出去干活还吃不饱，大伙儿就都得像我这样跑回家来拿吃的哩。"①

可见，战争加剧了日本无产阶级被剥削、被压迫的处境。以前，他们有更多的自由来支配上班时间，现在却因为战争需要不得不延长劳作。日本法西斯统治者打着全民总动员的幌子，利用战时统制经济体制压迫和剥削无产阶级，使他们为发动战争服务，然后通过战争掠夺资源、攫取利益，为帝国主义统治者积累财富。因此，战争的发动是为统治阶级攫取利益的，并不会给无产阶级带来任何好处。

《真空地带》的作者野间宏，学生时代就醉心于马克思主义，并对革命运动甚为关心，曾参加过地下学生组织以及关西劳工运动。所以，具有大学生学历的曾田一等兵可以说是作者野间宏的替身。曾田一等兵对战时统制经济体制下日本工人的劳动状态的关注也正是小说作者野间宏的关注。虽然小说主要描写的是发生在军营内部的事情，但同时又借助曾田的见闻和思考，反映了日本的工人阶级在战争期间的生存状态，揭示了日本统治阶级利用战争剥削工人阶级，攫取利益的野心。曾田对工人阶级的关注体现出了作者的无产阶级立场和马克思主义视野。综上所述，野间宏在小说

---

① ［日］野间宏. 真空地带［M］. 肖肖译. 北京：人民文学出版社，1956：183.

《真空地带》中对日本工人阶级在战时统制体制下的生存状况的描写，不仅反映了日本无产阶级在战争中被剥削、被压迫的事实，还揭示了日本帝国主义战争的本质，那就是日本国家垄断资产阶级依靠剥削本国无产阶级、掠夺他国资源来攫取利益，实现资本积累。作品突出反映了底层人民在战争状态下的生存困境，剖析和批判了战争的本质及其背后的政治机制，彰显了作品的左翼立场和马克思主义视野。

其次，战后日本战争体验题材左翼文学在反战思想中的左翼立场还体现在其对隐藏在日本军营内部的阶级剥削现象的揭示。例如，小说《神圣喜剧》中，作者大西巨人借助小说主人公东堂太郎之口，从马克思主义理论中的阶级分析的观点出发，剖析和揭露了隐藏在军营中的阶级差异。东堂是对马要塞重炮兵部队中的一名陆军二等兵。他发现，军队中士兵的月薪极其低廉，一等兵、二等兵每月只有 5 日元 50 钱，上等兵每月也仅 6 日元 40 钱。但是，尽管士兵们生活得非常拮据，却没有人提出异议。这是为什么呢？小说借助村崎一等兵给出了答案：

> 士兵队伍中读过书的知识分子有是有，但只是例外的很少一部分人。大部分士兵都是来自乡下的底层贫苦民众。……对于这些来自乡下、生活在底层的、没有什么文化的百姓、商贩、技工、民工以及流浪汉来说，或者说对于所谓的"民众""贫苦大众""底层阶级"来说，军队的生活并没有那么糟糕。军营的生活和乡下比较起来还是要更为舒服、轻松一些。……他们过去每天饥不饱腹，到了月底，没有欠债就算是好的，更谈不上存钱了。但是在军队中，至少能保证有吃的穿的睡的，到月底不仅能存点钱，还有零花钱用。①

也就是说，士兵的月薪如此低廉却没有人抱怨或抗议，是因为大部分士兵都来自底层民众，也就是无产阶级。他们原本生活在乡村，过着食不饱腹的生活，军营的饮食生活以及微薄的薪水对他们而言已是不错的待遇了，所以很少听到士兵们抱怨军营的薪水低。但事实上，军部正是利用了

---

① ［日］大西巨人 . 神聖喜劇（第二巻）［M］. 東京：光文社文庫，2015：414—415.

无产阶级所处的生活境遇，压低了士兵们的薪水，从马克思主义的观点来看，这种巨大的收入差距在本质上是资产阶级统治者对无产阶级所进行的阶级剥削。

1945 年战败以前，日本陆军的军阶分为将校、士官、士兵三等，共计十六级。将校为大将、中将、少将、大佐、中佐、少佐、大尉、中尉、少尉；士官为准尉、曹长、军曹、伍长；士兵为上等兵、一等兵、二等兵。其中，士兵的月薪极其低廉，他们大多来自生活在底层的贫苦家庭。而士官、将校则大部分来自社会的中上层阶级，并且很多是具有大学生学历的知识分子。正如小说《神圣喜剧》中，主人公东堂所认识到的，日本的军营就如同日本社会的一个缩图，它其实也是一个根据家庭出身、社会地位、学历层次来划分等级的地方。最低等级的士兵基本都来自学历低下、出身贫困的无产阶级，而士官、将校则大部分来自学历较高的社会中上层阶级。换言之，日本军营中的军阶级别并不是依据军人的军事作战能力，而是依据他们原本的家庭出身、社会地位和学历层次来划分的。日本的军营实际上就是一个"小社会"，上级士官与下级士兵在薪酬待遇上的巨大差异就是阶级贫富的差距，上级士兵对下级士兵的支配差遣、责骂体罚从本质上来说就是阶级压迫的阶级剥削。甚至还可以说，军营中上级士官和下级士兵之间的矛盾和对立就是一种阶级矛盾和阶级对立。军官对士兵的虐待、压迫在本质上就是代表国家垄断资产阶级利益的统治阶级对广大无产阶级的剥削和压迫。

最后，战后日本战争体验题材左翼文学在反战思想上的左翼立场还反映在作者们将马克思主义思想作为反对战争的理论指导这一点上。事实上，战后日本战争体验题材左翼文学的创作者们大多熟读马克思主义的经典著作，深受马克思主义思想的熏陶。并且，这些作家们不仅自身深受马克思主义思想的熏陶，还在其创作的作品中也流露出了对马克思主义思想的靠近。例如，野间宏的《真空地带》中，一直反复出现《共产党宣言》的开篇第一句"一个幽灵在欧洲游荡"，即已充分流露出作者对马克思主义思想的亲近。另外，具有大学生学历的曾田一等兵可以说是作者野间宏的替身。他十分关心工人阶级的处境，认为接近工人阶级可以学到很多东西，甚至希望自己的女友能够进到车间工作，多与工人阶级接触。曾田对工人阶级的关注影射了作者的无产阶级立场和马克思主义视野。还有，军营的压抑人性的生活使曾田逐渐产生了反抗的情绪，于是他把反抗军营的希望寄托在木谷的身上，因为他一直以为木谷二等兵是具有特殊思想，即马克思主义思想的人。曾田把反抗军营、反对战争的希望寄托在具有马克思主义思想的木谷身上，虽然反映出了知识分子在革命行动中的软弱性，但同时也表明了曾田对社会主义思想的认同和期待。

另外，相比《真空地带》中对马克思主义思想所采取的含蓄、朦胧的影射方式，大西巨人在其作品《神圣喜剧》中则直接大量引述了马克思主义的主要思想。除了马克思主义最具代表性的著作《共产党宣言》之外，小说还提到了其他多部马克思主义思想体系的经典著作，例如，马克思的《经济学批判》；列宁的《帝国主义是资本主义的最新阶段》；幸德秋水的《帝国主义》；贝尔（Max Beer）的《社会思想史》《社会主义与社会斗争史》《国际社会主义的五十年》；还有第二国际斯图加特代表大会上的决议、第二国际巴塞尔大会上的反战宣言；以及共产国际第六次世界大会上关于"劳动者阶级与帝国主义战争的斗争方式"的决定、共产国际执行委员会第十一次总会上的主报告和结语等等。作者大西巨人大量引述马克思主义理论思想来剖析军营中的诸种现象，不仅展现了作者深厚的马克思主义理论功底，也表达出了作者的马克思主义视野和左翼立场。

综上所述，《真空地带》与《神圣喜剧》这两部小说均描写的是士兵在军营中的经历与体验，作品通过对军队体制的剖析，从侧面揭露了帝国主义战争的本质。事实上，日本帝国主义统治者发动战争的本质目的是为了掠夺资源、攫取财富，换言之，战争就是一台为国家垄断资产阶级创造利益的生产机器。为了最大限度地赚取剩余价值、积累财富，代表国家垄断资产阶级利益的日本统治者一方面打着生产军需的幌子，竭其所能地延长生产时间，以暴力方式胁迫工人从事高强度、低报酬的劳作。另一方面，他们又以低廉的薪水雇佣来自底层阶级的贫苦大众来组建士兵队伍，还利用所谓的维护皇运、为国效忠的精神信仰麻醉士兵，让他们在战场上冲锋陷阵，以推动战争这台生产机器持续运转，为资产阶级从他国抢占资源、掠夺财富。可以说，不管是战时体制下的国民经济生产，还是军营，都是在严酷的阶级剥削、阶级压迫的基础上建立起来的，其本质是为统治阶级牟取利益而服务的。

马克思认为，战争是人类社会发展到一定历史阶段的产物，它同社会的生产力与生产关系的矛盾运动有着密切的关系。《真空地带》与《神圣喜剧》这两部小说对帝国主义战争的本质的理解与马克思主义的战争观是一致的。古往今来，很多思想家把战争归结于人的权势之争和人的好斗本性，或者把人的生物性攻击本能和非理性的欲望视为战争的最终根源。马克思则认为，"所有的战争都是由经济利益的尖锐冲突引发或派生的。帝国主义和霸权主义是现代战争的总根源，只有消灭阶级才是消灭战争的根本途径。具体来说，战争之所以产生，其社会历史根源在于私有制。私有制使社会分裂为不同的阶级，剥削阶级为了统治和奴役被剥削阶级建立了自己的统治机器——军队，以镇压被剥削阶级的反抗，形成了内部战争。同时，为了掠夺财富，霸占市场和自然资源，私有制国家不断挑起战争，引发了国家与国家、民族与民族之间的对立和冲突"①。因此，只有消除私有制，消灭资本主义，才能彻底消灭战争。这样，我们便不难理解为什么《真空地带》和《神圣喜剧》这两部小说的作者会在作品中反复提到马克思主义的经典著作了。因为他们所持的战争观和马克思是一致的，并且他们均认识到了共产主义革命才是彻底消灭战争、实现人类永久和平的根本路径。因为只有消灭阶级、消灭私有制才能从根本上消灭战争，而共产主义革命的目标就是消灭阶级、消灭私有制，那么也就是说，进行共产主义革命是消灭战争、实现人类永久和平的最终选择。

三、学院左翼及其局限性

作为两部均以军营体验为题材的反战小说，日本文学界经常对野间宏的《真空地带》和大西巨人的《神圣喜剧》这两部作品进行对比研究。根据大西巨人的自述，他正是为了反驳《真空地带》的观点才创作了长达五

---

① 赵亚明. 认识和把握战争这柄达摩克利斯之剑——在马克思主义战争观视阈下 [J]. 山东青年. 2016，（9）：236.

卷本的《神圣喜剧》。大西巨人试图通过他的作品指出，日本的军营并非像《真空地带》中所描写的那样，是一个与外部社会隔绝、完全不一样的真空地带。相反，它就好比日本社会的缩影一样，是一个按照人的家庭出身、社会地位、学历层次来划分等级的地方。可见，两部作品在创作思想上是有一定区别的。野间宏认为军营是与外部社会完全不同的特殊存在，而大西巨人认为军营是与外部社会一样的等级化存在。

其实，两者创作思想上的不同主要是源于他们观察视角的不同。野间宏从人本主义的视角看到了军营对人的自由的剥夺以及对人性的压抑。小说中，大学生出身的曾田二等兵在军营的生活中痛切感受到军营对士兵自由的剥夺。"曾田每天不断地在这一百平方公尺的方块地带里团团地转，……在那里面，不能在屋里戴帽子，但出去的时候倒是非戴不可，这是一个处处受到强制的社会；在那里面不能在早晨起床后和吃晚饭之间，随意躺在床上，这是剥夺人类自由的制度。"① 从这段叙述中可以看出，在军营中，士兵的活动范围、行为举止等都受到了限制。当人的自由处处受到限制的时候，则意味着人的个性也受到了压抑。因而，曾田逐渐感到自己已经变得不是自己了。"军队里五花八门的军规宛如这套军服一样，像蜘蛛网似地缠在'自己'的外面，紧紧勒住'自己'，使'自己'离开曾田很远很远。"② 曾田觉得离"自己"很远正说明他的个性被各种军规压抑住了。因而，曾田发现军营就像一个真空地带。"兵营里面的确没有空气，里面的空气都被强大的力量抽空了，说它是真空管还嫌不够，它乃是制造真空管的地方——真空地带。人在这里面，就被剥夺了一定程度的本性和社会生活，而终于成了一个兵。"③ 其实，"真空地带"是一个比喻，军营里面没有空气指的是没有自由，人在没有自由的地带生活就会逐渐丧失本性，也就是主体性，成为一个客体。

在福柯的空间理论中，他把权力发生作用的局部空间称为规训机构。他认为完美的规训机构的空间设计理念应该是"全景敞视主义"的，在那

里处处可以被监视，每个人都被镶嵌在一个既定的位置，个体的任何行为都受到监视，任何情况都被记录在册，权力完全按照等级制度运作。并且，福柯还指出，军营是规训机构的典型范例。事实上，曾田最痛恨军营的地方就在于它作为一个权力空间，对士兵进行着严厉的监视和规训，这直接导致了人性和人类自由的丧失。由此可见，野间宏是从人本主义的角度，批判了军营作为一个权力规训机构，限制和剥夺了人的自由和本性，这是对个人人权的侵害。

而在《神圣喜剧》中，作者大西巨人则从马克思主义的视角分析了军营中的不平等现象，指出军队并不是一个与日本社会隔绝的地方，相反，它如同日本社会的缩影，是一个根据家庭出身、社会地位、学历层次来划分等级的地方。

综上所述，野间宏将军营比作真空地带，并非认为军营是与外界隔绝的一个特殊存在，而是指军营是一个没有自由的地带，作者是从人本主义的角度批判了战争的反人道性。而大西巨人则利用马克思主义的视角，观察到了军营内部的阶级剥削现象，从而揭示了帝国主义战争的本质。可以说，《真空地带》和《神圣喜剧》两部作品分别从不同角度批判了军营这一权力机制，体现出了鲜明的左翼立场。

不过，《真空地带》和《神圣喜剧》这两部作品在反战立场上也表现出了一些共同的局限性，即作品中的反战人物带有学院左翼的软弱性，这可以说是日本战争体验题材左翼文学整体的一个特点。例如，《真空地带》中，出现了这样的描写："曾田禁不住憎恨起这么无情地把一个人心深处的一切都揭露无余的军队"①。"他对这种在大众面前无情地挖掘个人生活的军队的威力激起一种反抗的情绪"②。可见，曾田对于军营侵犯个人权力的野蛮产生了憎恨和反抗的情绪。但是，尽管曾田内心曾无数次地抨击、诅咒军营的粗暴野蛮，可他自始至终没有采取任何实际的反抗行动。只不过有一次，他无意中看到从监狱释放出来的木谷一等兵的被告手册上写着反军思想的罪名，便以为木谷是具有社会主义思想的人，于是把反抗军营的希

---

① ［日］野间宏. 真空地带［M］. 肖肖译. 北京：人民文学出版社，1956：63.
② ［日］野间宏. 真空地带［M］. 肖肖译. 北京：人民文学出版社，1956：289.

望寄托在木谷的身上。

　　当他想到要破坏这个人造的抽象的社会，又没有什么办法的时候，仍旧是木谷一等兵的面孔格外清楚地浮现在他的脑海中。①
　　只有打破包围在四周的真空管的玻璃。除此以外，不管它是什么好办法，也决不会使真空管的内部发生些微的变化。一想到这里，木谷的面孔又格外清楚地浮现在眼前。②

　　还有，小说中曾田看到木谷愤怒地殴打了那些歧视他有入狱经历的士兵，吓得他们再也不敢多说什么了，于是暗地里认为，木谷的拳头会毁灭真空地带。从这些描述中都可以看出，曾田把毁灭真空地带的希望寄托在具有社会主义思想的木谷的拳头上。那么也就表明，曾田相信共产主义革命可以毁灭军营，消灭战争。但是，他自己却没有实际实施任何反抗军营的行动，也没有参加共产主义革命的想法，而是把希望寄托在别人身上。小说中，曾田是士兵中少有的具有大学学历的士兵，可以说他代表着日本知识分子的形象。曾田把希望寄托在木谷身上，一方面反映了他的反军、反战心理，以及朦胧的马克思主义思想倾向；另一方面也反映出了日本知识分子在反战思想和革命思想上的局限性和软弱性。

　　而且，被曾田寄托了厚望的木谷一等兵，也并非如曾田猜测的那样是具有社会主义思想的人物。木谷入狱并不是因为有反军思想，而是因无意中捡到林中尉的钱包而被卷入到一场复杂的军队内部的政治权力斗争之中，最后被扣上了反军的罪名而蒙冤入狱。在从捡到钱包到被诬陷入狱的整个过程中，木谷亲眼见证了军营中蝇营狗苟、争权夺利的政治腐败事实，于是对军营产生了憎恨的情绪，并在出狱之后一直筹划着复仇的行动。所以，虽然木谷和曾田一样具有反军厌战的想法，甚至和曾田相比，木谷的反抗表现得更加激进和积极。但是，木谷并不是具有社会主义思想的反战人物，他对军队的憎恨和反抗主要是出于一种为维护个人利益而进行的复仇行动。综上所述，《真空地带》这部作品虽然表达出了反军、反战的思想，以及对

---

① ［日］野间宏. 真空地带［M］. 肖肖译. 北京：人民文学出版社，1956：181.
② ［日］野间宏. 真空地带［M］. 肖肖译. 北京：人民文学出版社，1956：192.

社会主义的有意识性的亲近，但是，没有出现具有革命行动力的人物。

在另一部军营题材的小说《神圣喜剧》中，主人公东堂二等兵与《真空地带》中的主人公曾田一样也是大学生出身。相比《真空地带》中曾田的软弱、木谷的鲁莽，《神圣喜剧》中的东堂勇敢地向军官提出了对军规的质疑，并且常常就军规军纪问题把军官们驳得哑口无言，从而形成了一股与军队的专制独裁主义势力相抗衡的力量。小说中，主人公东堂二等兵不仅具有大学学历，还拥有超乎常人的记忆力，熟读各类文学、哲学书籍，尤其是马克思主义理论的经典著作。同时由于记忆力超群，他对于军队颁布的各项军纪法规也都谙熟在心，信手拈来。进入军营之后，东堂便利用自己超常的记忆能力向军队权威发起了挑战。例如，东堂向大前田班长提出疑问，军营为什么规定士兵不能说"不知道"，只能说"忘记了"？大前田对此无法作答。于是，东堂依据日本《刑法》（总则）中的"不知法律者免罪"这一条目指出，军营禁止士兵说"不知道"是日本帝国和帝国军队高度奉行绝对主义权威的结果。因为如果士兵说"不知道"，那么依据《刑法》中"无责任者不受刑法"的规定，就无法追究士兵的责任。所以禁止士兵说"不知道"，就可以将责任永远推给下级，从而形成上级无责任、下级负全责的局面，而作为军队最高领导者的天皇就永远不需要负责了。东堂通过军规中的一项看似平常的规定，揭示了军规中潜在的责任推卸机制，批判了日本帝国主义军队以及国家体制的绝对权威主义。

由此，我们可以看到，《神圣喜剧》中的东堂与《真空地带》中的曾田相比，虽然同样是知识分子代表，但是东堂显然更加具有反抗的勇气和力量。因为他就军纪军规问题向军部上级提出了质疑，也就是说他采取了行动。不过，东堂反抗的武器并不是武力，也不是革命，而是利用他超群的记忆力以及渊博的理论知识向军部上级发难。那么这就仍然只是局限在学院左翼人士的理论思辨层面，而并没有进入实际行动层面。综上所述，东堂是法学专业的大学生，他利用自己对法律的了解，以及社会主义等哲学理论对日本帝国主义及其军队体制进行了理论性批判，但这只是一种局限在学理层面的抵抗，不能称作是革命行动。所以，东堂这个人物形象在反战方面的局限性在于，他和曾田一样，也没有发起实际的反战革命行动。

那么，是不是日本文学作品中的知识分子普遍都缺乏实际的反战行动呢？其实不是，堀田善卫的小说《时间》中，主人公陈英谛就是一个采取了实际行动的革命知识分子。他曾经留学欧洲，通晓多种西文，回国后任职于南京国民政府海军部，是一个典型的高级知识分子。1937年，日军占领南京之后，陈英谛一家被迫外出逃难。妻子、儿女不幸均在逃难途中遇害，死里逃生回到家的陈英谛发现屋宅已经被一名日军中尉占用了。面对这样的处境，陈英谛心如刀绞，但是他没有因为悲愤绝望而选择一死了之，而是用强大的意志力隐忍着国仇家恨，一边在自己的房子中替日军做饭以掩人耳目，一边暗中从事着向重庆共产党发送情报的地下工作。陈英谛就是日本文学作品所塑造的一个典型的具有实际反战行动的革命知识分子形象。只不过，他是一个中国人。

纵观战后日本反战文学，即使是左翼文学中，也很少出现像陈英谛这样具有实际反战行动的日本人形象。我们可以看到日本战后战争体验题材左翼文学作品中，充斥着士兵们憎恨军营、厌恶战争的情绪，我们也可以看到士兵们对于军营的不合理制度、战争的剥削本质的清醒认识，但是我们却始终看不到一个敢于挺身而出的反战斗士。《神圣喜剧》中的东堂虽然进行了反抗的行动，对于军队的专制独裁主义势力而言形成了一定的抵抗力量，但是他用以抵抗的武器不是革命而是知识。他的反抗实际上表现出了学院左翼的特点。学院左翼，"主要指的是从事纯理论研究的左翼知识分子。他们热衷于抽象理论的思辨和争论，而与现实生活中的政治行动保持着疏离。虽然学院左翼中的大多数人都非常愿意看到革命性变革的发生，但他们并不认同激进政治的行动主义传统"[①]。无论是《真空地带》中的曾田还是《神圣喜剧》中的东堂，他们都非常愿意看到革命性变革的发生，但是前者把希望寄托在他人身上，热衷于抽象理论的思辨和争论，可以说他们都与现实生活中的政治行动保持着疏离，因而他们的反军、反战具有着学院左翼的特点。而小说中东堂这个人物可以说是小说创作者大西巨人的代言人，东堂身上所表现出来的学院左翼的特点无不是受到了小说创作

---

① 吕庆广.战后美国左翼政治文化历史、理论与实践［M］.北京：社会科学文献出版社，2015.

者本人的思想影响。因此，战后日本战争体验题材的左翼文学中，几乎没有出现以实际革命行动来反抗战争的日本人形象，让我们看到了日本战后左翼作家的学院左翼倾向，同时也反映出了战后日本战争体验题材左翼文学在反战思想上的局限性和不彻底性。

第三节　宏大叙事背景下的个体化表达

第二次世界大战是对人类历史产生了深远影响的重要事件，因此，二战题材的文学作品本身就带有着广阔的社会历史背景和鲜明的时代印记。在战争灾难面前，私人的庸常生活遭到了破坏，个体生命均被纳入政治体系之中了。此时，纯个人化的叙事难以适用，宏大叙事的创作手法更有利于表现战争记忆，增加战争反思的深度和力度。

但是，法国当代哲学家利奥塔在他的专著《后现代的状态：关于知识的报告》中把后现代定义为对宏大叙事的怀疑。利奥塔认为，宏大叙事是西方启蒙运动以来在现代理性基础上所构建的一种关于整个世界和人类社会的叙事立场和方式。在艺术创作中，宏大叙事希望创作者们以一种历史的、发展的眼光来反映人类历史上的重要事件，对社会、对历史试图提供一种全知的权威的解释。其负面作用在于不适当地放大和提升了审美和艺术的政治功能，试图以理性原则来建构和解释社会。在后现代主义潮流中，宏大叙事一直处于被批判的地位。后现代主义者热捧个人化、私人化叙事，以庸常生活为美，把宏大叙事作品看作是政治的附庸。

日本战后左翼文学中的战争题材作品本身就带有广阔的社会历史背景和鲜明的时代印记，但是很多作品都没有采用宏大叙事的创作手法来书写战争记忆，而是采取了个体化表达的方式，通过个体化的、内倾化的视角来隐性地表现宏大的反战主题，由此实现了个人生命书写与历史宏大叙事的交融与同构。

一、个体叙事及其反战效果

日本战后战争题材左翼文学很少全景式地描写战争场面，而是更多关注个人在战争中的生存境遇。即将笔触指向战争中普通的平民或士兵，关注他们的军营生活、精神状态和命运变迁。

例如，野间宏的《真空地带》以日本部队卫兵所的一名叫作木谷利一郎的上等兵作为主人公，描写了他因无意中捡到一个钱包而被卷入一场复杂的军队内部的政治权力斗争之中，最后蒙冤入狱成为了政治斗争的牺牲品的整个过程。小说并没对战争场面或者军营状况进行全景式的描写，而是以一人、一地、一时的小叙事的手法，通过某一个士兵的经历，具体来说是从捡到钱包到被诬陷入狱的某一个具体事件来反映军营中尔虞我诈的政治斗争。

还有，大冈升平的《野火》以第一人称的叙述视角讲述了士兵田村在菲律宾战场上死里逃生的经历。田村因染上了肺病被所在军队赶出军营，在逃难的过程中，他经受了极限饥饿的折磨；目睹了同伴之间互相残杀，争食人肉的场景；甚至还为了活下来亲手射杀了自己的同伴。在菲律宾战场上的种种经历，使得田村饱受精神创伤的折磨，一直住在精神病院里接受治疗。《野火》和《真空地带》一样也没有对战争状况进行全景式的描写，而是以个体化叙事的形式讲述了某一个士兵的一段战争经历。

虽然这两部作品描写的是像木谷、田村这样的普通士兵的个人经历，但是，这些普通士兵的个人命运背后的操盘手却是发动了侵略战争的国家政治。作品可以通过讲述木谷、田村的个人经历，来揭示出战争的罪恶以及军队的政治本质。因此，采取个体化的叙事形式并不意味着放弃了国家式的宏大叙事。例如，小说《真空地带》中，士兵曾田将军队内务守则纲领的第一条："兵营乃是一个同甘苦、共生死的军人家庭，兵营生活的目的在于在起居之间培养军人精神，熟习军纪，加强团结"改写成："兵营乃是一个被军规与铁栅所包围的一百平方公尺方形的空间，是以强大压力造成的抽象的社会。人们生活在这个社会里，逐被抽去'人'的要素，而成为一个'兵'。"① 曾田对内务守则的改写，打破了统治阶级处心积虑塑造出来的团结友爱、同甘苦共患难的军营形象，揭示出军营为了培养士兵，极

① ［日］野间宏. 真空地带［M］. 肖肖译. 北京：人民文学出版社，1956：180.

力压抑人性、剥夺个人自由的野蛮特性。小说对军营形象的颠覆实际上就是一种针对军队体制以及统治阶级的宏大叙事。

这样，我们可以看到，日本战后战争题材左翼文学实际上是将普通士兵的战争经历作为表现宏大战争构图的缩影。这种个体叙事的战争书写方式一方面使作品在反思战争时加入了对个体生命的思考维度，体现出了左翼文学的人本主义立场和人道主义关怀。另一方面还表现出了新历史主义小说的特征。即以个体叙事来实现对主流文化立场与正史的消解和反叛。众所周知，在战前以及战中，日本政府为了动员国民支持和参与战争，加强了对国内新闻媒体、舆论传播的控制，不仅禁止反战言论、社会主义思想的传播，还要求新闻媒体大量报道前线士兵为国效忠、英勇作战的事迹，极力美化军人形象，宣扬军营内部团结友好的氛围，从而煽动国民的战争情绪和爱国热情。战败以后，日本以天皇为首的统治集团在对待侵略问题上总是采取回避、推诿以及暧昧的态度，他们不愿意承认战争是统治阶级为了攫取利益、积累财富剥削被统治阶级的本质事实，极力宣传本国普通民众在战争中所经受的苦难，将其作为本国战争受害的事实。这些都是因为日本的舆论传播受到了主流意识形态的控制，而日本的主流意识形态代表的是统治阶级也就是垄断资产阶级的利益和要求。

而新历史主义认为，历史充满断层，历史由个体论述构成。所以对史实的整齐划一的记载并不是真实的历史，真实的历史应当是无数个个体叙事积累而成的整体记忆。缺乏个体叙事的历史叙事并不能构成真正的历史，它受到了统治阶级意识形态的支配。而以个人叙事来进行创作的新历史小说可以实现对历史的重述。孙先科在《叙事的意味》中也指出："新历史小说在叙事方式上的明显变化，就是通过将全知全能的外视角改换为限制性的内视角（第一人称'我'和第三人称替代叙事人），从而使被叙事的事件（历史）打上了个人性、秘密性的印记。变'客观呈现'为'主观呈现'，历史事件内部的关系性质被重新叙述、重新解释，历史事件的意义内涵被翻新或改写。"① 日本战后战争题材左翼文学以个体叙事的方式，变"客观

① 孙先科. 叙述的意味 [M]. 北京：经济日报出版社，2000：167.

呈现"为"主观呈现",不仅使战争书写打上了个人性的印记,也将个体从国家整体中剥离出来,颠覆了官方历史叙事对战争中的阶级剥削事实的隐匿。因此,如果将日本战后战争题材左翼文学放在整个日本文学史的背景下来考量的话,就会发现他们带有着新历史主义小说的特点。

另外,日本战后战争题材左翼文学所采取的这种以个体叙事牵动宏大叙事的手法还体现出了"冰山理论"的创作原则。冰山理论是由美国作家海明威提出的。他在《午后之死》中将文学创作比喻为漂浮在海上的冰山。"如果一位散文作家对于他想写的东西心中有数,那么他可以省略他所知道的东西,读者呢,只要作者写的真实,会强烈地感觉到他所省略的地方,好像作者已经写了出来。冰山在海里移动很庄严宏伟,这是因为它只有八分之一露出水面上。"[①] 以个体叙事牵引宏大叙事的艺术手法实际上就是将宏大叙事隐藏于个体叙事的冰山之下的创作。"冰山理论"的创作原则不仅体现在对于日本战后战争题材左翼文学这一小部分文学作品中,在很多日本文学作品中都有体现。日本作家特别喜欢"冰山理论"所代表的这种以小见大、一粒沙中看世界的审美趣味。其实,"冰山理论"的创作原则也尤为适合表现战争这样的宏大主题,因为"冰山"式的创作方法不仅能使战争叙事显得更加真实生动,还可以以小见大,使宏大的战争背景与个体化的叙事之间产生巨大的艺术张力。"冰山理论"便是利用这样的艺术张力来发挥四两拨千斤的艺术效果,从而揭示出深刻的战争反思内涵。

二、战争书写的内倾性特征

刘继明在"新左翼文学与当前思想境况"中谈道:"左翼文学的一个重要艺术源头无疑是现实主义,甚至还有批判现实主义,现实批判应该是左翼文学的一种至关重要的表达立场。"的确,现实主义是左翼文学创作不可缺失的珍贵品质,左翼文学只有根植于现实才具有永久的生命力和震撼人心的力量。日本战后战争题材左翼文学在进行战争书写时也多采用的是现实主义的创作手法,注重真实,再现士兵在战争中的体验和感受。另外,

---

① 崔道怡.冰山理论:对话与潜对话 [M].北京:工人出版社,1986:79.

现实主义文学在创作倾向上具体又分为"外倾性"和"内倾性"两种倾向，外倾性现实主义文学注重描写外部社会生活，而内倾性现实主义文学则注重表现人物的内部心灵世界。日本战后战争题材左翼文学在进行战争书写时注重展现士兵的真实体验和感受，其中尤为注重对士兵内心意识和内心感受的展露，体现出了现实主义文学的内倾性特征。

从叙事方式来看，大冈升平的《野火》、堀田善卫的《时间》、梅崎春生的《樱岛》采用的是第一人称内聚焦，野间宏的《真空地带》、大西巨人的《神圣喜剧》采用的是第三人称内聚焦的叙事手法。这些作品的共同之处是均采用了内聚焦的叙事方式。聚焦是法国叙事学家热奈特提出的术语，指叙述者在叙事时所采用的眼光或视点。它包括了是谁在作为视觉、精神或心理感受的核心，以谁的眼光和心灵传达出叙述信息，用谁的眼光"过滤"或限制叙述文本所表现的内容。根据叙事视点的不同，热奈特将聚焦类型分为零聚焦、外聚焦、内聚焦三类。第一类零聚焦叙事，由作者本人充当叙述者，叙述者纵观洞悉一切。第二类外聚焦叙事，又称纯客观叙事，叙述者仅从外部观察人物的言行，不透视人物内心。第三类内聚焦叙事，叙述者是故事人物，他能够描述自己的主观意识和所见所闻。这三种聚焦模式中，零聚焦叙事适宜于表现宏大叙事，外聚焦叙事无法透视人物内心，只有内聚焦叙事最适合在个体叙事中展现人物的内心世界。因此，从《野火》《时间》等作品所采用的叙述方式可以看出，作品主要描写的是具体人物的所见、所闻、所想。虽然内聚焦的叙述方式不利于宏大叙事的创作，但是它更具有真实性，还能透视人心，有利于展现人物的个人体验和真实感受。

从创作手法来看，大冈升平的《野火》、梅崎春生的《樱岛》、野间宏的《真空地带》等作品在描写士兵们的内心思想时均采用了意识流手法。例如，梅崎春生在小说《樱岛》中大量使用了内心独白的表现手法，真实而生动地展现了主人公村上中士被调职到樱岛后的思想意识活动，尤其是他恐惧死亡、厌恶战争的心理。

在小学校的地理课上，虽然学到过这个南方的海岛，但是从来也没有想到会有事到这里来。为什么我就必须来到这里，而且毁灭在这里呢？①

　　这一群方寸已乱的汉子，包括我自己在内，使我从内心里感到一种难言的厌烦。与其说是厌烦，毋宁说是接近于愤怒。唉，我真想把我的身子撕成碎片儿，然后再把他们也撕成碎片儿，都抛到深谷里去。②

　　并且，作品还运用自由联想、内心分析以及蒙太奇等创作手法，将人物的内心意识渗透于作品的各个画面中，起到了内在关联作品结构、表达反战思想的作用。例如，小说《樱岛》通过插入人物的意识活动探讨了不同的战争生死观。小说中，主人公"我"最初被派到樱岛的时候希望能够"死得美"。"我"对吉良上士说："我如果也死的话，哪怕只是临死的时候，也愿意死得美呢"③。还有，樱岛上的瞭望哨兵认为人主动走向毁灭是一种罕见的美。他对"我"说："我觉得人在具有要求生存的意志的同时，也有要求走向毁灭的意志。我总觉得是这样的。在这样繁盛的自然当中，人就像飞蛾一样脆弱地走向灭亡。罕见的美啊！"④　"我"希望"死得美"以及樱岛上的瞭望哨兵认为人主动走向毁灭是一种美，其本质是一种"以殉死为美"的战争生死观。但是，这种"以殉死为美"的战争生死观只是"我"最初来到樱岛时的想法。后来，瞭望哨兵在美军轰炸机袭击中遇难死去之后，"我"对瞭望士兵所说的"毁灭的美"产生了质疑：

　　他的名字、境遇、家乡，我终于什么也不曾问过，对我来说，他只不过是一个过路的人。他说什么毁灭的美，是不是因为他必须死在

---

　　① ［日］梅崎春生．樱岛［M］．包容译．∥日本当代小说选（上）．北京：外国文学出版社，1981：108—109.
　　② ［日］梅崎春生．樱岛［M］．包容译．∥日本当代小说选（上）．北京：外国文学出版社，1981：112.
　　③ ［日］梅崎春生．樱岛［M］．包容译．∥日本当代小说选（上）．北京：外国文学出版社，1981：127.
　　④ ［日］梅崎春生．樱岛［M］．包容译．∥日本当代小说选（上）．北京：外国文学出版社，1981：119.

这里，才想出这个办法来说服自己的呢？他一定是被不吉利的预感威胁着，才几次三番地用毁灭的美来说服自己的。无疑地，他费了许多心机才找到可以支持自己的死的预感的理由，而且又努力去相信它的。

——毁灭还有什么美可谈呢？①

可见，哨兵死亡之后，"我"察觉到他是因为预感到自己会死在樱岛，从而用毁灭的美来说服自己安于现状。也就是说，正是崇尚毁灭之美的哨兵的死亡使我意识到根本没有所谓的毁灭的美。另外，小说以蒙太奇的手法插入了"我"关于特攻队员的回忆，通过对他们的精神品质的描述再次表达了"毁灭的美"的质疑。

我在坊津的时候曾经看见过水上特攻队员。他们生活在远离基地的借用的国民学校校舍里，有一次我从那儿经过。……他们的皮肤都很粗糙，神态很颓唐。当中有一个用淫猥的调子高声地唱着什么流行歌曲。一会儿不知道说了些什么就哄笑起来，那种声音说不出地令人讨厌。

——这就是特攻队员吗？

看起来他们就好像是堕落了的农村青年。故意把帽子戴在后脑勺上，白色的围巾像花花公子似的缠过来绕过去，越发显得又土气又下作。他们转过脸来，朝着在远处看他们的我瞪着眼睛大叫起来："你这个家伙，在看什么？"②

在"我"的回忆中，特攻队员并不是大众新闻媒体所报道的那样英勇、光辉的样子，而是一副颓唐、堕落的农村青年的形象。这段回忆的插入无疑是对日本右翼势力刻意美化特工队员形象的一种颠覆，也是对军国主义"以殉死为美"的战争生死观的质疑。"特攻特工队"是日本军国主义统治者在穷途末路下实施的反人道主义方针，它造成许多日本士兵年纪轻轻便

---

① ［日］梅崎春生. 樱岛［M］. 包容译.∥日本当代小说选（上）. 北京：外国文学出版社，1981：133.

② ［日］梅崎春生. 樱岛［M］. 包容译.∥日本当代小说选（上）. 北京：外国文学出版社，1981：104—105.

要接受为天皇、为军国主义政府的荣誉去送死的命运。战后日本右翼势力一直试图美化"神风特攻队",把队员描绘成"为国英勇献身的英雄",其目的便在于宣扬军国主义"以殉死为美"的战争生死观。那么,"我"对于"神风特攻队"形象的失望实际上就暗示了"我"对于"以殉死为美"的战争生死观的质疑。

综上所述,小说通过插入"我"的回忆、自由联想等内心活动,展现了"我"对于军国主义战争生死观由赞同到否定的变化过程。可见,在《樱岛》中,对人物的意识流动的描摹不仅旨在揭示日本士兵们恐惧死亡和厌恶战争的心理,还关联着整部作品的内在结构,形成了一条反映人物思想意识变化的叙事线,起到了画龙点睛、深化主题的作用。

当然,日本战后战争题材左翼文学的现实主义内倾性特征也是其在宏观历史背景之下进行个体化表达的一种需要和表现。与其他一些反战文学对战争状况进行宏大叙事或者外部叙事不同,日本战后战争题材左翼文学倾向于展现人物的内心世界,通过描写普通人在战争状况下真实的精神感受和心理活动来反映战争的残酷性和反人道性。

三、他者视角与共有体构建

战后,日本政府和大众媒体极力通过宣传广岛、长崎原子弹爆炸、战败投降、美国占领等所谓日本受害的记忆,强化日本人作为战争受害者的身份认同,极力遮蔽和淡化日本在战争期间对他国的侵略行为。中国日本文学研究界的很多学者认为,日本战后战争题材的文学作品中,即使是反战文学,也基本都是从日本本国的视角、以战争受害者的身份来叙述的。可见,日本战后主流意识形态在战争认识问题上仍然没有超越狭隘的民族国家视野,缺乏承担战争加害责任的勇气。

那么,如何超越民族国家视野,进而体恤到他国民族的苦难呢?在文学创作上有一个很有效的方法就是引入他者视角。众所周知,叙述视角也称叙述聚焦,是指叙述语言中对故事内容进行观察和讲述的特定角度。同样的事件根据叙述视角的不同就会呈现出不同的面貌。因此,假如日本反战文学在创作过程中引入被侵略国视角,就不会只看到本国国民的受害经历，而是更多的看到本国对他国的侵略行为。在日本战后左翼文学中，堀田善卫的《时间》就进行了这样的尝试。小说以一个叫"陈英谛"的中国人的视角，描写了他在南京大屠杀事件中的所见、所闻、所感。作品采取的是第一人称的日记体形式，记述了大量关于日军在南京对中国士兵和民众凶残施暴的内容。这对于战后一直被强化战争受害记忆的日本读者来说无疑是一种叙事冒险。

首先，"陈英谛"这个中国人的视角是一种结构性的存在。一方面，借助"陈英谛"的眼睛，读者得以"看到"日军对中国士兵和民众的施暴行为。例如："下午四点，日本兵再次把我们男子集中起来，叫我们去收拾学校外的尸体。这里面有小孩的、有女人的，有头部破裂的、有上半身或者下半身裸露的。我们将这五十多具尸体堆积到田野，浇上汽油后进行焚烧，其中或许有人还没死……"① 另一方面，"陈英谛"的个人遭遇，可以让读者看到日本人的侵略战争给一个普通中国人的家庭所带来的伤害。日军占领南京之后，他的妻儿在逃难途中惨遭凌辱和杀害，他的家被一个日本中尉占用，因而只能在自己家中给中尉做饭求生计。"陈英谛"的个人经历用第一人称讲述出来，使读者能够身临其境地体会到他在失去亲人和家园之后的悲愤和愧疚。因此，"陈英谛"这个中国人的设置在小说中形成了"看"与"被看"的双重视角，使得小说在再现日本的侵略历史方面具有更丰富的维度。

其次，以"陈英谛"这个中国人的视角来进行创作，使小说实现了告发性叙述的效果。告发性叙述是日本左翼知识分子子安宣邦提出的。他认为告发性叙述有告发和悔罪两个目的意识。在小说《时间》中，一方面，由"陈英谛"所进行的告发性叙述达成了作者堀田善卫对日本战争侵略行为的举报以及对日本政府掩盖、篡改历史的国家行为的批判；另一方面，作者作为加害国的一员，通过采取受害者的视角来进行告发性叙述，表达了对侵略战争的认罪和悔罪意识。

最后，"陈英谛"这个中国人的视角作为一种他者视角的引入，是对以

① ［日］堀田善衛．時間［M］．東京：岩波現代文庫，2015：92．

"大东亚共荣圈"为代表的日本东亚观的驳斥。小说中，1937 年，日本占领南京，"陈英谛"逃难之后回到他的屋宅发现，自己的家被一名叫作桐野的日军中尉占用。他只好隐忍着国仇家恨，一边在自己的房子里替这个中尉做饭，一边肩负起向重庆共产党发送情报的地下工作。桐野看陈英谛学识颇高，于是想收买陈英谛为日本人服务。他在试图说服陈英谛的过程中说道："……在这南京，不，我军的占领区里，因为我们的管理、我们的援助，还有我们的慈悲而得以存活的人们，如果允许他们抨击我们的话，这不也太过分了吗？""总之，我们要倾注我们国家的全部力量来担当起亚洲的责任。"① 桐野的话语里透露着一个侵略者的虚伪和傲慢。他认为，日军占领南京是为了管理、援助甚至是拯救亚洲。这是赤裸裸地在宣扬"大东亚共荣圈"思想。"大东亚共荣圈"是日本在战时为了粉饰战争理由，掩盖侵略事实所提出的一个虚妄的政治号召，他起源于黑格尔的"亚洲停滞论"。19 世纪，黑格尔提出的"亚洲停滞论"促成了日本对以中国文明为中心的东亚形像的重构。在日本近代启蒙思想家福泽谕吉的《文明论概略》中，"支那"成了追求近代化的日本极力摆脱和拯救的"巨大他者"。20 世纪 30 年代，日本进一步提出了"近代的超克"的议题，将超越西洋的近代性、建立区别于欧洲文化圈的"大东亚共荣圈"作为日本的使命。于是，建立"大东亚共荣圈"的思想逐渐形成，其背后的逻辑是发源自黑格尔，成形于福泽谕吉，成熟于"近代超克"的东亚拯救论。从本质上来说，它表达了日本试图统治亚洲、称霸世界的野心。因而"大东亚共荣圈"思想最终把日本引向了战争的深渊，并成为了支持日本发动侵略战争的理论依据，即把日本帝国主义战争行为视为在停滞的地区实现启蒙，以结成东亚协同体的世界史实践。

针对桐野所流露出来的"大东亚共荣圈"思想，作为故事人物的陈英谛是沉默的，因为害怕触怒桐野而遭到迫害；但是作为叙述者的陈英谛却说道："在他的话语里面，激荡着强烈的憎恶、轻蔑，还有极端的劣等优越的情结"，"责任？其实质就是强压、说服、贿赂，也就是恐怖行为、政治

---

① ［日］堀田善衛．時間［M］．東京：岩波現代文庫，2015：169—170.

宣传、收买"①。小说以陈英谛的视角来进行叙述，可以引导日本读者站在陈英谛的角度来审视桐野的话，从而意识到其所流露出来的劣等优越感，以及其背后的理论来源，即"大东亚共荣圈"思想的荒谬。另外，陈英谛作为"大东亚共荣圈"思想中被视为被拯救对象的他者，他在小说中是一个结构性的存在。小说将陈英谛作为叙述视角，一方面可以引导读者站在中国人的角度来反思日本人的侵略行径，另一方面，通过引入他者视角，可以促进日本人形成多元开放的视野，进而推动"共有体"的建构。

"共有体"思想是日本知识左翼代表人物子安宣邦提出的，他利用知识考古学的方法解构了黑格尔的"亚洲停滞论"以及日本的"近代超克论"，指出其局限性在于缺乏批判反思，是一种纯粹内部视角的，独善式的话语。就此，子安宣邦提出了从外部视角来理解日本历史的重要性，并从儒家文明圈的视野出发，提出了批判性的解决思路，即建立在解构主义思潮上的"共有体"来取代以实体化为特征的"共同体"。"共有体"理论具有两重意义：其一，引入外部他者的视角，对自我的"共同体"模式进行反思，推动"共同体"的重构，发掘被遮蔽的话语；其二，把外部的他者也视为一个包含着诸多非同质话语的"共有体"，以多元开放的视野重组自我与他者之间的关系。在战争认识这一现实语境中，日本所面临的课题是如何将自身从军国主义传统的共同体转化为一个容纳着多种理性声音的"共有体"。这就需要日本回到儒家文明圈中进行思考，引入中国、韩国等其他国家作为文化的他者，选择对话的多元叙事方式，打破战后日本话语空间的封闭性状态，超越民族国家的狭隘视野。因此，《时间》中所采用的他者视角，是日本战后左翼文学对有关战争书写的多元叙事方式的一种尝试。它通过引入中国人的视角，进一步认清了历史事实，完成了对狭隘的民族国家视野的超越。并且，这种外部他者视角的引入也有利于解构日本战时所建立的"大东亚共荣圈"思想，推动子安宣邦所提出的"共有体"的建立。

---

① ［日］堀田善衛．時間［M］．東京：岩波現代文庫，2015：169—170.

第三章
美军基地题材左翼文学

日本战败投降前夕，美、中、英三国联合发表了《波茨坦公告》，制定了反法西斯同盟国关于处理战败国日本的纲领方针。其中第七条和第十二条规定，到日本成为一个让世界不再感受到威胁的国家之前，同盟国将会派出本国军队留驻日本，对日本本土实施占领。这样，随着日本的战败投降，以美、英、苏等主要战胜国组成的盟军对日本实施了占领。从第二次世界大战战败至1951年"旧金山合约"签订为止，日本一直处于盟军的占领之下，是所谓的"占领时期"。不过，名义上，占领日本的是"盟军"，但是盟军的主力部队是美军，并且各国占领部队由美国指派的最高统帅指挥，最高统帅具有执行占领及管制日本各项政策的一切权力，因此形成了美国独占日本的局面。占领初期，以美军为首的同盟军，在日本实行了一系列以限制法西斯军国主义为主的非军事化和民主化措施，这对当时的日本法西斯主义垄断统治阶级来说是很大的打击，其进步意义是值得肯定的。但是，随着冷战的开始，美国大幅调整了对日占领政策，从过去推行非军事化、民主化的方针转向为将日本建成可以抵抗社会主义阵营的"反共堡垒"。于是，美国偷梁换柱地利用《波茨坦公告》，在日本全国各地修建陆海空军事基地、演习场、油库以及其他各种军事设备。1951年9月，也就是朝鲜战争爆发之后，美国为扶持日本成为对抗社会主义阵营的亚洲堡垒，不顾中国等国反对，采取片面媾和的方式与日本签署了"旧金山对日和平合约"，合约承认日本是一个"主权国家"，有单独或集体自卫的权力，使日本至此结束了占领状态。这一条约的签订看似对日本有利，但其实，美国是想以此为诱饵，与日本签订《日美安全保障条约》。1952年，美国以保护日本本土安全为由，强制与日本签订了《日美安全保障条约》，简称"安保条约"，条约规定美国有权在日驻军和设置军事基地。这样，在美国的推动之下，日本虽然结束了占领的局面，却沦为了美国构筑"反共堡垒"的军事基地。

"安保条约"的存在不仅使日本一直处于受美国控制的主权不独立状态，还引发了一系列社会问题，尤其突出的是美军基地建设所带来的核安全、环境污染、社会治安等一系列问题。因此，自"安保条约"签订以来，日本民众的反对声潮和抗议活动从未停止。"安保条约"的存续一直是日本社会各界争论和关注的问题。1959 年，"安保条约"即将到期，日本政府面临着是否续签安保条约的选择。日本民众多数认为如果能够就此废除《日美安保条约》，不仅可以使美军基地从日本撤出，还会成为重新界定日美关系，恢复日本主权的一个契机。然而，1960 年岸信介内阁不顾民众的激烈反对，强行通过了《日美新安全保障条约》，简称"新安保条约"，条约仍旧保留了美国在日驻军和修建军事基地的权力。1970 年"新安保条约"到期之后日本政府宣布该条约自动延期。可以说，日本自 1951 年结束同盟军占领之后至今，实际上一直处于美国的半占领之下。也就是说，日本的"占领时期"一直并未结束。

为了反对安保条约、反对美军基地修建，日本各地的示威游行和抗议活动此起彼伏，自 1959 年日美开始进行修约谈判起，日本国内掀起了战后最大规模的社会运动，即反安保斗争。虽然这次安保斗争最终没有能够达成条约的废止，实现美军基地的撤除，但声势浩大的斗争促使岸信介内阁下台，艾森豪威尔总统终止访日。同时，随着反安保斗争的兴起，日本战后左翼文学中，出现了不少以美军基地为题材的作品，它们揭发了美军基地建设所引发的各种社会问题，描写了战后日本人民在美军占领之下的苦难与斗争。例如，西野辰吉的《夜间的营火》（1958 年）、《晨霜路上》（1967 年）、《混血儿》（1967 年）、《烙印》《C 镇纪事》（1967 年）、《不生蛋》；霜多正次的《冲绳岛》（1953 年）、《守礼之民》（1958 年）、《榕树》（1962 年）；中本高子的《跑道》《火凤凰》；有吉佐和子的《海暗》（1968 年）；大城立裕的《鸡尾酒会》（1967 年）；大江健三郎的《人羊》（1958

年)、《冲绳札记》(1970 年);东峰夫的《冲绳少年》(1972 年)等等。

第一节　受害事实与反抗斗争

回溯冲绳的历史,其命运可谓久经磨难,曲折坎坷。冲绳本名叫琉球,明清时代它一直是中国的属国。1879 年日本以武力强行侵占冲绳(即当时的琉球),设冲绳县,并开始实行残暴的同化、奴化和殖民政策。第二次世界大战后期,美国发动了冲绳岛战役,因参与作战而死伤的冲绳民兵难以计数。二战之后,冲绳处于美国的直接管辖之下直至 1972 年。直接管辖结束之后,由于安保条约的签订,日本同意美国在冲绳修建军事基地。美国的驻军和军事基地的修建给冲绳人民的生活带来了极大的困扰,引发了一系列社会问题。首先,修建军事基地、打靶场、军营和其他建筑物占用了大量的土地,使许多冲绳民众失去了自己的耕地和家园。其次,军事设施的运营以及日常训练破坏了基地周边居民的生活环境,造成了严峻的生态污染问题。还有,驻扎在基地的美国大兵们丑闻不断,其肆无忌惮的恶行给冲绳岛的社会治安造成了极大威胁。随着美军基地的修建所带来的各种社会问题的不断加剧,日本人民逐渐认识到,要保卫冲绳的土地和同胞的生命,讲究礼仪是行不通了,只有拿起武器进行坚决的斗争才能赶走美国殖民侵略者。日本战后美军基地题材左翼文学作品中,大部分属于冲绳文学的范畴,冲绳文学过去一直处于日本文学史叙述的边缘,近年来在日本越来越受到重视,不仅先后有冲绳作家获得日本文学最高奖项芥川奖,关于冲绳文学的学术成就也是硕果累累。日本战后美军基地题材左翼文学主要揭露了美国军事基地的修建给日本人民的生活所造成的破坏,描写了日本人民为反对美军基地建设而进行的抗争。

一、耕地与家园的丧失

占领结束之后,美国强迫日本政府签订了《日美安全保障条约》,条约规定美国有权在日驻军和设置军事基地。除此之外,还在 1952 年,美军在《日美安全保障条约》的基础之上,与日本政府签订了"设施与区域"条约，条约规定日本需向美国提供海、陆、空军演习场、海军基地、飞机场、兵营等设施 603 处，其中由美军永久使用的有 300 处。海陆空军演习场、飞机场等都是占地面积大的场所，可见美军基地的修建需要占用大量的土地和空间。据统计，自条约签订一年以来，由于美军不断扩充的结果，日本实际被美军占用的基地建设面积共 3 亿零 371 万坪，约等于日本国土面积的 1/200，相当于大阪府一府的面积。此外，美国占领军还肆意修建军用公路，第一期工程所修建的公路，全长 72.3 公里，这段公路连接着东京、川崎、横滨、厚木、松田等地的美军基地。

美军为修建基地大肆征用土地的行为，使农业生产遭到了极大破坏，许多农民失去了用以维持生计的土地，生活变得更加困苦。据日本官方统计，1951 年日本粮食的总产量为战后最低的一年，大米收获量比 1950 年减少了 400 万石。从 1952 年 10 月到 1953 年 1 月，日本必须借债的农户占全体农户的 27.6%，平均每户超过 3 万日元，这些借来的钱用于农业生产的仅占 26%，用于维持生活的竟占 70%—75%①。

日本战后美军基地题材左翼文学中，很多作品都反映了日本民众因美军基地征用土地而失去了赖以生存的土地和家园的悲惨遭遇。例如，霜多正次的短篇小说《冲绳》，主要描写了以老农蒲五郎为首的冲绳农户被美军抢夺土地的故事。小说的主人公是一名叫作蒲五郎的老农，他和老伴生活在冲绳岛上的一个村庄里，他们的儿子、儿媳、孙女都在二战中丧生了。战后，两老依靠种地的收成孤苦地维持着生计。即便如此，他们的生活依旧无法平静。美军为了修建军事基地试图强行占领村庄的土地，逼迫着包括蒲五郎在内的全村人搬离村庄。掠夺农民的土地，就等于是剥夺了他们的生计，将他们逼入绝境。尤其是像蒲五郎这样的老农，他们的身体和智识都无法支持他们从事其他劳作以维持生计了。小说选取老农作为故事的主人公，其意在揭示美军基地的修建对于日本最弱势群体——老农们的压迫和冲击。

日本战后以美军基地为题材的左翼文学在描写日本大批农民因土地被

---

① 林方．日本——美国的军事基地和殖民地［J］．世界知识．1953（13）：18—19.

征用而失去生计的同时，还着重描写了他们对于故乡的眷恋和羁绊，以此揭示家园的丧失给日本民众带来的精神上的伤害。小说《冲绳》中，蒲五郎和老伴被迫搬离村庄之后，每天都会私下回到他们原来居住的土地上，望着那些新修起来的横七竖八的美军营房发呆，并回忆起在那里度过的快乐时光：

> ……在那以前，到了结婚年龄的男孩子和姑娘们，一到了月色皎洁的夜晚，就一定来这里"对歌"，弹着蛇皮琴，一直玩到后半夜两三点钟。尤其是在老婆婆年轻的时候，公认不会"对歌"的姑娘是嫁不出去的，所以做父母的，反而主动地怂恿姑娘们玩这种游戏哩。青年们弹着蛇皮琴，唱出具有南国情调的上半句诗句，姑娘们就酬答这下半句。这种即兴的恋爱诗，不断地当场作下去。……①

蒲五郎和老伴对过去的不断追忆表明，美军所强行侵占的土地，对当地居民来说不仅仅是维持生计的工具，更是凝聚着亲情、青春回忆和文化情结的家园。这种因家园的摧毁所带来的精神上的缺失不是让他们迁居到别的地方安顿下来就可以弥补的。

还有，有吉佐和子的《暗流》以伊豆七岛之一的御藏岛为故事舞台，描写了岛上传来了美军基地的征地消息之后，岛民们的反应以及随之发生的故事。作品首先细致描写了御藏岛上的自然环境和民风民俗。御藏岛上绿树常青，生长着各种品种的树木。岛上有座御山，被誉为"宝山"，山上长满了黄杨树和桑树，都是日本第一的品色。岛上的民风非常淳朴。岛民相互之间就像亲戚一般，不管是谁家，都可以随便进出，一百年来没有发生过一起偷盗事件。此外，小说还在故事推进的过程中介绍了许多御藏岛的民俗食物，如用艾叶做糕点、用明日叶做咸卤汁汤还有打鲣鸟吃鲣鸟等等。这些细致的描写突显了御藏岛如宝藏一样的生态环境以及特殊的民风民情，使读者真切地体会到御藏岛不仅仅只是一个生存居所，而是承载了岛民祖祖辈辈的生存财富和生活智慧的物质、精神家园。

---

① 霜多正次.冲绳［M］.//中央人民广播电台文教科学编辑部编.阅读与欣赏 第3集（外国文学部分）［M］.北京：北京出版社，1964：51.

尤其是对于岛上最年长的老阳婆婆而言，她对岛上的花草树木和民风习俗了如指掌，岛上的一切已经刻进了她的生命和情感里。因此，当岛上传来美军要在这里征地修建轰炸训练场的消息之后，老阳婆婆誓死反对，她认为这个岛是祖先留下来的财富，御藏岛民不仅应该世世代代居住于此，还应该团结一致保护这个岛上的一切。

但是，以老阳婆婆的外孙女婿镰吉为代表的一批岛民们听说可以分到一大笔搬迁补偿金而沉浸在发财的美梦之中：

> 这一百亿元的数字，对这些连十万元现钞都没见过的人来说，确实是一个晴天霹雳。夸张一点说，不论是镰吉还是阿民的弟弟荣一，对那段报道只是看到这几个数字。他们想：若是有一百亿元……有这么多钱，就可以想干什么就干什么了。岛上二百人，按人头分，每人能拿到多少呢？等一等，以一百亿除二百……个、十、百、千、万，等一等，等一等，啊，每人平均可得五千万元哩。一个人就得五千万！镰吉咋了咋舌头。①

由于美军开出了对于御藏岛民来说是巨额数目的搬迁补偿金，一些本不愿搬离御藏岛的岛民开始动摇。除了镰吉之外，荣一夫妇自从知道了赔款数字之后，就毫不犹豫地下定决心要拿钱搬离海岛了。但是，老阳婆婆却完全不为赔偿金所动摇，反而厉声斥责那些为了赔偿金而决定妥协的村民：

> "一百万块咋的，有钱就能把岛子卖掉？……"②
> "好小子，镰吉，你这么见钱眼红，不要脸的东西。……"③
> "你们老说钱呀钱的，御藏的山是宝山啊。日本第一、世界第一的黄杨和桑树长得密密的岛啊。这样的地方就凭一百万元的钱，就能换掉吗？"④

---

① ［日］有吉佐和子.暗流［M］.梅韬译.北京：中国文艺联合出版公司，1984：78.
② ［日］有吉佐和子.暗流［M］.梅韬译.北京：中国文艺联合出版公司，1984：75.
③ ［日］有吉佐和子.暗流［M］.梅韬译.北京：中国文艺联合出版公司，1984：75.
④ ［日］有吉佐和子.暗流［M］.梅韬译.北京：中国文艺联合出版公司，1984：80.

在老阳婆婆看来，钱是越花越少的，可是御藏岛所带来的物质和精神财富却是能世世代代一直延续的。镰吉、荣一等人的想法是短浅的，他们只考虑自己和自己家人的利益，领会不到老阳婆婆的长远眼光。老阳婆婆所维护的御藏岛不仅仅是岛民们的生活居所和生计来源，还是他们祖祖辈辈建立起来的家园，它既是先辈们用血汗和智慧换来的成果，也是属于后世子孙们的物质和精神财富。小说通过将镰吉、荣一等人的想法与老阳婆婆的想法进行对比，批判了年轻一辈个人主义思想的泛滥，提出了要以长远的目光来建设和保护人类家园的观点。美军征用土地修建基地的行为摧毁了日本人祖祖辈辈建立起来的家园。一片土地有了历史才有生命，有了文化才有灵魂，有了代代相传的精神才能成为可供居住者心灵栖息的家园。假如生活居所和生计来源的丧失还能通过金钱来弥补的话，家园的陷落所带来的创伤和损失则是无法用金钱来弥补的。

综上所述，小说《冲绳》和《暗流》均选取了年迈的居住者蒲五郎和老阳婆婆作为主人公，一方面揭示了美军修建军事基地对于社会最弱势群体的冲击，另一方面借助老人们对被征土地的深厚情感，批判了军事基地的修建对于日本人生活家园的破坏。《冲绳》中的蒲五郎和老伴、《暗流》中的老阳婆婆对被征土地的深厚情感虽然是发自一种本能的乡愁和怀旧情结，但却表现出了对人类生活家园的爱护意识，它警示了那些为了眼前既得利益而不惜出卖土地的人们，切不可因为个人主义思想而摧毁了最珍贵的家园。

二、居住环境的恶化

美军军事基地的建设不仅占用了大量土地，使许多日本人被迫离开自己赖以生存的耕地和家园，还对基地附近居民的生活环境造成了严重破坏。首先是噪声污染；基地的飞机、坦克等发出的轰隆声，扰乱了基地附近居民的安宁生活。其次是生态环境污染；基地建设和日常训练所排出的废气废水破坏了当地的生态环境。最后是生命财产的威胁；飞机失事坠毁事故频发以及美国士兵训练时的流弹时刻威胁着附近居民的生命财产安全。

日本军事基地题材左翼文学中，很多作品都关注了美军基地建设对于日本生态环境的影响。首先，美军基地的修建破坏了动物的生存环境，一些动物出现了生理异常。例如西野辰吉的短篇小说《不下蛋》即是以此为主题。小说透过日本农户家庭里的母鸡不下蛋这一现象，揭示了美军基地的修建给基地周围的生态环境所造成的破坏。小说的主人公是一个名叫"健造"的小男孩，健造的爸爸在他7岁时就死于战争，健造的妈妈靠到职业安定所申请一些短工来养活他和弟弟妹妹。可想而知，这个家庭的生计维持是十分困难的。一次，健造央求妈妈让他养了四只鸡，他每天满心期待着鸡下蛋，这样就可以把鸡蛋拿出去卖，用卖来的钱给妈妈补贴家用了。然而，健造养的四只鸡却迟迟不下蛋，令健造十分焦急和失望。连健造的母亲也时常抱怨，"为什么鸡老是不长冠子呢？照这么下去，哪天才下得成蛋呢？"① 健造一家困窘的生活状况和鸡迟迟不下蛋的局面使作品充满了焦虑的氛围，而鸡不下蛋的原因则成为了小说最大的悬念。但是，作者并没有直接指出鸡不下蛋的原因，而是在健造一家等待鸡下蛋的过程中，多次穿插了有关美军基地飞机起飞的描写。例如：

> 喷气式飞机从附近的基地起飞，从他们头上掠过，轰隆轰隆得发出震耳欲聋的响声，健造没听见雪雄在说什么。前面一排房子的玻璃门受到一阵风的压力，震得忒楞楞地直响。②
>
> 突然，那几只鸡疯狂般地拍打起翅膀来，健造的幻想破灭了。喷气式飞机咻哩哩地发出尖锐的声音，冲破空气疾速掠过。健造顿时觉得仿佛一根白银针从脑顶上一直扎到他脚跟底下去了似的。四只鸡都倒扇着翅膀，满鸡窝里乱蹦乱跳。③

这些描写生动展现了美军基地的飞机过境时附近的居民的生活状态，具有极强的临场感和真实性，不仅揭示了美军基地的修建对周围居民日常

---

① ［日］西野辰吉.不下蛋［M］.文学朴译.//日本当代小说选（上）.北京：外国文学出版社，1981：529—530.

② ［日］西野辰吉.不下蛋［M］.文学朴译.//日本当代小说选（上）.北京：外国文学出版社，1981：523.

③ ［日］西野辰吉.不下蛋［M］.文学朴译.//日本当代小说选（上）.北京：外国文学出版社，1981：526.

生活的干扰，还引发读者思考美军基地与鸡不下蛋的关联。故事最后，健造无意中听到鸡贩子和农家老爷爷的谈话，得知基地附近的鸡由于受到飞机起降的影响无法下蛋的消息，证实了美军基地与鸡不下蛋的关联。一方面，鸡不下蛋导致健造一家人的生计希望落空，小说通过健造这个小男孩从怀抱希望到希望落空的过程，批判了美军基地建设对于日本农户收成的影响；另一方面，小说通过鸡的生理异常揭示了美军基地建设对于日本当地生态环境的严重破坏。

德永直的短篇小说《在军事基地旁边》反映了基地建设和日常训练所排出的废气废水对河里小鱼生存环境的破坏。小说主要描写了作者"我"在某个位于军事基地附近的村落中借住时的见闻。"我"从村里的"老头子"那里得知，"有基地的XX市，是在河套下边。河里当年的小鱼还可以，两寸多长的鱼对汽油产生了抵抗性，都带汽油味了，对这些终年买不起海鱼吃的村民来说，这实在是一个打击"①。小鱼带汽油味，这与《不下蛋》中的鸡不下蛋一样都反映了基地建设对周边生态环境的破坏。

其次，基地建设使得冲绳当地大量树林、植被遭到砍伐。霜多正次在小说《冲绳》中透过老爷爷对村庄的回忆，揭示了当地村庄因为美军基地的修建而失去了大量植被的现象。

> 在毁坏了的坦克、载重车、吉普车的旁边，敌军我军遗弃的子弹壳、罐头盒、汽油罐等废品，已经和白骨同时归置了起来，在地里堆成了一座一座的小山。但是对老爷爷和老婆婆来说，那令人怀念的战前村子里的和平景象与当前的景象的区别，并不是那废钢铁堆成的小山，也不是蜿蜒在山腰里的宽阔的军用道路，在这条道路上，大大小小五颜六色的汽车，像穿梭一样地飞驰着。唯一的区别乃是一眼望到底，村子里再也见不到一棵像样的树了。在早年，现在老两口儿所坐的地方，不但有着茂密的海岸防风林，而且在耕地里，到处都有一些小的灌木丛和林子。在村子里，还有那枝叶纷披的多年老榕树和朴树

① ［日］德永直．在军事基地旁边［J］．王振仁、李克异译．//人民文学．1954（2）：75.

遮蔽农民的房屋，不使它受那火辣辣的太阳曝晒。但是这些树，现在再也见不到踪影了。①

除了对动物、植物的威胁之外，基地建设也极大破坏了冲绳民众的安宁生活。例如，德永直在《在军事基地旁边》，对于村落的居住环境，进行了这样的描写：

> 不分昼夜，飞机的马达声在头上响着。在深夜里，也听得见大卡车在崖下的大道上飞驰。……和我从前到这儿买食粮的时候比起来，这村落是非常地吵闹起来了，但是却使人感到比以前更冷落。出去买烟卷的时候，看见道路已经放宽了，立着很多英语的标识牌，派出所的大门和招牌等等都焕然一新了。可是那些家里有地窖的商家，有的却在白天都上着铺板，在街上可以看得见的草屋里，像有病人似的静悄悄地挂着蚊帐。②

从小说的描写中，我们可以看到，美军基地飞机的轰隆声、卡车在军用公路上的飞驰声严重扰乱了村民们的安宁生活。导致村镇失去了往日的活力，显得十分冷清萧条。因为生活环境的恶化，村子里病患增加，人流量减少，商铺也经营惨淡。

不仅如此，基地附近的居民还时刻面临着基地飞机失事坠落对他们生命财产的威胁。《在军事基地旁边》中，作者极为细致地描写了他在村里遭遇飞机坠落时的场景：

> 头上燃烧着通红的火焰，更高的空中是漫天的黑烟，传来可怕的不断爆炸的声音。③

---

① 刘振瀛.日本革命作家霜多正次的反美小说《冲绳》.//阅读与欣赏 第3集 外国文学部分［M］.中央人民广播电台文教科学编辑部编.北京：北京出版社.1964：47.

② ［日］德永直.在军事基地旁边［J］.王振仁、李克异译.//人民文学.1954（2）：71.

③ ［日］德永直.在军事基地旁边［J］.王振仁、李克异译.//人民文学.1954（2）：73.

有人说在大型轰炸机掉下来以前，在半路上就扔下了炸弹；也有人说有九个美国兵跳伞得救，有三个烧死在机身里，有一个死在田地里。烧了两家农家，死了一个病人和一头牛，烧了十七八亩的松树林，杉树林还在烧着。①

综上所述，日本战后美军基地题材左翼文学从生态发展和环境保护的角度批判了美国的占领行径。除了以上提到的作品之外，德永直的《街》、中本高子的《跑道》等作品也均反映了美军基地对周边土地的生态环境和生活环境的破坏。它们表明，美军基地的建设不仅占用了日本一部分民众的土地和祖祖辈辈生活的家园，还严重破坏了日本周边地区的生态居住环境，其影响是广泛而恶劣的。事实上，美军对日本的占领在最初以同盟军的名义进行的时候，确实对日本实施了一系列具有进步意义的民主改革措施。但是在后期，尤其是日本与美国签订了安保条约之后，冲绳成为了日本与美外交的牺牲品。美国在对冲绳进行占领的过程中，充分暴露出了其占领的本质，那就是占领他国土地，掠夺他国资源。因此，后期的美国占领实际上是以"占领""保护"为目的的新殖民霸权形式。日本战后美军基地题材左翼文学从生态发展和环境保护的角度批判了美国霸权衍生的新殖民主义对当地生态环境的破坏。

三、美军恶行的猖獗

除了基地建设之外，美军士兵猖獗的恶行也给日本民众带来了沉重伤痛。据日本媒体最新统计，从1972年美国对冲绳的直接管辖结束至2016年5月，驻冲绳美军基地人员刑事犯罪案件共达5910起，其中恶性犯罪575起。更令民众愤怒的是，日美安全保障协定规定，驻日美国军人及其家属犯罪后应交由美国审判，日本没有司法审判权。而美国当然偏袒本国军人，不会从重处罚。因此，在日美安全保障协定的"免罪符"保护下，冲绳已然成为美军犯罪的最大受害者和不平等条约的最大"牺牲品"。可见，美军

---

① ［日］德永直.在军事基地旁边［J］.王振仁、李克异译.//人民文学.1954（2）：74.

的暴行是除环境问题之外，另一个严重威胁日本民众生命安全的"毒瘤"。

很多美军基地题材的左翼文学作品都描写了美国士兵对待日本人的粗暴行径。大江健三郎的《人羊》中，美国占领兵在公交汽车上当众扒下日本乘客的裤子，还一边唱歌拍打他们的屁股。西野辰吉的《美系日人》中，主人公"我"在街上走的时候被迎面走来的一个美国兵抓下口罩摔在路上。还有《烙印》中，"我"的岳父骑自行车去保健所办事的时候，从后面追上来一辆卡车，里面坐着的一个美国兵用绊马索套住了他的上半身，随即被从自行车上拉到地面上拖着走了三四十米。上述小说中所描写的美国占领军对待日本人的行为大部分并不会给加害者本人在肉体上带来严重伤害，比较类似于恶作剧。那么，为什么小说没有描写美军的其他更恶劣的行径，例如强奸、杀人等等，而是描写这些看似伤害性不大的恶作剧呢？事实上，小说描写这些极其荒诞恶劣的行径不仅旨在揭示美国占领兵在日本的累累罪行，同时更重要的是想表现美国占领兵对日本人的蔑视心理。萨义德在《东方学》中认为，作为帝国主义和殖民主义代表的西方常把东方视为愚昧、落后，需要被改造和教化的对象。也就是说，在西方殖民主义者眼中，被殖民者是需要经过教化、改造的劣等民族，因而殖民主义者肯定不会在心里尊重并平等地对待被殖民者。小说正是试图通过描写美国占领兵所做的那些恶作剧似的行为，来反映美国占领兵把日本民众当作奴役对象的殖民心理。同时通过揭示美国占领兵的殖民心理，小说也从侧面展现了占领时期美国对日本的殖民野心，以及日本民众被殖民、被他者化的生存状态。

此外，一部分美军基地题材左翼文学作品以日本女性为书写对象，着重描写了美国驻军日本对她们的生存状态的影响。首先，美国驻日军人对日本女性的强奸罪行使日本的很多女性蒙受了巨大伤痛。占领时期，美国士兵对日本妇女的强奸案件频繁发生。日本媒体报道过的案件难以计数。据统计，1946年3月至7月期间，东京与神奈川县的美军强奸案就有330起，可见受到过驻日美军强奸、猥亵伤害的人数之多。大城立裕的《鸡尾酒会》就取材于美国占领军的性犯罪案件，小说中，主人公"我"受美国友人的邀请去他位于美国基地附近的高级住宅区参加了鸡尾酒会，回来之后得知自己的女儿被租住他家房屋的美国士兵实施了性暴力。在主人公

"我"看来，美国的性暴力事件是战败以来日本各地都会发生的事情，然而却如何也难以想象这样的事情会发生在自己的女儿身上，并且凶手竟会是身边熟知的人。

其次，美国驻日军人对日本妇女的强奸、买春、包养等行为，使日本越来越多的妇女在美军的性暴力或是情色交易中逐渐沉沦，成为美国驻日军人滥交行为的牺牲品。据日本媒体报道，占领时期，随着驻日美军的增多，日本出现了许多为美军提供性服务的女性，其中有被称为"潘潘"的街头妓女，还有被称为"安利"的专属情妇。西野辰吉的不少作品都反映了这一主题。例如，小说《美系日人》中，"我"在弃儿收容所工作时所接待的女性里面，"当初在占领军做事，或是有过用婢的经历，现在干着卖淫生活的人，有好些人都是由于被强奸了，开始堕落的"①。也就是说，日本女性遭到驻日美军强奸之后，大部分便就此堕落，在一次次的情色交易中沉沦。还有，小说《烙印》中，美国占领军哈里斯为了防止自己的日本情妇和别的男人有关系，以将来结婚之后一起回美国为诱饵，迫使他"独包"的日本情妇在她的胳膊上刺上哈里斯的名字作为"爱的记号"。然而，哈里斯回国之后却音信全无，这位日本情妇便不得不去文身店要求去除"爱的记号"。《烙印》中日本情妇身上的刺字就如同疤痕一样，象征着驻日美军给她们带来的身体和精神上的伤害。

还有，美军的淫乱行为造成了很多混血弃儿的出现。西野辰吉的《美系日人》深刻反映了日本社会的混血弃儿问题。据统计，到 1952 年底，日本社会出生的混血儿约有 7500 人，其中约 2000 人在混血儿育幼院长大。这表明，占领时期大量混血儿出生之后都遭到了抛弃，在日本，出生后 13 个月还没有出生登记的孩子是无国籍的，因此在法律上是不存在的，也就无法享受国家法律规定的福利政策。因此那些遭到抛弃的混血儿的生活与成长都是令人担忧的。小说中，叙述者"我"在弃儿收容所工作，"我"在工作中接触到许多来弃儿收容所求助的女人，她们与驻日美军生下了混血儿，但对方调防朝鲜或回国之后音信全无，她们为了自己将来工作或者改嫁的

---

① ［日］西野辰吉. 美系日人［M］. 周作人译.//周作人译文全集·第八卷. 上海：上海人民出版社，2013：594.

便利而不愿给混血孩子登记国籍，因而想把自己同美国士兵生下的混血孩子作为弃儿交给弃儿收容所养育。小说借助那些来弃儿收容所求助的日本女性的故事，揭示了由驻日美军的淫乱行为所引发的混血弃儿问题。

四、冲绳人民的反抗斗争

战后描写反美斗争的作品，基本上都是以冲绳为舞台。这是因为美军在冲绳的军事基地的分布密度是日本本土的好几倍。1952 年 "旧金山合约" 签订以后，美军结束了对日本本土的占领，唯独冲绳仍被处于美国的直接军事管辖之下。所以，相比于日本本土，美国可以更加肆无忌惮地在冲绳修建军事基地。据统计，冲绳的面积大约相当于日本全国面积的 0.6%，但是竟然分布着日本国内多达 75% 的美军基地①。美军在冲绳的军事基地的分布密度是日本本土的好几倍。由于冲绳所建军事基地的数量在全国各地区中最多，所以与之伴随而来的土地征用问题、环境公害问题、美军犯罪问题也比日本本土的任何地区都严峻。1953 年，美军在冲绳发布土地征用令，要求每坪土地每年以相当于两根散装香烟的极低廉价格予以租借。还于 1954 年发表了地租一次性付清的政策。1954—1958 年，冲绳民众为抗议美军征收土地，掀起了全岛斗争。

日本革命作家霜多正次战后十几年来，一直以冲绳为舞台，接连创作了许多反美文学作品。在这些作品里，作者揭露了美帝国主义在冲绳犯下的滔天罪行，歌颂了冲绳人民不畏强暴的英勇斗争。其中，小说《守礼之门》以报告文学的形式描写了冲绳岛谢名村的村民为反抗美军强征土地而进行的斗争。1954 年 10 月，美军为扩大轰炸演习，强令冲绳伊波乡谢名村的村民交出田地和房屋，迁往荒地居住。一开始村民们以和平请愿的方式派村代表与美军和冲绳县政府交涉，要求美军撤回征收令。但是，美军却指使冲绳县政府副主席出面，先以利诱，继之威胁，企图削弱村民们的反抗意志。最后，美军终于露出了真实面目，他们突然调动武装部队来到村庄，放火烧毁了房屋，迫使村民住到荒野的帐篷里，还用铁丝网把村民的

---

① ［日］福井绅一. 重读日本战后史［M］. 王小燕、傅颖译. 北京：生活·读书·新知三联书店，2016：215.

田地围了起来不准他们进去。在美帝国主义撕下假面具之后，谢名村的村民终于认识到，要保卫冲绳的土地和同胞的生命，讲究礼仪是行不通了，只有拿起武器进行坚决的斗争才能赶走美国侵略者。于是，岛上的村民们集结起来，进行了绝食反抗，抗议美军暴行。还用自己的双手去撤除美军的铁丝网，在美军强建的基地内进行耕种。尽管美军逮捕了抢种的村民，判处他们徒刑，但其他村民仍继续坚持斗争，并迫使美军撤除全部铁丝网。一年后，被夺去土地的谢名村村民在美军的演习炮火之下，继续耕种，坚持斗争。霜多正次在《守礼之民》中对冲绳岛谢名村村民反美斗争的详实刻画，反映了冲绳民众宁死也不愿离开自己土地的决心，同时也颂扬了他们武装反抗基地修建的斗争精神。对于美国霸权主义殖民者，以礼相待是行不通了，只有拿起武器进行坚决的斗争，才能保卫冲绳的土地和同胞的生命。

第二节　政治批判和主体性反思

关注人类生存是左翼文学永恒的主题，日本战后以美军基地为题材的左翼文学作品对日本人民因美军基地修建而蒙受的深重苦难的描写，体现出了强烈的人道主义精神。同时，这些作品并没有仅仅停留在单纯的人道关怀和苦难书写之上，而是具有着浓重的政治批判色彩以及对日本人民革命主体性缺失的反思。

一、畸形政治的隐喻性批判

西野辰吉是日本20世纪50—60年代的反美作家，他的许多作品都反映了美军基地在日本制造的罪恶。例如，《烙印》描写了美国占领兵给日本女人所带来的身心伤害。小说中，在文身店工作的"我"接触了许多来店里要求去除文身的女人。她们有的曾做过美国占领军的情妇，在做情妇期间，对方为了防止情妇们和别的男人有关系，就以结婚为诱饵，要求这些女人在她们的胳膊上文上军人的名字。于是，情妇们纷纷去文身店刻上了对方的名字，答应以结婚为前提做驻日美军士兵们的专属情人。然而，大部分驻日美军士兵都没有兑现结婚的承诺，他们回国之后音讯全无，与日本情妇们断绝了来往。而那些被抛弃的女人为了寻找下一个男人只好又来到文身店要求去除文身。

《烙印》中日本女人身上的文身揭示了美国占领军的滥交行为及其对日本女性的身心伤害，同时，小说还通过文身讽喻和批判了美国占领行为背后的殖民本质，具有极强的政治影射性。在美国，直到1865年为止还是奴隶制社会，人可以将人据为己有。在人身上刺字或是盖上火烙印是奴隶主对待奴隶的方式。小说中，驻日美军为了在身体和精神上独占对方，要求日本女人在她们的身上文上自己的名字，这也是一种奴隶主对待奴隶的方式。换句话说，驻日美军迫使日本情妇在身上文上自己的名字的现象，反映了驻日美军的"奴隶主意识"。那么，为什么驻日美军会对日本人产生"奴隶主意识"呢？因为占领后期，美国打着占领的名义，实则对日本实行了殖民统治。在行政管理方面，美国除了在日本设立了最高司令部作为军事部门之外，还在各个行政领域都设立了行政部门，分别掌管和支配日本政府的各个机关。这样，日本的国家管理实权落入了美国的支配之下。在社会生产方面，美国在日本修建了几百处军事基地和军需工厂，并且以低廉的工资雇佣日本工人为基地建设服务，同时还驱使农村青年充当雇佣军等等，日本成为了美国的军工厂和廉价劳动力市场。帝国主义国家对他国实行殖民扩张的主要目的就是为了侵占土地，掠夺市场和资源。美国对日本各个方面的管控和利用表明，他们在占领期间从实质上对日本实行的是殖民主义的统治。因此，小说《烙印》中，驻日美军对日本女人的奴隶主意识是具有隐喻意味的，它隐喻了美国对日本的殖民主义野心。

除了女人身上的文身之外，《烙印》中还有其他描写也具有着政治讽喻意味。例如，叙述者"我"提到了他所见过的由驻日美军所拍的日本女人的裸体照片。其中有两张令他印象特别深刻：一张是"一个裸体的女人，头上戴着美兵所戴的那顶白的钢盔，腰间挂着皮的手枪匣和子弹箱，略为张开两腿，做出诱惑的姿态来，直站着的照片。"① 还有一张是美国士兵和

① ［日］西野辰吉．烙印［M］．周作人译．//周作人译文全集·第八卷．上海：上海人民出版社，2013：604．

日本女人性交的照片，"男的是美兵，显得肉体很不相等，完全像是大人和小孩的样子"。这两张色情照片与女人身上的文身一样，都揭示了驻日美军与日本女人的滥交行为。但同时，这两张照片的内容不仅意在展现男人和女人的关系，还具有象征性意味。小说中，叙述者"我"看到这两张照片时联想到了美国和日本的外交关系。"那戴了美兵的钢盔，挂着手枪的裸体女人，也像是什么的象征。若是有政治的感觉的漫画家，会得加上一个'日本再军备'或是'保安队'的题目上去，也说不定。那性交的照片，可以说是'安保条约'吧。"① 可见，作者更深层的意图是通过这两张照片来讽刺和批判日本如"妓女"一样极具谄媚性的对美政治外交行为。

具体来说，第一张照片中戴着美兵的钢盔、挂着手枪的裸体女人讽喻的是日本政府成立保安队、进行再军备的行为。在《日美安全保障条约》缔结之时，美国以保障日本国防安全、提供经济振兴援助为诱饵，要求日本加快扩大军备。1952 年 8 月 1 日，《日美安全保障条约》生效后不久，日本政府便应美方要求成立了保安厅，组建了保安队和警备队。1954 年 7 月，日本政府在自卫队的名义下，组建了由陆、海、空三军组成的、总人数超过 15 万人的正规武装力量。从本质上说，日本的再军备是为美国遏制和封锁苏联、中国以及朝鲜等社会主义国家而服务的。所以，日本的再军备是为迎合美国而进行的一种极具谄媚性的政治外交行为。

第二张照片中美国士兵和日本女人的性交行为讽喻的是日本与美国所签订的日美安全保障条约。1952 年，占领结束之后，美国与日本政府签订了《日美安全保障条约》，简称"安保条约"，规定美国有权在日驻军和设置军事基地。1960 年，原安保条约到期后，日本政府与美国重新签订了《日美新安全保障条约》，保留了美国在日驻军和修建军事基地的权力。1970 年，日本政府宣布《日美新安全保障条约》到期之后自动延期。所以，占领时期结束之后，美国之所以仍然肆无忌惮地继续在日驻军和设置军事基地，是源于日美安保条约的签订。小说以男女关系的发生作比日美安保条约的签订是带有强烈讽刺意味的。

---

① ［日］西野辰吉. 烙印［M］. 周作人译.∥周作人译文全集·第八卷. 上海：上海人民出版社，2013：604.

　　另外，叙述者"我"描述性交照片中的美国士兵和日本女人"肉身不相等""像大人与小孩"，其讽喻的是安保条约的不平等性和附庸性。安保条约由《日美安全保障条约》和《日美行政协定》两份法律文件组成。根据《日美安全保障条约》的规定，"美国有在日本国内及周围驻扎美国陆、空、海军之权利。在日本的美军享有允许其使用日本国土上的必要设施及区域和在日本国内的任何地方设立美军基地的特权，日本必须承担驻日美军的全部费用，在航空、交通、通信及公共事业等方面给予优先使用的权利"①。"在条约有效期内，日本未经美利坚合众国事先同意，不得将任何基地给予任何第三国，亦不得将基地上或与基地有关之任何权利、权力或权限，以及陆、海、空军驻防、演习或过境之权利给予任何第三国"。同时，根据《日美行政协定》第7条规定："美国武装部队有权使用所有属于日本政府或由日本政府控制或管理的公用事业及公共服务，并于使用时在不比随时对日本政府各省及各厅所使用的条件较为不利的条件下，享有优先权"，还有第17条规定："在第1款所称北大西洋公约协定对美国生效前，美国的军事法庭及当局，应对于美国武装部队人员、文职人员及其家属（只有日本国籍的家属除外）在日本所犯的一切犯法行为，应有权在日本境内行使专属的管辖权"②。从这些条款我们就可以知道，安保条约无论从形式上还是实质上都是非对称和不平等的，日本虽在名义上获得了拥有独立主权的国家地位，但是却与美国的附属国家无异。小说以"肉身不相等"、"像大人与小孩"一样的美国士兵与日本女人的性交照片讽刺了安保条约的附庸性和不平等性。

　　西野辰吉的另一部小说《美系日人》也讽刺了日本政府同意与美国签订日美安全保障条约的卖国行为。小说中，"我"给弃儿收留所新收下的一个弃儿取名叫作吉田茂，就是对吉田内阁的昏庸腐败导致日本大量弃儿出现的一种强烈讽刺。在冷战的国际环境下，独立后日本的安全保障方式与日本的媾和问题紧密地交织在一起。吉田内阁选择了对美一边倒的"片面媾和"方式，确立了亲美、经济优先主义的基本路线，其目的就是为了巩

① 徐万胜．当代日本安全保障［M］．天津：南开大学出版社，2015：38.
② 徐万胜．当代日本安全保障［M］．天津：南开大学出版社，2015：38.

固自身的统治地位。最终吉田内阁的选择助长了美国的殖民扩张野心，牺牲了众多民众的利益，使他们的家园遭到掠夺或污染，生命财产安全都面临着严重威胁。

此外，小说还以叙述者"我"的口吻直接讽刺了吉田茂政府卖国求荣的行径：

> 日美安全保障条约很是简单，大要就是美军要无限期地驻兵，而且不单是为军事目的，还要对于日本国内的治安维持也予以协助，至于兵力和基地的数目、费用的负担等具体的内容，都等行政协商来加以规定。可是这个条约上边写着，此乃是由于日本自发的希望而缔结的。全权代表吉田茂说："我很高兴"（I am happy），据说他是这样说着签字的。①

日美保障条约的内容是不平等的，而吉田茂代表却是欣然签订的。小说以此讽刺了吉田茂政府的昏庸腐败，表达了对无视人民疾苦，与美国签订卖国条约的不满。

二、主体性匮缺与自由困境

日本作家大江健三郎（1935—）的小说《人羊》以美国占领时期为背景，描写了一群日本人在公交汽车上遭遇驻日美军脱裤子羞辱的故事。一直以来，学界对《人羊》的研究也都基本集中在解读"羊"的隐喻和象征意义方面。江口真规总结了基思·维森特和黑岩裕市的观点，指出"羊"象征着男同性交或人兽性交行为中的被支配者，具有"牺牲者、弱者"的隐喻内涵②。霍士富认为，"羊"隐喻了公交汽车上的三类日本人，他们被美国占领军剥夺了一切尊严，却顺从地忍受着屈辱，体现出了任人宰割的

---

① ［日］西野辰吉. 美系日人［M］. 周作人译.//周作人译文全集·第八卷. 上海：上海人民出版社，2013：598.
② ［日］江口真规. らしゃめんの変容と戦後占領期文学における羊の表象：高見順『敗戦日記』. 大江健三郎「人間の羊」を中心に［J］. 文学研究論集，2015（33）.

"羊"的奴性①。不过，他们都没有注意到人物话语视角对"羊"的动物意象的影响。事实上，小说中，"羊"在美国士兵、"我"与教员的话语视角之下均有出现。结合人物的话语视角可以发现，"羊"在不同的语境中所具有的隐喻意义是不尽相同的。

首先，"羊"在小说中第一次出现时的人物话语视角来自美国士兵。公交汽车上，美国士兵因为一点小冲突就将"我"连同几个无辜日本乘客的裤子扒下，一边拍打他们的屁股，一边唱"打羊、打羊，啪！啪！"的歌曲。歌曲中的"羊"的话语视角人物是美国士兵，指称对象是被扒下裤子的日本乘客。它表明美国士兵将日本人视作"羊"一样的存在。萨义德在《东方学》中认为，作为帝国主义和殖民主义代表的西方常把东方视为愚昧、落后，需要被改造和教化的对象。而"羊"是非人的动物，在西方语境中，特别是在基督教中，"羊"通常被用来形容那些容易迷失人性，必须依靠信仰的力量来感化的人。因此，外国士兵把日本乘客视作"羊"，是一种携带着权力运作、欲望纠结和身份意识的主体对客体的"凝视"，它充分反映出了美国占领军对于日本人的殖民野心和支配欲望。

其次，叙述者"我"是"羊"的话语视角人物之一。"我"在故事叙述时多次以"羊"来称呼被美国士兵扒下裤子的日本人。例如："我们这些'羊们'温顺地垂着头坐着。"②"不知不觉中我们这些'羊们'都变成了哑巴。谁也不愿做出开口说话的努力。"③ 这里，"羊"的话语视角人物是叙述者"我"，指称对象是包括"我"在内的受辱者。与象征他者的"羊"不同，叙述者"我"视角下的"羊"突出强调的是日本乘客面对美国士兵时的"温顺"与"沉默"。对此，叙述者"我"除了用"羊"来指称之外，还运用了大量细节描写来刻画日本人在美国占领军面前的表现。例如，当日本女人搂着身旁的"我"对外国士兵说不愿意和他们那些背上都长毛的

---

① 霍士富. 鲁迅与大江健三郎文学中的审美思想比较——以"狗""羊""狼"为隐喻 [J]. 西北大学学报，2013（3）.

② ［日］大江健三郎. 人間の羊. 大江健三郎自選短編 [M]. 東京：岩波書店，2014：177.

③ ［日］大江健三郎. 人間の羊. 大江健三郎自選短編 [M]. 東京：岩波書店，2014：178.

家伙睡，只想跟东洋男人睡时，"我"却露出受害者的笑容，站起来推开了女人的手臂，致使女人摔倒在地上。美国士兵扒下"我"的裤子时，"我""却任凭他们摆布，一动也不敢动"①。还有，美国士兵下车之后，那些受到侮辱性对待的日本乘客没有一个人愿意去警察局报案等等。在短篇小说中使用这么多细节描写，足以可见作者的用意。公交汽车上的日本乘客受到美国占领军凌辱后的表现，影射的是日本国民在美国占领之下的生存表现。

另外，教员的话语视角下也出现了"羊"。当"我"因为不想填报姓名而决定放弃起诉美国兵时，教员对"我"说，"得有人为这个事件做出牺牲"，"你就下定决心做一头牺牲的羊吧"②。"牺牲的羊"的话语视角人物是教员，指称对象是"我"。教员希望"我"能成为"一头牺牲的羊"，因而此处的"羊"是教员对"我"的主体建构。这个主体需要为了起诉美国兵这个具有革命意义的事情做出牺牲，因此，它与齐泽克提出的"行动主体"颇为相似。当代西方后马克思主义理论家齐泽克认为，真正的政治事件是"行动"所带来的，"行动"具有颠覆政治和意识形态秩序的重要作用。在齐泽克看来，如果不暂时悬置那确保主体身份的社会存在，就不会有真正的行动；唯有当主体愿意冒险时，一个真正的行动才会出现③。教员所说的"牺牲的羊"与齐泽克提出的"行动主体"一样，都必须做出冒险，暂时悬置确保其主体身份的社会存在，义无反顾地投入到"行动"之中，否则就无法发起具有革命意义的行动。不过，他们之间不同的地方在于，齐泽克强调行动主体必须甘愿做出牺牲，但是，《人羊》中，"我"多次表露出了对成为"牺牲的羊"的抗拒和反感。例如，"我轻轻地摇了下头拒绝

---

① ［日］大江健三郎. 人間の羊. 大江健三郎自選短編［M］. 東京：岩波書店，2014：175.

② ［日］大江健三郎. 人間の羊. 大江健三郎自選短編［M］. 東京：岩波書店，2014：183.

③ 韩振江. 当代"激进左翼"的理论特征与定位——以齐泽克、巴迪欧和阿甘本为例［J］. 理论探讨，2016（4）：65.

了他的建议"①，"我心里想着：'坚决不能让他们知道我的名字'"②，"我决心无视从后面跟上来的教员"③ 等等。所以，"牺牲的羊"是被强制推到行动主体位置之上的客体主体，并不是具有完全自主性的主体。它隐喻的是占领时期被强制要求为反抗而牺牲的日本人。

综上所述，《人羊》中的"羊"在不同人物视角之下具有"他者""臣服者""牺牲者"等多重隐喻。如果结合自由哲学来考察的话，这三个隐喻意象分别揭示了占领社会之下日本人所面临的自由困境。

1. 身体自由和意志自由的沦丧

美国士兵话语视角下的"羊"表明日本人在占领社会下被占领者当作"客体""他者"亦或是"异者"看待。不仅如此，处于他者地位的"羊"还受到了主体的控制，失去了行动的自由。小说中，美国士兵恣意妄为地扒下日本乘客的裤子，用武力逼迫他们站成一排，还高声喊"打羊"，其情节看似荒诞，却极其生动地表明了日本人在占领社会下失去行动自由、受尽欺凌的生存状态。占领时期，为了维持占领军的殖民统治秩序，美国派遣了大量兵力屯驻在日本，制定了防止破坏活动法等法律法规，对日本民众实行严格监管；还修改了劳动雇佣制度，以终止雇佣合同作威胁，限制或禁止民众参加罢工、游行等政治活动。这样，在美国占领军的高压殖民统治之下，日本人的行动自由受到了极大的压制。

另一方面，《人羊》中，受到美国士兵的欺凌和侮辱时，日本乘客毫无反抗，只是"咬着嘴唇、浑身颤抖"④。美国士兵离开之后他们也不愿意去警察局报案，"耷拉着脑袋、一言不发"⑤。可见，这些日本乘客不仅身体自

---

① ［日］大江健三郎．人間の羊．大江健三郎自選短編［M］．東京：岩波書店，2014：182.

② ［日］大江健三郎．人間の羊．大江健三郎自選短編［M］．東京：岩波書店，2014：186.

③ ［日］大江健三郎．人間の羊．大江健三郎自選短編［M］．東京：岩波書店，2014：189.

④ ［日］大江健三郎．人間の羊．大江健三郎自選短編［M］．東京：岩波書店，2014：174.

⑤ ［日］大江健三郎．人間の羊．大江健三郎自選短編［M］．東京：岩波書店，2014：177.

由受到了限制，连精神自由也丧失了。福柯认为，身体可以被外界力量控制或胁迫，精神主体却可以独立存在。然而，占领时期，面对美国占领军的高压统治，整个日本社会，包括日本政府、军队以及日本民众均表现出了近乎谄媚式的顺从。因此，《人羊》中，大江健三郎用大量篇幅描写日本乘客像"羊"一样温顺的样态，就意在讽刺日本人面对美国占领军时毫无反抗意志的生存表现。

大江健三郎在思想上一直深受萨特的影响，他的大部分文学作品都带有存在主义哲学的色彩。萨特的存在主义哲学肯定人的主体性，维护人的绝对自由和尊严。1943 年，在德国法西斯对法兰西民族实行血腥屠杀和残酷统治的背景下，萨特提出了他的意志自由理论。简单来说，萨特提出的意志自由就是宁死也要说"不"的自由。它肯定人的主体性，主张维护人的绝对自由和尊严。萨特在德国法西斯对法兰西民族实行血腥屠杀和残酷统治的背景之下提出意志自由理论，对于唤起法兰西人民的反抗精神具有重要意义。大江健三郎在《人羊》中以"顺从的羊"的形象来讽刺日本人面对美国占领军时的懦弱和退缩，是对萨特的意志自由思想的反面阐释。其旨在唤起日本人民的反抗精神，勉励他们肩负起民族解放事业的责任，在任何环境之中都要保持意志自由，具备敢于否定现状，敢于说"不"的主体性意识。如同萨特期寄着法兰西人民的反抗斗争一样，大江在小说中寄寓的是对日本人民勇敢抵抗殖民压迫的革命期待。

2. 积极自由和消极自由的悖论性冲突

《人羊》中，美国士兵们下车之后，没有受到凌辱的乘客聚集到受害者的周围，鼓励他们去警察局报案。"这事儿咱不能不吭声地放过去啊！筑路工模样的男人说。如果不声不响，这不是要把他们惯出毛病来了吗？"[①]"应该去报告警察呀！"教员像是给我们打气似的用激昂的声调说："哪个兵营一查就能知道了吧。即使警察不出动的话。被害者们集聚起来，准保也能

---

① ［日］大江健三郎. 人間の羊. 大江健三郎自選短編［M］. 東京：岩波書店，2014： 177.

形成舆论。"① 旁观乘客们的建议是为了唤起受害者发起反抗行动的行为。但是，受害者们谁也不愿意回应他们的激励。教员劝说"我"去报案时，"我"也摇了摇头拒绝了他的建议。这是因为，"行动"是需要做出牺牲的。首先，向他们讲述受辱经过的感受就如同再次受到羞辱。教员强行把"我"拉进警察局向警察讲述"我"受辱的经过时，作者反复对"我"当时的屈辱感进行了描写："羞耻像摆子似的使我周身颤抖起来。"②"在警官们好奇的眼睛里，'我'感到'我'的裤子和鞋好像又被脱掉了，像鸟似的撅着毛愣愣的屁股。"③ 其次，上诉美国兵需要填报直接受害者的姓名，这样，"我"的名字和肖像将会被当作广告一样四处宣传，这对当事人的生活将造成极大困扰。这些都是起诉美国士兵所需要做出的牺牲。正如齐泽克所指出的，如果不暂时悬置那确保主体身份的社会存在，就不会有真正的行动。

以赛亚·伯林在"两种自由概念"中提出，政治的自由含义有两种。第一种是消极自由，它的表现形式是"免于……（free from）"，即主体被允许或必须被允许不受别人干涉地做他有能力做的事，成为他愿意成为的人。第二种是积极自由，它的表现形式是"去做……（free to do）"，即主体成为自己的主人，决定自己做这个、成为这样而不是做那个、成为那样④。小说中，"羊们"谁也不愿意去警察局报案，各自下车离开了。在消极意义上他们是自由的，但是在积极意义上却并非如此。只有勇敢反抗美国占领军的压迫，成为自己的主人，才能摆脱消极自由的状态，获得积极的自由。

但是，"我"拒绝了教员的建议之后，教员不顾我惊慌失措的抵抗，拽着我进了警察局，代替"我"向警察讲述了事情的经过。在"我"离开之后仍然穷追不舍，还表示要查明"我"的名字，将"我"受到的屈辱公开

---

① ［日］大江健三郎. 人間の羊. 大江健三郎自選短編［M］. 東京：岩波書店，2014：178.

② ［日］大江健三郎. 人間の羊. 大江健三郎自選短編［M］. 東京：岩波書店，2014：184.

③ ［日］大江健三郎. 人間の羊. 大江健三郎自選短編［M］. 東京：岩波書店，2014：185.

④ ［英］以赛亚·伯林. 自由论［M］. 胡传胜译. 北京：译林出版社，2003：195.

出来，让不愿去报案的受害者们无地自容。那么，在"我"拒绝的前提下，教员是否可以强制"我"做出牺牲呢？换言之，"我"有没有拒绝做出这个牺牲的自由呢？结合以赛亚·伯林所提出的两种自由概念来看，教员的行为出发点是好的，并且具有着一定的革命性和积极自由意义。但是，它侵犯了他人说"不"的权利，也就是干涉了他人的消极自由。

这也就解释了为什么当教员对"我"说，"你就下定决心做一头牺牲的羊吧"①，"我"会感到生气。"我"生气的原因就在于自己被当作了牺牲品，而作为人的事实受到了忽略。伯林认为："用迫害威胁一个人，让他服从一种他再也无法选择自己的目标的生活；关闭他面前的所有大门而只留下一扇门，不管所开启的那种景象多么高尚，或者不管那些做此安排的人的动机多么仁慈，都是对一条真理的犯罪：他是一个人，一个有他自己生活的存在者。"②

因此，"牺牲的羊"实际上包含着积极自由和消极自由的悖论性冲突。"我"放弃起诉美国士兵，在消极意义上是自由的，在积极意义上却并非如此。教员对"我"的干涉和强制虽然是具有积极自由意味的行为，但是却对"我"的消极自由造成了压抑。小说中，"尽管我厌烦地抵抗着，但我们挽着手走进警察局时的样子看上去倒挺像亲密的友人"③，极具象征性地揭示了消极自由与积极自由之间的悖论性冲突。

综上所述，小说《人羊》是大江健三郎以美国占领为背景的存在主义文学作品。小说以"羊"隐喻了占领时期日本人民在美国占领军的殖民统治之下沦为被奴役对象的事实，抨击了占领社会对国民自由的戕害。另一方面，以"顺从的羊"从反面阐释了萨特的意志自由的思想，讽刺了日本人面对美国占领军时的懦弱和退缩，旨在唤起国民勇敢肩负起民族解放事业的责任，在高压环境之下仍要保持意志的自由，敢于否定现状，敢于对美国人说"不"的主体性意识。这对于号召日本人民抵抗美国占领军的殖

---

① ［日］大江健三郎．人間の羊．大江健三郎自選短編［M］．東京：岩波書店，2014：183.

② ［英］以赛亚·伯林．自由论［M］．胡传胜译．北京：译林出版社，2003：197.

③ ［日］大江健三郎．人間の羊．大江健三郎自選短編［M］．東京：岩波書店，2014：182.

民压迫有着极大的革命进步意义。但同时，小说又以"牺牲的羊"揭示了争取积极自由的革命事业可能会导致的"强迫他人自由"的悖论，强调了消极自由的不可或缺性，提出了如何在革命事业中保持消极自由的问题。

三、被殖民者的身份认同危机

"认同"是指社会共同体成员对一定信仰和情感的共有和分享，它是维系社会共同体的内在凝聚力。冲绳历史上曾发生过数十次大大小小的针对日本政府的抗议活动，其中不乏谋求冲绳独立的声音。国家认同是国家共同体成员主体性意识产生的基础，冲绳人对日本国家认同程度的欠缺影响着冲绳复归祖国运动的展开。而影响冲绳人日本国家认同程度的因素是多重复杂的，日本战后美军基地题材左翼文学对此进行了多维度的描写，试图展现和探讨冲绳与日本之间难以抚平的鸿沟。

首先，日本国家对冲绳的结构性歧视，即日本为实现自身国家发展战略而对冲绳区域实施了差别对待，是影响冲绳人对日本国家认同难以建立的主要因素。二战后期，盟军登陆冲绳岛之后与日本军方展开了激烈的战争，史称"冲绳岛战役"，这场战役被认为是二战太平洋战场上伤亡人数最多的战役。双方军队死伤近 20 万人，另外还有难以计数的冲绳民众在战役中无辜丧生。可以说，二战期间，冲绳为了保护日本本土的安全做出了巨大的牺牲。日本二战战败后，根据《波茨坦公告》，盟军对日本实施了军事占领，冲绳的治理权掌握在美国的手里。美国着眼于亚太战略，在冲绳建设了大量的军事基地。1951 年 9 月 8 日，美国与日本签订了"旧金山对日和平条约"，结束了同盟国对日本的军事占领状态，日本重新恢复了独立的国际社会地位，但是在第三条中，日本同意了美国对于冲绳等诸岛实施联合国信托管理。随后，日本政府通过 1960 年签订的《日美安保条约》以及 1970 年的《新日美安保条约》进一步调整了美军基地在日本的数量和分布。但是，尽管基地总数在下降，冲绳基地数量在全国基地中所占的比例却在增加。冲绳人民本来寄希望于日本能够从国家主权角度出发，将美军逐步赶出冲绳，但结果却是日本将美军基地设置的重点集中转向了冲绳，使冲绳成为了日本政府用以抵御外部威胁，保护日本本土安全的一枚"弃子"。

总的来说，二战后期冲绳人民在冲绳岛战役中所蒙受的灾难以及战争结束之后冲绳被迫承担的战争风险，使冲绳人民对日本政府和日本社会积聚了越来越多的不满心理，这样他们对于日本的国家认同也就难以建立。

霜多正次的小说《冲绳岛》对于冲绳人的日本国家认同意识进行了多方面的挖掘和反映。小说中，山城清吉的中学老师平良松介在战前是冲绳岛上的一名中学历史老师。他时常教导学生们"要丢开琉球人那种自卑感，要有作为日本人的自豪感"，要"舍弃那种这也是冲绳、那也是冲绳的固执的岛国根性，作为一个日本人，以更广阔的日本的立场来考虑问题"①。可见，平良老师在战前是具有极高的日本国家认同感的，同时也极力教育自己的学生要具有作为日本人的身份意识。然而，战败以后，平良老师的想法发生了动摇：

> 为了不使这些学生的鲜血白流，保全了性命的我也必须有所作为，他过去一直在心里这样激励自己。可是现在我又能做些什么呢？现在的世界，就是要想抹杀她们这些人牺牲的意义。她们曾经为它而牺牲的祖国，已经把这个岛连同她们的尸骨和幸留着性命的我在内，一起悄悄地奉送给敌人了。如果这样做是为了使这个岛免除未来的永劫和成为和平的乐土，那倒也许正是她们的愿望。可是，把这个岛让给别人的目的是要使它重新成为军事基地，成为守卫被称作"自由世界"的别的国家的堡垒！六年之前，这个岛是保卫祖国的堡垒；今天，它却被当作取得祖国独立的代价，因而变成了"自由世界"的堡垒。②

过去，平良老师认为冲绳人应该具有作为日本人的身份意识，站在日本的立场来考虑问题。战争时期，许多冲绳学生正是在平良老师这样的国家意识的教育之下，为了保卫祖国的安全献出了生命。但是战后，日本不仅没有正视冲绳的牺牲，反而为了获取自身的独立，把冲绳作为"弃子"交给美国管控，使它成为了守卫美国的军事堡垒。也就是说，祖国母亲日本为了结束占领状态而舍弃了冲绳这个孩子。那么，作为"弃子"的冲绳

①　[日]霜多正次.冲绳岛[M].金福译.上海：上海文艺出版社.1963：20.
②　[日]霜多正次.冲绳岛[M].金福译.上海：上海文艺出版社.1963：173.

人，又如何继续坚定自身对日本的国家认同意识呢？同样，作为教育者的平良老师也对自己战前所从事的教育工作产生了质疑。那些关于日本国家意识的教育使大量冲绳学生白白牺牲了性命，最后却被祖国遗忘甚至抹杀了。那么，教育工作的意义又何在呢？因此，当美国占领军邀请平良老师去冲绳民政府教育部工作时，他一口回绝了：

> 对于教育工作，也就是说，对于这种按照一定方向指导人的工作，他已经不想再干了；而且，也觉得无法再做了。试问，以什么来教育人呢？不用说，破坏了的校舍和设备是一定会重建起来的；可是，又以什么东西来教育那些青少年呢？在这废墟上，又从哪里去寻找教导这些青少年的教育目标和理想呢？松介无法解决这个问；这个问题不解决，也就不能来协助教育事业的复兴工作。①

过去，平良老师把忠君爱国思想作为教育目标，现在，他不得不承认，这种国家意识教育使冲绳为日本本土做出了太多的牺牲。可这些牺牲并没有换来日本本土的爱护，当日本需要对美国做出利益出让的时候，冲绳成为了首当其冲的牺牲品。平良老师拒绝教育局的工作正是出于他对于日本国家意识教育的反感，而这种反感的根源则在于他对日本人身份认同意识的迷失。

不仅日本国家对冲绳的结构性歧视影响了冲绳人对日本国家认同的建立，日本本土人对冲绳人的地域性歧视，也是影响冲绳社会对日本国家认同产生的重要因素。《冲绳岛》中，清吉参加冲绳岛战役时，在与从日本本土来的士兵接触的过程中发现，"在日本人的意识深处，对冲绳县人和日本人是有所区别的。不过，这种根深蒂固的想法，并不是理性地或是公开地，而是在不知不觉中的言行中表现出来的"②。后来，他去建筑工地当工人的时候，发现从日本本土来的工人一般占据指导者或监督者的地位，且工资、住宿条件都比冲绳出身的工人好。不仅如此，日本本土工人在与冲绳工人相处的过程中明显流露了优越感和对冲绳人的蔑视态度。

---

① ［日］霜多正次. 冲绳岛［M］. 金福译. 上海：上海文艺出版社. 1963：36.
② ［日］霜多正次. 冲绳岛［M］. 金福译. 上海：上海文艺出版社. 1963：7.

这些人原来都是些受鲸刑的人，据他们自己说，都是因为在日本已经无路可走才流配到冲绳来的，因此不能算是太上等的人。他们对待清吉等人也老是口出恶言，什么"在这么慢吞吞的，就把你们打死在三合土里"啦。什么"这些家伙连半个日本人都抵不到"，似乎并不承认这些人也是同样的日本人……他们常常这样问："你们认为日本人还是美国人好？"当清吉等人回答"我们是日本人"时，他们仿佛感到满足似的点着头，脸上显露着一种带些夸耀的爱抚的表情，仿佛在说可怜的孩子，我们尽管在战争中失败，你们还这么倾心于我们吗！①

可见，不仅冲绳人对自身作为日本人的身份认同十分迷惑，许多日本本土人在内心意识里也并没有把冲绳人看作是和自己一样的日本人。面对着日本本土人对冲绳人的傲慢和歧视，冲绳人对于日本的国家认同变得更加复杂和纠葛。这种国家意识和身份认同的危机，极大地阻碍和抑制了冲绳人民开展复归祖国运动的主体性。

另一方面，在日本国家认同意识的建立面临着重重阻碍的同时，冲绳人对自身族裔身份的认同也出现了危机。因为，以现代化的标准来看，相较于美国文明和日本本土文明，冲绳文明属于弱势文明。"任何存在强弱对立的社会都会出现弱势者在强势者支配下丧失自主意识、主动寻求身份转换以跻身于强势群体的现象"②。占领时期，随着美军基地的修建，冲绳岛同时受到了来自日本本土和美国的现代文明的冲击，在文明力量强弱对立的社会，弱势者在强势者文化的冲击和压迫之下，会出现对自身身份认同感的动摇。否定自我、重建身份认同是弱势文明者试图改变自身艰难处境的方式之一。但是，这种方式极大地削弱了弱势者反抗强势者压迫的主体性意识，使他们难以形成发起反抗运动的群体性力量。

有吉佐和子的《海暗》以伊豆七岛中的御藏岛为舞台，这是一个"在海上风浪大的时候，连定期的班船都无法靠岸"的小岛。当岛上传来美军

---

① ［日］霜多正次. 冲绳岛［M］. 金福译. 上海：上海文艺出版社. 1963：183—184.
② 计璧瑞. 被殖民者的精神印记［M］. 厦门：厦门大学出版社，2010：95—96.

要在此修建轰炸训练场的消息之后，最年长的老阳婆婆坚定地对着来采访岛民意见的记者喊出了反对的声音。"这时候，老阳婆婆好不容易推开人群，走到了最前边来。于是，她瞪着记者喊道：'俺是不从岛上挪窝的！'"① 但是，岛上的大部分居民都保持了沉默。因为他们听说美军将给出一百亿的赔款，于是他们不仅不反对美军来岛上修建基地，反而十分憧憬着拿到赔款后搬离小岛去其他地方生活的日子。事实上，村民们在美军赔款的利诱之下产生的带着钱离开小岛的想法，源于他们对强势文明的向往和对自身文化认同的迷失。小说中多次将御藏岛与东京进行了对比："在东京，任何东西都能容易地买到；道路平平坦坦，不管走多少路，也不会让人气喘吁吁；妇女的活儿里，既不用下地，也不用爬山，更没有弄得两手黑糊糊泥巴的事。……虽说是难得去，可是想看的话，戏也好，电影也好，也都能去看看。这比起连一样娱乐也没有，除了干活就是干活的岛上，那真是天堂般的生活。"② 强势文明所拥有的现代化生活方式对身处弱势文明的人具有强烈的吸引力，使他们对自身文化的身份认同被削弱，甚至会产生进行身份转换以跻身于强势群体的想法。

还有，《海暗》中，在御藏岛上的岛民们就是否反对美军来岛上修建军事基地的事情争论不休时，报纸上突然刊登了"伊豆七岛的御藏岛不适于做美军水户轰炸演习场的代用候补地，从候补地中除去"的消息。接到消息之后，不论之前是反对美军来御藏岛还是赞成美军来御藏岛的岛民，竟没有一个人为此感到庆幸，相反，他们都陷入惋惜和失落的情绪之中：

> 从村公所各自奔回家去的人群里，不少怀着惋惜钓上了的鱼跑掉了的讽刺的想法。要是成了轰炸演习场，迟迟不进展的码头工程、修路，不是都可以大规模地更快地完成，促使御藏岛猛然加快文明的开发吗？……他们现在已不再去想成了轰炸演习场的情况下的坏处，忘掉了嘈杂的声音下，事故发生受灾难的是岛民，忘掉了成了轰炸演习

---

① ［日］有吉佐和子. 暗流［M］. 梅韬译. 北京：中国文艺联合出版公司，1984：73.

② ［日］有吉佐和子. 暗流［M］. 梅韬译. 北京：中国文艺联合出版公司，1984：19—20.

场，天上落下炸弹来的最现实的问题，而是任性地只想到好的一面，后悔起事件的突然解决来。甚至竟有人说出，这是因为不谨慎地反对了的愚蠢话。①

可见，岛民们对于美军取消在御藏岛修建基地的决定感到惋惜和失落的原因一方面是，御藏岛失去了加快现代文明开发的机会，也就是说，岛民们失去了跻身于强势群体的机会；另一方面，美军取消在御藏岛修建基地的决定使御藏岛上的岛民们本就在强弱文明对比之下摇摆不定的身份认同变得更加岌岌可危。有的岛民甚至开始怀疑："难道御藏岛真的糟糕到连做演习场的价值都没有吗？"可见，在美国占领所引发了强势文明的冲击之下，冲绳成为了由强势文明评断来决定自身价值的他者。

还有贯穿小说始末的关于时子和勘次郎的婚事，村庄里的很多人都担心在东京上班的时子不愿意回到御藏岛与勘次郎成亲，因为"这年头的年轻人一上了东京，再叫回到岛上来过日子，是不会的了"②。故事最后，虽然在御藏岛修建轰炸训练场的计划取消了，时子也回到御藏岛和勘次郎举行了婚礼，然而，在婚礼之后不久，时子就和勘次郎一起坐船去了东京。总的来说，《海暗》这部小说不同于其他以描写反抗美军修建军事基地的斗争运动为题材的作品之处在于，它着重刻画了岛民对于自身文化身份的自卑情结和认同危机，或许消除岛民对自身文化身份的自卑情结和认同危机才是反抗美军修建军事基地的根本途径。

综上所述，日本战后以美军基地为题材的左翼文学作品在描写冲绳人民反抗美军修建军事基地的斗争运动的同时，还表达了对日本本土的失望、不满以及对于冲绳未来的迷茫。文化身份认同是社会共同体成员主体性意识产生的基础，只有消除冲绳人民对日本人身份的认同危机以及对冲绳人身份的自卑情结，才能凝聚起反抗美军军事基地修建的集体性力量。

---

① ［日］有吉佐和子．暗流［M］．梅韬译．北京：中国文艺联合出版公司，1984：209—210.

② ［日］有吉佐和子．暗流［M］．梅韬译．北京：中国文艺联合出版公司，1984：18.

第三节　主体性叙事策略及其审美特征

战后美军基地题材左翼文学的一个突出主题就是对日本民众革命主体性的探讨。据史料记载，"从 1945 年 8 月美军踏上日本，一直到 1952 年 4 月日本恢复独立，6 年 8 个月的时间里，日本全国没有发生一起暴力反抗联合军占领的事件，更没有出现游击队进行武装抵抗的情况，是所有被占领国家里最安分守己的"①。日本人对美国占领军的顺从表现反映出了他们革命主体性的匮乏。另外，日本政府在基地问题上将冲绳作为保护本土安全的一枚"弃子"。美军基地在冲绳的数量是全国最高的。这使得他们对于日本的爱国情感充满纠葛，其中还掺杂着历史归属问题。因此，冲绳人民对于自身作为日本人的身份认同是处于动摇状态的。这种民族身份认同危机，极大抑制了冲绳人民开展复归祖国运动的主体性。日本人对于美国占领问题上的暧昧性态度和主体性的匮缺，其原因是错综复杂的，既有历史社会因素又有民族性格因素。战后美军基地题材左翼文学采取了多种主体性叙事策略来对日本人民以及冲绳人民面对美军基地修建问题时的主体性危机进行了反思，并试图通过革命人物的塑造来实现对日本人民革命主体性的构建。

一、情节反转

有吉佐和子的小说《海暗》中，有两条故事主线。一条主线围绕着美军在御藏岛上修建轰炸训练场的计划展开。当岛上传来美军要在这里修建轰炸训练场，要求全岛居民搬离的消息以后，岛民们之间出现了意见分歧。一方面，以阿阳婆婆为首的反对派认为，御藏岛是祖先留下的宝藏，金山银山也不能用它来交换。另一方面，以阿阳婆婆的外孙女婿镰吉为代表的一些岛民们听说美军会赔偿一笔巨额的搬迁补偿金，于是产生了带着补偿金搬离御藏岛的想法。后来，在阿阳婆婆的厉声斥责和劝说之下，岛上

① 周明、李巍 . 东瀛之刀：日本自卫队［M］. 上海：上海社会科学院出版社，2015：11.

的居民们最终团结起来开展了一系列请愿、反抗的行动。另一条主线则围绕着时子和勘次郎的婚事展开。时子在东京工作，阿阳婆婆希望时子回到御藏岛与勘次郎结婚，因为御藏岛是个好地方，勘次郎是个好男人，她希望时子与勘次郎幸福地生活在御藏岛。不过，其他一些岛民却认为在东京上班的时子不会愿意回到御藏岛与勘次郎成亲，因为"这年头的年轻人一上了东京，再叫回到岛上来过日子，是不会的了"①。后来，时子回到了御藏岛，与勘次郎一见钟情，两人在以阿阳婆婆为首的岛民的见证之下欢欢喜喜地结婚了。

不过，这并不是故事的最终结局，小说在结尾处采用了情节反转的手法，使作品出现了与情节发展 180 度逆转的意外结局。情节反转手法主要有斜升反转、释悬反转、多重反转这三种基本样式。小说《海暗》在对两条故事主线进行叙述时主要采取了释悬反转的手法。即先制造悬念，第一条故事主线中的悬念是岛民们是否会反对美军在御藏岛修建轰炸训练场的计划。第二条故事主线中的悬念是时子是否会回到御藏岛和勘次郎结婚。然后再解除悬念，第一条故事主线中，岛民们在阿阳婆婆的厉声斥责和劝说之下，最终团结起来开展了一系列请愿和反对美军在御藏岛修建轰炸训练场的行动。第二条故事主线中，时子回到了御藏岛，与勘次郎一见钟情，两人在以阿阳婆婆为首的岛民的见证之下欢欢喜喜的结婚了。最后在结尾处进行情节反转，形成与之前的情节发展 180 度逆转的意外结局。第一条故事主线中，岛民们虽然在阿阳婆婆的动员之下开展了保卫御藏岛的行动，但是美军却宣布御藏岛不适合修建轰炸训练场而取消了修建计划。第二条故事主线中，时子虽然回到御藏岛和勘次郎结婚了，却没有留在御藏岛，而是两人一起坐船去东京生活了。这种结尾的逆转，可以构成"艺术突变"，制造文学的阅读震撼感，并且能够启发、诱导读者思索其中的意蕴。

美军基地修建问题的背后，不仅仅是美帝国主义试图把日本作为其在亚洲的"军事堡垒"，勾结日本统治阶级剥削广大民众这么简单，它还存在着强势文明对弱势文明的冲击和吸引。岛民们之所以会为美军取消在御藏

---

① ［日］有吉佐和子．暗流［M］．梅韬译．北京：中国文艺联合出版公司，1984：18.

岛修建轰炸训练场计划感到失落，时子和勘次郎之所以会在结婚不久之后悄悄乘船离开御藏岛，其根源在于文明程度的差距。小说《海暗》中多次将御藏岛与东京进行了对比："在东京，任何东西都能容易地买到；道路平平坦坦，不管走多少路，也不会让人气喘吁吁；妇女的活儿里，既不用下地，也不用爬山，更没有弄得两手黑糊泥巴的事。……虽说是难得去，可是想看的话，戏也好，电影也好，也都能去看看。这比起连一样娱乐也没有，除了干活就是干活的岛上，那真是天堂般的生活"①。可见造成日本人反美主体性缺失的原因，不仅仅在于日本人的软弱顺从心理或者美国的经济赔偿，还有来自先进文明的吸引力。如果不消除日本与美国之间弱势文明与强势文明的对立，增强日本人的民族身份认同感，就无法从根本上解决反美主体性缺失的问题。小说以释悬反转的手法，提出了日本人反美主体性缺失的问题，并且引导读者反思了其中的原因。

二、荒诞叙事

大江健三郎的小说《人羊》描写了占领时期几个日本人在公交汽车上被美军基地的士兵当众扒下裤子进行取笑，而这些日本人却毫不反抗也不愿报警的故事。大江健三郎在大学时期学习的是法国文学，主要的研究对象是萨特。他本人也坦言，是萨特给了他思考文学的各种社会功能性的方法。大江的早期文学作品，如《奇妙的工作》《死者的奢华》等，表现的均是日本战后现实的悖谬、荒诞和国人的悲哀、无奈与徒劳。《人羊》这部小说在表现占领时期美国基地兵对于日本民众的殖民压迫，以及日本民众反抗主体性的缺失时，采用了荒诞叙事的手法。荒诞叙事是一种有别于传统的叙事模式，是一种立意要通过叙事来推翻传统叙事及掩藏在传统叙事背后的价值理念、思维方式以及对世界的认识与假想的另类叙事。法国叙事学家热奈特曾对"叙事"一词进行了考察和界定，他认为，小说的叙事包括三个含义，即故事、叙事和叙述。小说《人羊》中所采用的荒诞策略主要表现在故事和叙事两个方面。

---

① ［日］有吉佐和子．暗流［M］．梅韬译．北京：中国文艺联合出版公司，1984：19—20.

　　首先，在故事呈现方面，小说在表现美国占领之下的日本现实时采用了现实荒诞化的叙事手法。即作品所构建的时空背景环境往往是现实生活化的，但是故事的逻辑主线却带有着强烈的荒诞色彩。小说中，美国基地兵因为一点小事，当众把"我"以及其他几名无辜乘客的裤子扒下，一边拍打屁股一边唱着："打羊、打羊，啪、啪。"被美军羞辱的"我们"生气地浑身发抖，旁观的日本乘客敢怒不敢言，最终让美军扬长而去。小说的具体时空背景是美国占领时期的日本，但是作品并没有具体描写美国基地兵是如何剥削、压迫日本民众的，而是以美国基地兵扒下日本乘客的裤子打屁股的荒诞行径来对现实进行荒诞化的处理。这种荒诞化的现实表现手法可以超越现实描写的局限性，通过冲突的极致化来产生强烈的艺术张力，以此来揭示日本在美国占领之下民族尊严丧失殆尽的状况。

　　其次，《人羊》的叙事话语也具有荒诞化的特征。小说在塑造人物形象时，采用了很多动物化的描写。例如，美国士兵扒下日本乘客的裤子时戏谑他们是"羊"。叙述者"我"也自称是"羊"："我们这些'羊们'温顺地垂着头坐着，一声不响地听凭他们数落。"① "不知不觉中我们这些'羊们'都变成了哑巴。谁也不愿做出开口说话的努力。"② "等一声不响的职员们坐下来，'羊们'又都像疲惫的小动物似的悄悄地耷拉下脑袋。"③ 占领时期在日本拥有至高权威的麦克阿瑟曾这样评价日本人，"东洋的精神乐于奉承胜利者"④。日本人的民族性里，自古以来就有强权崇拜的意识。他们面对对手时可以视死如归、血战到底，可是一旦被强者征服，就会对他俯首帖耳。英国皇家国际问题研究所曾在日本投降之前发布过一份研究报

---

① ［日］大江健三郎．人間の羊［M］.∥大江健三郎自選短編．東京：岩波書店，2014：177.

② ［日］大江健三郎．人間の羊［M］.∥大江健三郎自選短編．東京：岩波書店，2014：179.

③ ［日］大江健三郎．人間の羊［M］.∥大江健三郎自選短編．東京：岩波書店，2014：181.

④ ［美］约翰·W.道尔．拥抱战败［M］．胡博译．北京：生活·读书·新知三联书店，2009：178.

告，将日本民众称为"顺从的畜群"①。《人羊》中"温顺的羊"与"顺从的畜群"有着共同的隐喻意义。他们都反映了日本人缺乏主体性的民族特征。"羊"的动物化比拟以荒诞化的叙述形式辛辣讽刺了日本人在强权之下的"温顺"，也就是主体性的沦丧。

除了"羊"以外，《人羊》中还出现了"兔子、甲虫、牛、鸡、狗、鸟"等多种人的动物化描写。例如，乘务员"挺直的脖子上长着一个像兔子性器一样的粉色疙瘩"②。摔倒在地板上的日本女人"那样子就像淋湿了之后被搁放在肉店里铺着瓷砖的柜台上的光屁股鸡突然扭动起身子似的"③；教员激动地对警察说，"那是在满车是人的公共汽车的车厢里，露出屁股像狗似的撅着呀"④；还有"在警官们好奇的眼睛里，我感到我的裤子和鞋好像又都被脱掉了，像鸟似的撅着毛愣愣的屁股"⑤ 等等。在这些动物意象中，大部分动物都是光着屁股或者露出性器的。小说以这样的荒诞化叙述隐喻了日本在美国占领时期所遭受到的民族羞辱和侵犯，产生了极强的艺术张力和讽刺效果。

三、现实主义型成长小说

塑造革命主体形象一直是左翼文学的主要任务。日本战后以美军基地为题材的左翼文学在揭露美军基地对日本民众的加害事实、抨击日本政府的卖国外交的同时，也对日本民众的反美主体性缺失问题进行了指摘和反思。日本战后美军基地为题材的左翼文学尤为注重对革命主体形象的构建，通过描写革命主体的成长过程来揭示冲绳获得解放的出路。

---

① ［美］约翰·W.道尔.拥抱战败［M］.胡博译.北京：生活·读书·新知三联书店，2009：191.

② ［日］大江健三郎.人间の羊［M］.∥大江健三郎自選短編.東京：岩波書店，2014：166.

③ ［日］大江健三郎.人间の羊［M］.∥大江健三郎自選短編.東京：岩波書店，2014：169.

④ ［日］大江健三郎.人间の羊［M］.∥大江健三郎自選短編.東京：岩波書店，2014：185

⑤ ［日］大江健三郎.人间の羊［M］.∥大江健三郎自選短編.東京：岩波書店，2014：185.

　　例如，大城立裕的《鸡尾酒会》以复归祖国前的冲绳为舞台，描写了主人公"我"由迎合美国基地兵到奋起反抗的成长经过。主人公"我"是一名普通的冲绳人。一天晚上，"我"受邀到美军基地的高级住宅区参加美国朋友米勒举办的鸡尾酒会，被酒会所营造的优雅、浪漫的氛围以及同外国友人之间温情脉脉的交流氛围所倾倒，为自己能与美国基地军官米勒成为朋友并定期受邀参加这样的酒会感到十分自豪和荣幸。小说中是这样描写"我"受邀参加酒会时的心情："可以见到热情美貌、体态丰满的米勒太太、可以喝到美味的酒……我感到了自己的幸运。在住宅群中穿行着，我忘记了闷热，心里乐滋滋的。"① 小说通过对"我"陶醉于酒会的心理的刻画，揭示了在美国的占领统治之下，以冲绳人为首的日本人对于美国强势文明所表现出来的崇拜与迎合的心理。这种崇拜与迎合阻碍了日本人反美主体性的形成。鸡尾酒会结束之后，"我"回到家中，得知就在"我"参加酒会期间，借住在家里的美国基地兵哈里斯诱骗"我"的女儿外出，对其实施了性暴力。为了替女儿伸张正义，"我"起诉了哈里斯。但根据基地法律，琉球政府的司法部门无权传唤美军涉案人员。因此，琉球政府无法传唤肇事者哈里斯除非他自己愿意出庭接受查证。于是，"我"求助了美国朋友米勒，希望他出面要求哈里斯出庭，没想到却遭到了米勒的回绝。最后，"我"终于觉醒，所谓的国际友谊都是虚妄的，冲绳人只有自己站起来才能维护冲绳人的权益和尊严。尽管势单力薄、胜算渺茫，"我"还是义无反顾地走上了起诉之路。因此，从人物主体性的变化来看，《鸡尾酒会》描写了"我"从迷信美国文明和国际友谊到看清美国占领的本质目的并奋起反抗的觉醒过程。

　　除了《鸡尾酒会》，霜多正次的《冲绳岛》中主人公的主体性也是变化的，小说着重描写了冲绳人山城清吉从士兵逐步成长为日本人民党革命斗士的过程。山城清吉在战时深受军国主义思想的影响，把"大东亚战争"当作拯救冲绳的方法，便入伍参军和日本本土的士兵们一起作战。日本投降之后，他认识到过去的错误，回到家里和父亲一起干起了农活。后来，

---

① ［日］大城立裕.カクテル・パーティー［M］.東京：岩波現代文庫，2011：185.
原文为日语，日译汉由笔者翻译，文责自负。下文出自该书引用处不再赘述。

他听说美国的民主和自由能拯救冲绳，于是拜托表兄荣德给他介绍了一份在美军基地的工活。然而在与美军接触的过程中，清吉逐渐看清了美帝国主义的虚伪面目和侵略本质。之后，清吉做了一名中学学校的教员，他希望通过教育把祖国这一神圣的观念灌输到孩子们的头脑中去。但因为编排反美戏剧而被学校开除。离开学校之后，清吉去那霸市的土木建筑公司当了一名工人。因为公司拖欠工人工资、对本地工人和日本本土工人实行差别待遇，清吉带领建筑公司的一百来个土工在那霸市的国际大街上进行了示威游行，还开展了绝食运动。最后，清吉加入了日本人民党，成为了反对美军基地修建以及冲绳复归祖国运动的一名革命斗士。

这两部小说中，主人公的主体形象是在不断变化的，并且充满悬念。《鸡尾酒会》中，主人公"我"对待美国军人从小心翼翼地迎合到义无反顾地走上了起诉之路。《冲绳岛》中，主人公清吉经历了从士兵、农民、基地雇员、教员、工人，最终向人民党党员的身份转变。他们的形象变化即解开了故事的主要冲突和悬念，又实现了对主人公的主体性改造。这样的作品实际上具有着巴赫金所说的"成长小说"的特点。

巴赫金认为，"在大多数长篇小说体裁的各种变体中，小说的情节、布局以及整个内部结构，都从属于一个先决的条件，那就是主人公形象的稳定不变性、他的统一体的静态性。主人公在小说的公式里是一个常数；而所有其他因素，如空间环境、社会地位、命运，简言之，主人公生活和命运的全部因素，都可能是变数"①。但是，"除了这一占统治地位的、数量众多的小说类型之外，还存在着另一种鲜为人知的小说类型，它塑造的是成长中的人物形象。这里主人公的形象不是静态的统一体，而是动态的统一体。主人公本身、他的性格，在这一小说的公式中成了变数。主人公本身的变化具有了情节意义；与此相关，小说的情节也从根本上得到了再认识、再构建。时间进入人的内部，进入人物形象本身，极大地改变了人物命运及生活中一切因素所具有的意义。这一小说类型从最普遍含义上说，可称为人的成长小说"②。

---

① 钱中文主编. 巴赫金全集·第3卷［M］. 石家庄：河北教育出版社，2009：225.

② 钱中文主编. 巴赫金全集·第3卷［M］. 石家庄：河北教育出版社，2009：226.

　　并且，巴赫金还进一步将成长小说分为五种类型。即纯年龄的循环成长小说、与年龄保持着联系的循环型成长小说、传记型成长小说、训谕教育小说、与历史形成密切相关的成长小说。很明显，《鸡尾酒会》与《冲绳岛》均属于第五种类型，即与历史密切相关的成长小说。"在这类小说中，人的成长与历史的形成不可分割地联系在一起。人的成长是在真实的历史时间中实现的。"① 并且，这类小说常常会尖锐地提出现实性问题，反映历史发展的必然，因而具有现实主义的特征。《鸡尾酒会》与《冲绳岛》中的主人公是在美国占领的历史现实背景之下成长为时代所需要的反抗者或革命者的。作品所反映的不仅仅是私人传记中的个人成长，而是人在历史中的成长以及革命和历史现实对个人主体性的召唤。日本战后以美军基地为题材的左翼文学正是通过这种现实主义成长小说的书写形式成功地实现了对故事人物革命主体性的建构，并尖锐地提出了冲绳在美国占领之下所面临着的民族危机，发出了冲绳唯有进行无产阶级的革命斗争，才能获得独立和解放的启示。

---

① 　钱中文主编. 巴赫金全集·第 3 卷 [M] . 石家庄：河北教育出版社，2009：228.

第四章
党内生活题材左翼文学

日本共产党从 1922 年成立以来一直处于非法、地下的状态，1945 年 8 月日本战败投降以后，根据《波茨坦公报》的有关规定，占领同盟军颁布了"废除对政治的、市民的以及宗教的自由的限制"的法令。由此，日本政府不得不释放了德田球一、志贺义雄和宫本显治等日共领导人，承认日本共产党的合法地位。自此，日本共产党成为了合法的政党，并开始了战后党的重建工作。然而，由于国内国际形势的复杂多变以及党内的分歧斗争，日本共产党在探索日本的社会主义革命道路的过程中，经历了十分曲折坎坷的重建历程。

1950 年，斯大林领导下的苏联共产党发表了评论员文章，指责和批评了日共关于"被占领下的和平革命"理论，结果使得日共内部在革命理论和革命路线上产生了严重分歧，史称"1950 年问题"。日共中央分裂为以德田球一和野坂参三为首的"感想派"和以宫本显治为首的"国际派"。最后"感想派"压倒了"国际派"，并在斯大林的主持下制定了《五一纲领》和《关于开展武装斗争的方针》，使党的路线从一个极端走向另一个极端，陷入了左倾冒险主义。1951 年下半年开始，日共在全国范围内展开了武装暴动的冒险行动，造成了多起流血牺牲，给党建事业带来了沉重打击。不到两年的时间，党员的数量从 1950 年的 10 万多人减至 1952 年的 3 万人左右，党在群众中的威信也急速下降。1952 年 10 月的国会大选中，日共失去了上届所获得的全部议席。1955 年 7 月，党内分裂的双方经过协商后，共同召开了第六次全国协议会，总结了"1950 年问题"的经验教训，基本结束了长期以来的分裂状态。

　　然而，1961 年第八次代表大会前后，日共内部又产生了新的分裂。党内知识分子阶层的党员们认为，日本已经是发达的资本主义国家，当前最基本的课题不是民族革命，而是通过结构改革，以和平手段实现社会主义目标。而主张民族主义路线的宫本显治等主流派，则强调党的纪律，禁止少数派在大会上发表意见。结果造成大量少数派或知识分子阶层的党员主动退党或被除名。由于内外因素的影响，日共在 1960 年前后，出现了激烈的分裂抗争和除名风暴。

　　这段时期，一些具有或者曾经具有党员身份的作家们创作了一批反映日共内部问题和分裂斗争的作品，它们有：井上光晴的《未能写成的一章》（1950 年）、《患病的部分》（1951 年），岛尾敏雄的《小小的恋爱冒险》（1950 年），窪田精的《一个党员的告白》（1956 年），仓桥由美子的《党》（1960 年），佐多稻子的《夜的记忆》（1955 年）、《灰色的下午》（1960 年）、《溪流》（1963 年）、《我家》（1966 年）、《塑像》（1966 年），中野重治的《甲乙丙丁》（1969 年），大西巨人的《天路的奈落》（1960—1961 年）等等，这些作品多以日共党员的政治生活为题材，对以日本共产党为代表的日本"既成左翼"提出了质疑。

第一节　日本战后共产党的发展困境

　　作为发达资本主义国家的共产党，日本共产党从诞生初始就面临着十分严峻的生存发展环境，党始终处在各种威胁或挑战之中。战前，日本共产党被日本政府视作政治威胁，一直处于非法政党地位，不断遭到来自政府当局的严酷镇压和破坏。战后，日本共产党虽然获得了合法地位，但是在政治活动中仍然时常会受到以执政党为首的来自资本主义势力的挑唆和进攻。同时，战后以来，日本共产党的内部矛盾和斗争分歧不断发生。特别是日本共产党自 1922 年成立之后一直照搬苏联模式，随着苏联共产党内部问题的暴露，日本共产党在党建工作中也出现了严重失误，引发了党内成员之间激烈的意见分歧和派系斗争。党的内部矛盾与斗争分歧的激烈化和公开化不仅令党建工作受到巨大打击，还使日本共产党在国民中的威信急剧下降。这样，战后，日本共产党陷入了外部夹击和内部斗争的双重困境，其发展存续问题面临着深重的危机。针对这一现象，日本文坛上出现了一批描写日本共产党战后发展状况的左翼文学作品，它们尖锐指摘、剖析和反思了日本共产党在政党建设过程中的现实困境，表现出了新左翼的思想立场。

一、党员的贫困问题

无论是战前日本的左翼文学还是其他国家的左翼文学，都很少描写共产党员尤其是常任党员的现实生活状况，而日本战后一批以日本共产党内部生活为题材的左翼文学则聚焦日本共产党党员的现实生活状况，反映了他们在生活上的贫困问题，例如大西巨人的《天路的奈落》、井上光晴的《未能写成的一章》等等。

《天路的奈落》的作者是大西巨人，他是"新日本文学学会"常任委员，日本共产党党员，1962 年在日本共产党内部的派系斗争中遭到除名处分。其代表作《天路的奈落》以日本共产党为原型，通过描写 1950 年发生在"镜山县"（虚拟地名）的日本人民党的故事，揭露和反思了党组织的内部问题。这部作品中即出现了对党员生活贫困问题的揭露："党并没有给职业革命活动家支付基本生活费的经济条件。如果全职党员的薪水能够定期全额发放的话，也只能满足最低生活水平。即便如此，大多数情况都会延迟发放或者拖欠发放"①。从这段描写可以看出，日本共产党常任党员的生活是捉襟见肘的。

还有另一部小说《未能写成的一章》，它的作者井上光晴于 1946 年加入日本共产党，曾先后担任过佐世保地区常委、九州地方委员会常委等职务。1950 年，井上光晴发表了处女作《未能写成的一章》，这部作品与大西巨人的《天路的奈落》相比以更多的篇幅披露了日本共产党党员在现实生活中的贫困问题。小说中，主人公鹤田和夫是日本共产党宣传出版部的一名党员，他发现全国很多地区的日共宣传部都营利惨淡，囤积着好几百本

---

① ［日］井上光晴．書かれざる一章［M］．//现代文学の発見〈第四卷〉政治と文学．東京：学芸書林，1968：233.

卖不出去的宣传册。并且，各个地区的常任党员很长时间没有收到生活费。没有生活费不仅导致党员本人每日食不果腹，还迫使他们的家人也过着拮据难耐的生活。鹤田的党员同事"M 的妻子和孩子每天早晨天还未亮的时候就瑟瑟发抖地走到海边捡一些贝利回来做成咸汤，这是他们每日唯一的下饭菜。同志 N、同志 H 的家人都是这样的"①。还有，作为常任党员的鹤田本人在两个月前生活困窘到只剩下一件薄外衣和一套《鲁迅全集》，无奈之下只得让生病的妻子带着儿子回到娘家生活。两个月以后，鹤田收到妻子的来信："在娘家虽然不会饿肚子，但是嫂子时常会对我抱怨，说鹤田先生连自己老婆的伙食费都不给。还有最令人难受的是太郎找我要糖果吃的时候……"②。这些描写都生动展现了日本共产党党员在经济生活方面的窘迫状况，它不仅影响着党员们的生活质量，也使他们为无力养活和照顾妻儿而承受着巨大的挫败感。

党员的贫困固然是革命初期无法在短时间内消除的问题，然而生计来源和经济基础对于任何一个时代下的劳苦大众来说都是十分重要的。共产党是无产阶级政党，其党员多数来自缺乏生产资料和生产工具的无产阶级，对于他们来说，获取稳定的收入是十分必要和关键的。因此，贫困问题虽然是日本共产党在革命初期无法避免的困难，但是它对于党的存续发展的威胁力是不容小觑的。

《未能写成的一章》中，鹤田发现了一个奇怪的现象，那就是党员们对于贫困问题的回避。虽然常任费两个月没有发，很多党员的生计陷入困境，却没有一个人问起常任费的发放时间。最后，鹤田终于忍不住向同事提起党员的常任费已经两个月没发的事情，他以为自己装作若无其事的聊天可以捅破那层窗户纸，刺激其他党员们吐露出心里话来。却没想到，在场同事草场因为鹤田提及常任费的事情而批评他革命态度不端，具有小资产阶级、败北主义的思想倾向。"鹤田终于明白他想说的话了。很明显草场是在

---

　　① ［日］井上光晴. 書かれざる一章［M］. //現代文学の発見〈第四巻〉政治と文学. 東京：学芸書林，1968：240、 241.

　　② ［日］井上光晴. 書かれざる一章［M］. //現代文学の発見〈第四巻〉政治と文学. 東京：学芸書林，1968：233. 原文为日语，日译汉由笔者翻译，文责自负。下文出自该书引用处不再赘述。

批判我。他的意思是说，作为先锋、常任党员的我们是不能说生活苦的。特别是鹤田，你的思想意识和生活态度有小资产阶级的倾向。打算在形势研讨会上提薪酬的事情，这个想法本身就是错误的"①。可见，党员们之所以回避谈论贫困问题是因为他们认为谈论金钱是革命态度不端的表现。

并且，在许多人看来，生活苦是党员为革命所做出的应有的牺牲。小说中，鹤田为了给妻子寄生活费而去朋友松冈家里借钱时，松冈不仅没有对鹤田的生活状况表示同情，反而语重心长地教育鹤田："据说西班牙革命中饿死的都是人民大众，职业革命家一个都没死。……我们吃的苦还不够多啊。常任党员要具有为革命宁愿饿死的决心，不能再让西班牙革命的丑闻再次发生。"② 在松刚看来职业革命家没有一个人饿死是丑闻，生活苦是党员为革命所做出的应有的牺牲。松冈的想法与鹤田的同事草场在本质上是相同的，他们都认为党员应该把生活苦看作是为革命所做出的理所当然的牺牲，因此，常任党员是不能说生活苦的，否则就是革命态度不端。然而，这种把常任党员的贫困问题视作正常现象的观点是脱离实际的，它必然会引起党的群众基础的瓦解。

针对党员的贫困问题，大西巨人也在《天路的奈落》中借常任党员鲛岛之口指出，党员的贫困问题是影响党建发展的严重现实问题，而不能简单归结于党员革命态度不端这一点上。"鲛岛不得不承认，常任党员的生活困窘甚至是难以为继，是与鲛岛个人或者职业活动家各自的'思想觉悟'完全分开的严重问题。生活的问题阻碍着、侵蚀了不少数量的职业活动家，使他们离开了我们党的战队。"③ 生计来源和经济基础对于任何一个时代中的劳苦大众来说都是十分重要的。日本共产党是一个无产阶级政党，其党员多数出自无产阶级。对于他们来说，获取生计来源是十分必要且关键的现实问题。把党员的贫困问题归结于党员革命态度不端，是脱离实际和民

---

① ［日］井上光晴 . 書かれざる一章 ［M］. ∥現代文学の発見〈第四巻〉政治と文学 . 東京：学芸書林, 1968：239.

② ［日］井上光晴 . 書かれざる一章 ［M］. ∥現代文学の発見〈第四巻〉政治と文学 . 東京：学芸書林, 1968：244.

③ ［日］井上光晴 . 書かれざる一章 ［M］. ∥現代文学の発見〈第四巻〉政治と文学 . 東京：学芸書林, 1968：62.

心的，其结果必然会导致革命队伍的缩水以及革命发展的受阻。

二、党员精神思想的异化

日本战后以党内生活为题材的左翼文学作品中一个共同的主题就是对日共党员思想异化现象的描写和批判。《未能写成的一章》中，党员们对于党员贫困问题的集体缄默就是党员精神思想异化的表现。可见，在一部分革命人士看来，人的物质需求是资本主义、败北主义的思想；党员的生活苦是革命中的正常现象，否则就是丑闻。这是对马克思主义思想的教条式理解，它脱离了实际生活，背离了人性的需求，僵化地理解了马克思主义的革命理论。这种教条主义的盛行不仅不利于问题的解决，反而会导致马克思主义普遍真理与具体革命实践相脱离，最终引发党员的思想异化危机和革命的发展滞化危机。

另一部作品《天路的奈落》中也有很多对党员思想异化现象的生动描写。小说中，日本人民党西海地方委员会议长杉坂一整因有贩卖毒品的嫌疑而遭到警方逮捕。针对这一事件，镜山县人民党委员长鲛岛主税写了一份公告，公告中指出由于党内的领导干部做出了反人民的行为，所以整个组织以及相关机构都应该进行严肃的自我批评。但是，令鲛岛万万没想到的是，他的公告竟然引发了党内大多数人士的指责。他们认为鲛岛在公告中怀疑杉坂会长贩卖毒品，这是反党分子、分派分子的思想表现，还有鲛岛在公告中把杉坂会长贩卖毒品的行为定性为"反人民""反社会"，这体现了"只在统治阶级的道德观念框架中思考问题的小市民性"等等。一夜之间，鲛岛被扣上了间谍、分派分子、托洛茨基分子的罪名，党内一些党员甚至提议要将鲛岛除名。鲛岛的遭遇反映了党内当权者对待持不同意见者的态度，那就是通过生搬硬套马克思主义的理论，给持不同意见者扣上间谍、分派分子、托洛茨基分子的帽子，将他们除名、赶出党外。换句话说，党在处理党内成员之间的意见分歧时，为了统一意见采取了阶级斗争的方式，将因意见不合而出现的内部矛盾当作外部的阶级对立矛盾来处理，这样的做法对于党内政治生态的良性发展是十分不利的，它加剧了党内的矛盾分歧，使党员之间的人际关系和人事斗争变得更加狰狞和惨烈。

正如比党员的贫困问题更令人不解的是党员们对贫困问题的态度一样，比党内激烈的人际纷争更令人不解的是党内同志们对这种人际纷争处理方式的看法和态度。小说中，党员镜子不仅是对党内同志中伤不同意见者的行为感到愤怒和鄙视，而且更对这些中伤者的精神动机感到不解和害怕。

> 镜子的心中充满了对面前这两个人的愤怒和鄙视。同时，在愤怒与鄙视中又夹杂着一种冷峻的恐惧。……"这种恐惧是从何而来的呢？——它或许来源于后藤他们能够用如此无懈可击的方法把一位认真努力、绝无二心的同志说成是有蓄谋的反党分子。来源于镜子从后藤他们这些行为背后的精神动机中发现了难以解释的谜团，即他们其实并非是要恶意陷害对方，而是出于对阶级敌人的"真切的"憎恨与愤怒。还来源于镜子凭她的经验知道，后藤他们根据这一方法所制作出来的"事实"即诽谤中伤，会在党内外产生极大的影响力和支配力，想要撇清事实还原真相是极为困难的。①

镜子对两位党内人士诽谤中伤他人的行为感到愤怒和鄙视，他们把认真努力、绝无二心的同志说成是有蓄谋的反党分子，在党内外产生了极大的影响力。不仅如此，镜子还感到一种恐惧，这种恐惧并不是来源于诽谤中伤者的行为，而是来源于他们这些行为背后的精神动机。镜子发现，这两位诽谤中伤者并非是恶意要陷害对方，而是出于对阶级敌人的"真切"的憎恨与愤怒。

> 我感觉到，他们对爱甲、鲛岛先生夸张而离谱的责难与攻击是他们从心底里发出的声音，不是有意识的、战术性的虚构。②

也就是说，那些诽谤中伤者并不是有意诽谤党内同志，而是发自内心地把与自己持不同意见的党内同志视为反党分子。令镜子感到不解和害怕的地方正源于此，那些具有影响力的党内人士，他们的思想发生了异化，陷入了

---

① ［日］大西巨人．天路の奈落［M］．東京：講談社，1984：49—50.
② ［日］大西巨人．天路の奈落［M］．東京：講談社，1984：52.

教条主义的思维模式之中。如果要针对他们的做法，试图去阐明道理或者撇清事实、还原真相是极为困难的。

综上所述，《未能写成的一章》《天路的奈落》所试图揭露和反思的不仅是存在于日本共产党内部的贫困问题和违法问题，还有党员的思想异化问题。他们教条式地理解马克思主义的革命思想，以脱离现实和人性的方式在处理个人生活和人际关系，给持不同意见者扣上革命态度不端、小资产阶级甚至是间谍、分派分子、托洛茨基分子的帽子，将他们除名、赶出党外。这些党员思想上的异化现象会极大破坏了党内政治生态的良性发展，相比贫困、违法等问题更会引发党的存亡危机。

三、党内的分歧斗争

佐多稻子是战前日本无产阶级文学的代表作家，同时也是一名日共党员。1935 年，佐多稻子遭到逮捕，随后宣布转向，退出了日本共产党。1945 年，佐多重新加入了日本共产党，并在从事政治工作的同时坚持文学创作。不过随后，她在党内的政治生活又几经波折，曾先后两次遭遇除名。一次是在1951 年，佐多因与日本共产党主流派产生意见分歧被除名，1955 年党内主要领导人反思和总结了"1950 年问题"的经验教训，恢复了佐多的党籍。还有一次是在 1964 年，佐多因向党提交了意见书而再度被除名。后来，佐多正是根据这段时期自己两次遭遇除名的亲身经历，创作了一批反映日本共产党内部矛盾斗争的作品，如《夜的记忆》（1955 年）、《灰色的下午》（1960 年）、《溪流》（1963 年）、《我家》（1966 年）、《塑像》（1966 年）等等。

《塑像》是佐多稻子以日本共产党的内部分歧为题材所创作的自传体长篇小说。主人公安川友江的原型就是作者本人。小说中，友江与日本共产党党内其他十一名党员联名向党的中央委员会提交了意见书，对党内存在的问题进行了指摘，尤其对党过度干涉民间艺术团体提出了反对意见。友江等十二名具有党员身份的艺术工作者认为，日本共产党应该合理处理科学、艺术和共产主义运动的关系，不应过度介入民间团体。小说中，友江说道："科学、艺术世界里的自由、批判和创造的自由不应受到任何限制。科学、艺术的问题并非不应迎合'当下的要求'，但是决不能仅仅只是迎合'当下的要求'。"① 然而，令友江感到意外和震惊的是，这份意见书并没有得到中央委员会的采纳，反而被认定为是反党行为和修正主义思想的表现。并且，党的机关报纸还对提交意见书的十二名党员进行了严厉的斥责和批判，友江等四名意见书的发起人纷纷受到了除名的处分。

除此之外，令友江感到更为意外和震惊的是，提议要将友江以及意见书的另一位发起人，即日本共产党中央委员会委员田村康治除名的，是他们在党建初期曾经共同奋斗过的同事兼朋友。"他与田村康治都是现在党的中央委员。友江也对他有一种老朋友的亲切感。但是，在今年8月的中央委员会上，要求田村康治离开会场的正是他。他在会上发言提出田村康治有间谍嫌疑不能参加会议，要求其离场。"② 友江从中看到了政治权威对日共内部成员之间人际关系的腐蚀。"即使是友江，也知道党内成员并不能比同于儿时的伙伴。但是，对于如今党内人际关系的狰狞、惨烈，友江无法不心生感慨。"③

除名、除名背后的分歧斗争以及由此所暴露出来的政治权威对日共内部成员之间人际关系的腐蚀是佐多稻子文学创作中常出现的主题，事实上其他众多日共题材的作品也多出现了类似的情节描写。例如前文所提到的《天路的奈落》中鲛岛因发布公告怀疑杉坂会长贩卖毒品而遭到了除名处分等等。

针对这种激烈的矛盾分歧和派系斗争，大西巨人在《天路的奈落》中指出，它会造成真正的马克思主义者、共产主义者被排挤到主流派以外，甚至被迫离开革命队伍。小说中，党员鲛岛将人民党中的问题党员分为三种类型。第一类是"统治阶级派往革命团体（马克思·列宁主义政党）中的党员，他们是完完全全（主观、客观均是）的反党反革命分子。对于这

---

① ［日］佐多稻子. 塑像［M］.∥佐多稻子全集（第十二卷）. 東京：講談社，1978：294. 原文为日语，日译汉由笔者翻译，文责自负。下文出自该书引用处不再赘述。

② ［日］佐多稻子. 塑像［M］.∥佐多稻子全集（第十二卷）. 東京：講談社，1978：229.

③ ［日］佐多稻子. 塑像［M］.∥佐多稻子全集（第十二卷）. 東京：講談社，1978：229.

类问题党员来说，统治权力方自始至终是朋友，革命阵营是彻头彻尾的敌人"。第二类是"（主动或者被动地）被统治阶级收买的党员。他们并不是彻头彻尾的（主观、客观均是）反党反革命分子。对于这类问题党员来说，统治阶级是过去的敌人、现在的朋友，革命阵营是过去的朋友、现在的敌人"。第三类是"冒牌革命家·仿共产主义者。他们在主观上是非反党反革命分子，但在客观上却是反党反革命分子。对于这类问题党员来说，统治阶级是彻头彻尾的敌人，革命阵营或者其所属的革命团体（马克思·列宁主义政党）自始至终是朋友"①。其中，党员鲛岛指出，第三类问题党员虽然在主观上并没有反党反革命的意图，但是他们的思想行为违背了革命运动的道义，损害了无产阶级运动和革命斗争的利益，因此是冒牌革命家·仿共产主义者。他们就像"狮子身上的虫子"一样，是比前两种类型的问题党员在本质意义上对党来说更为邪恶和有害的存在。党内分歧斗争的结果就会造成真正的马克思主义者、共产主义者被除名或被排挤到主流派以外，而冒牌革命家·仿共产主义者占据领导地位。同时，《天路的奈落》中借助党员税所太郎的分析指出了党内分歧斗争会造成"虫子"吃掉"狮子"的恶果。

> 如果某一个党或者结社对既有的政策、原则毫无批判性地采纳的话，那就其内部就会必然性地出现一群或者一大群像"狮子身上的虫子"这样的党活动分子。……照这样下去的话，像"狮子身上的虫子"一样的过失犯党员就会逐渐占领狮子的全身，统治整个党。大部分真正的马克思（共产）主义者就有可能被排挤到党外。这样的话，狮子就不是真的狮子了，党也不再是真的党了。党如果照现在这样发展下去的话，迟早有一天会变成这样。②

党内矛盾分歧和派系斗争出现是因为产生了不同意见，而将持有不同意见者视作反党分子并进行除名的一部分党员通常都是那些对既有政策、

---

① ［日］大西巨人．天路の奈落［M］．東京：講談社，1984：253、254．原文为日语，日译汉由笔者翻译，文责自负。下文出自该书引用处不再赘述。

② ［日］大西巨人．天路の奈落［M］．東京：講談社，1984：318—319．

原则毫无批判性地采纳的"虫子"，它们的活跃使大批希望将马克思主义理论运用于日本革命实践中的真正的马克思主义者被排挤出党外，从而造成"虫子吃掉狮子"的结果，这正是党内矛盾分歧会带来的严重后果之一。

综上所述，日本共产党自1922年成立之后一直照搬苏联模式，随着苏联共产党内部问题的暴露，日本共产党内部的矛盾分歧逐渐产生。后来，党在党建工作中也出现了严重失误，这进一步加剧了党内成员之间激烈的意见分歧和派系斗争。党内矛盾分歧的激烈化和公开化不仅令党建工作受到巨大打击，把真正的马克思主义者排挤到党外，还使日本共产党在国民中的威信急剧下降。因此，揭露和反思日本共产党内部的意见分歧和派系斗争成为了众多日共题材作品的共同主题。

第二节 日本新左翼思想的表达

二战以前，作为世界上唯一一个实现了社会主义革命，并成立了社会主义国家的苏联，成为了全世界无产阶级革命者的希望和膜拜的对象。在这样的背景之下，领导苏联取得无产阶级革命胜利的共产党在其日本支持者们的心中被奉为"无误之党"，拥有着绝对的权威。然而，20世纪50年代，苏联共产党展开了对斯大林和斯大林主义的批评运动，加上当时日本共产党在领导策略上出现了失误，这些形势变化导致日本共产党内部出现了严重的意见分歧和政治斗争，一部分党的原有支持者开始对以日本共产党、日本社会党为代表的"既成左翼"（"旧有左翼"）产生了怀疑，后来逐渐出现和形成了有别于既成左翼的新左翼思想。在有关新左翼思想的理论研究方面，诞生了以广松涉、望月清司和平田清明为代表人物的日本新马克思主义，他们对马克思的研究都是从原始文献出发的，与既成的、以日本共产党为中心的、带有斯大林主义特征的"日本马克思主义"有许多不同之处。

在日本文坛上，随着日本共产党内部分歧的逐渐暴露，井上光晴、大西巨人、佐多稻子等一些具有或曾经具有党员身份的作家创作了一批以日本共产党的党员生活和党内发展为题材的作品，他们对日本共产党在党建过程中出现的各类现象和问题进行了真实的描述和尖锐的指摘，在申明自身的左翼立场的同时，他们也透过作品表达了对日本共产党所进行的共产主义实践的质疑。那么，将这些作品全部列入左翼文学的范畴是否合适呢？事实上，如果结合了日本左翼思想在战后的历史发展走向便可以知道，这些作品对日本"既成左翼"提出了质疑，体现出了新左翼即日本新马克思主义的思想倾向。

一、"我家"意识与左翼立场

战后日本文坛所出现的一批以反映党员生活和党内发展为题材的文学作品，围绕着日本共产党内部的矛盾分歧和除名风暴，对日本共产党在党建过程中出现的各类现象和问题进行了细致的描写和尖锐的指摘。但是，如果因为这些作品揭露了日本共产党的内部问题就将他们列为反革命文学，这显然是以偏概全的。事实上，许多作家在创作党建题材的文学作品时，是抱着对党建事业关心、关怀和反思的态度来创作的，有些作家甚至在作品中明确表达了自己的左翼立场。

例如，在佐多稻子的《我家》《溪流》《塑像》等一系列以党员生活和党内发展为题材的作品中，主人公友江作为一名日本共产党党员，曾屡次遭遇除名，但她始终坚持将日本共产党视为"我家"：

> 友江确实把共产党称作"我家"。这种感觉是她从战前与党的接触中逐渐形成的。……今天的友江也把自己当作党的一员。即使她从事不了很多政治活动，也不打算从事什么政治活动，但是她作为党的家庭成员的这种关系就代表了她的政治立场。友江从没想过要脱离党，成为党的一员是她的生活信条。正是因为这样，她才把与党相关的事情当作自己的责任。当她面对党外人士的时候，党对她来说就是"自己的家"。①

---

① ［日］佐多稻子. 溪流 ［M］.//佐多稻子全集（第十二卷）. 東京：講談社，1978：115、116. 原文为日语，日译汉由笔者翻译，文责自负。下文出自该书引用处不再赘述。

友江的"我家"意识是有多重蕴意的。首先,"我家"的表述影射了日共在派系斗争中为排除异己所进行的除名行动。在佐多看来,党就像一个家庭,党员之间的关系就像家庭成员之间的关系一样,因此党内所出现的意见分歧属于家庭内部矛盾,不应当用除名,也就是将家庭成员赶出家庭的方式来处理。其次,"我家"意识表明了一心一意爱党、护党的政治立场。《溪流》和《塑像》,友江都针对党的具体政策提出了反对意见,但是,友江的根本政治立场并没有改变,她仍然把党当作自己的"家"一样看待,从未想过要脱离党。

除名是佐多稻子作品中出现次数最多的经历之一。例如,《溪流》和《塑像》是佐多稻子的自传体小说的代表,这两部作品分别描写了佐多在 20 世纪 50 年代和 60 年代两次被除名的经历。《溪流》中,主人公友江因与日共主流派产生意见分歧而被除名,但是友江对此决定并不认同。她把党当作自己的家一样爱护,被家人赶出家门的感觉令她感到愤怒与屈辱,"友江想起了去年四月的那天晚上,她被十来个人围起来审问,深夜里除名表决通过之后她当即被赶到了外面。那之前,她从没想过自己的人生中会有这样的经历。今天晚上,也有和那时同样的感受"①。

《塑像》中,安川友江在"1950 年问题"以后被无条件恢复了党籍。20 世纪 60 年代,因反对日共过度干涉文艺团体,她与日共党内其他十一名党员联名向党的中央委员会提交了意见书,对党内目前的政策方针提出了反对意见。之后,意见书被党的中央委员会认定为反党行为,作为领头人的田村康治、友江遭到除名,其他联名者均受到了审查。面对这样的局面,友江的心情是:"我觉得自己并没有做什么坏事,却被当作犯人一样对待。以后还会变本加厉地给扣上叛徒、反党分子、修正主义等等一系列的罪名。但是我对于党的忠心和情意,却是一点也不输他们啊……大家都是这样的呀。都是不想争名夺利、一心一意向着党的人呢。"② 可见,友江对党的现

---

① [日]佐多稻子.溪流 [M].//佐多稻子全集(第十二卷).東京:講談社,1978:57.

② [日]佐多稻子.塑像 [M].//佐多稻子全集(第十二卷).東京:講談社,1978:235.

状是感到十分失望和愤怒的。但同时也可以看出友江对党的深情厚意。

　　还有，当记者询问再次被除名的友江，"这次您应该不会再把日共当作自己的家了吧"①，友江对此的回应却是，"党现在仍在我的心中"②。可见，《溪流》和《塑像》这两部自传体小说中，作为作者化身的友江虽然对党的一些政策方针持反对意见，但是她对于自己作为日共党员的身份认同和政治归属感是十分强烈的。友江与主流派的对立行为，是出于爱党、护党的内部批判。

　　那么，为什么友江对日本共产党的政策方针以及发展现状有诸多不满和质疑，却仍然把其当作"我家"呢？也就是说，使友江对日共产生了如此坚定的身份认同感的究竟是什么呢？小说《溪流》中有这样一段话："她虽然对主流派的方针持反对的意见。但是，在公众场合她是绝不会站在反共派这一边的。这并不是因为害怕受到主流派的责难，也是为了抵抗政府"③。可见，在抵抗政府这一点上，友江和日共是站在同一战线上的。浅羽通明在《右翼与左翼》中指出："左翼旨在实现和传播自由、平等、人权的理念，并认为这些理念的实现是人类的进步。批判和改革现实中出现的统治与压迫、上下身份等级关系、歧视等一切侵害自由与平等理念的制度，是左翼人士的使命。"④ 因此，友江与政府对立的政治姿态，其本质是一种为了抵抗一切统治与压迫关系、实现自由与平等的左翼立场。这种左翼立场是使友江对日本共产党产生"我家"意识的根本原因。

二、左翼的"元批评"

　　日本战后以党内生活为题材的左翼文学通过对日本共产党战后发展状态的描写，揭露了日本共产党在合法化之后所出现的教条主义、官僚主义、

---

　　① ［日］佐多稲子. 塑像［M］.//佐多稲子全集（第十二卷）. 東京：講談社，1978：303.

　　② ［日］佐多稲子. 塑像［M］.//佐多稲子全集（第十二卷）. 東京：講談社，1978：303.

　　③ ［日］佐多稲子. 溪流［M］.//佐多稲子全集（第十二卷）. 東京：講談社，1978：51.

　　④ ［日］浅羽通明. 右翼と左翼［M］. 東京：幻冬社，2006：44.

斗争主义、极权主义等倾向。同时许多作品将共产主义政党、共产主义实践、共产主义理论三者区分开来，提出了对党当前的共产主义实践是否偏离了共产主义理论的质疑。这种在左翼内部对左翼实践和左翼理论的质疑，形成了一种对左翼本身的"元批评"。20 世纪 20 年代，以卢卡奇、柯尔施为代表的西方马克思主义就是对左翼理论本身的"元批评"。在日本，这种对左翼本身的批评同时也出现在了文学作品之中。

在大西巨人的《天路的奈落》中，党员鲛岛认为，日本人民党目前出现的许多现象都违背了共产主义，他从这些党的共产主义实践与共产主义理论的偏离中产生了对于党的共产主义实践以及党本身的困惑和质疑。

> 但是，尽管鲛岛对马克思主义理论的理解有十足的自信，却还是逐渐对日本人民党目前的现实状况产生了怀疑。……如果日本人民党的现实状况没有违背共产主义，如果这是共产主义理论在具体实践中的必然形态，如果这就是各国马克思·列宁主义政党的普遍状况，那么，他的所谓"理论自信"将面临彻底瓦解，他将变成"转向者""离党者""叛徒"，也会不得不与党诀别。①

这里，党员鲛岛在从事党内工作的过程中，逐渐发现了日本人民党的共产主义实践与共产主义理论的偏离，这种偏离使他对党的现实状况产生了怀疑。还有，佐多稻子的《塑像》中，意见书的联名者中有一位高龄的马克思主义哲学家，也对日本共产党在战后的共产主义实践提出了批判观点，但并没有否定党的存在和共产主义理论本身：

> 我作为一名马克思主义的哲学研究者，对于没有真正的党的存在感到十分难过。马克思主义的哲学、理论是与党联系在一起的。所以，作为研究这一理论的哲学工作者，我当然必须入党。但是，那哪里是现在的党的样子呢？探索党真正应该具有的模样是我的研究。我已经不再年轻了。要是临死之际我不是党员的话，那么也就意味着我在自

---

① ［日］大西巨人. 天路の奈落［M］. 東京：講談社，1984： 63.

己的研究中说了谎话。想到这里，我就觉得不能这样死去。①

这段话表明了这位身为马克思主义哲学研究者的日本人对日本共产党所抱有的十分矛盾、复杂的心情。一方面，他认为马克思主义哲学应该是理论与实践相结合的。既然自己是马克思主义的哲学研究者，那么就理所当然应该是一名共产党员，否则就是表里不一，自相矛盾了。但是另一方面，日本共产党的现实状况和自己所研究的共产党所真正应该具有的模样存在着明显的差异，在他看来，自己所身处其中的日本共产党并不是他研究的真正的党。

综上所述，无论是《天路的奈落》还是《塑像》，都对日本共产党的共产主义实践提出了质疑。马克思主义的共产主义思想是体现于共产主义政党、共产主义实践、共产主义理论三个不同维度的，它们三者之间并非总是同步发展的。《天路的奈落》和《塑像》中日本共产党的共产主义实践的质疑主要是基于其对马克思主义的共产主义理论的偏离而提出的。这种在坚持马克思主义的理论立场之下，对旧有的共产主义实践模式所提出的质疑和批判体现出了"新左翼"的精神思想。

提到"新左翼"，首先不得不提到的是日本的新左翼运动，它开始于20世纪50年代中期，在日本共产党"六全协"会议以后，以青年学生党员为主体的激进派新左翼对日本共产党以及社会民主主义政党等"旧左翼"的方针政策展开了批判，并组织了反安保斗争、全共斗、冲绳抗争、反战斗争等一系列抗议运动。而为新左翼运动提供理论思想武器的则是以广松涉、望月清司和平田清明为代表的研究群体所进行的马克思主义研究以及他们所建立起来的哲学思想。20世纪60年代，日本出现了以广松涉、望月清司和平田清明为代表一个新的马克思主义理论研究群体。他们质疑既成的、以日本共产党为中心的、带有斯大林主义特征的"日本马克思主义"，坚持从原始文献出发研究马克思主义思想，提出了不同于"旧式日本马克思主义"的观点。我国南京大学的张一兵教授将日本新出现的这一具有特殊意义的研究流派称为"日本新马克思主义"。张一兵教授认为，"日本新马克

---

① ［日］大西巨人. 天路の奈落［M］. 東京：講談社，1984： 303.

思主义"的特殊之处在于他与那些追随前苏东的日本共产党传统理论家们在研究方法和学术观点上有着本质的区别。他"反对和拒斥日本马克思主义研究中存在的教条主义逻辑构架","准确地说,这代表了一种异质于传统斯大林式的意识形态话语的日本战后新马克思主义的思潮"①。

日本新马克思主义排斥和反对传统的日本马克思主义,但其本质仍然是对马克思主义思想的理论研究,它仍然体现和代表的是一种"批判和改革现实中出现的一切侵害自由与平等理念的制度,旨在实现和传播自由、平等、人权理念"②的左翼思想。暂且不论在现实意义上是否达成,我们都可以说,日本新马克思主义是试图向真正的马克思主义理论靠近的一种新的尝试。并且,日本新马克思主义对既有左翼实践、既有马克思主义理论的质疑和批判,还体现出了马克思主义哲学的自我批判精神。马克思主义哲学的批判功能在广义上可以分为三个方面,其一是对社会现实的批判;其二是自我批判;其三是指这一学说对不合理理论及意识形态的批判。其中,对不合理现实和不合理意识形态的揭露和否定是马克思主义哲学批判功能的主要表现。但同时,在马克思主义哲学的形成发展中始终不渝地贯穿着自我批判的精神。马克思在卢格的关于筹办《德法年鉴》杂志的信中就申明了自己哲学理论的特点正是"在批判旧世界中发现新世界"。这一批判一不怕否定当权者的利益,即敢于批判不合理现实,二不怕否定自己,敢于自我批判。马克思主义创造者们始终认为,马克思主义哲学只具有方法论意义,而不是万应不变的教条。马克思主义哲学的发展在很大程度上取决于它的继承者们的态度和方法,以禁锢封闭的心态对待马克思主义哲学,只会带来理论上的曲解和实际工作中的灾难。所以真正的马克思主义者首先必须具备科学的怀疑和批判精神。日本新马克思主义对既有左翼实践、既有马克思主义理论的质疑和批判,正是这种敢于否定自己、敢于自我批判的精神体现。从这一点上,也可以说,日本新马克思主义是向真正的马克思主义的一种理论靠近的尝试。

---

① 张一兵. 广松涉: 日本新马克思主义的奠基者 [J]. 马克思主义研究.2009(1): 103.

② [日] 浅羽通明. 右翼与左翼 [M]. 幻冬社, 2006: 44.

　　无论是新左翼运动，还是作为其理论武器的日本新马克思主义，都不是对传统左翼运动和左翼思想的背叛，而是一种旨在接近真正的马克思主义的"元批评"。这种带有"元批评"色彩的新左翼思想也体现在了日本以党内生活为题材的左翼文学作品中。例如前文所提到的《天路的奈落》《塑像》等作品，其所质疑的是日本在共产主义实践中的教条主义，并没有否定党的存在和共产主义理论本身。因此，它们与日本新马克思主义还有日本新左翼运动在精神本质上是一脉相承的。

　　综上所述，日本战后以党内生活为题材的左翼文学对日本共产党的左翼实践所发出的质疑和批判之音，是一种旨在接近真正的马克思主义的"元批评"。它不仅对于推动左翼理论和左翼实践的发展和完善具有指导意义，同时也体现出了马克思主义的自我怀疑和自我批判的精神，可以说是以文学的形式实现了对左翼的元批评。

三、革命人本主义思想

　　20世纪20年代，以卢卡奇、柯尔施、葛兰西、布洛赫、霍克海默、阿多诺、萨特、马尔库塞、弗洛姆、哈贝马斯等众多学界巨匠为代表的西方新马克思主义把人道主义作为思想武器，以批判苏联模式的马克思主义为目标，展开了对"正统马克思主义"的修正与维护。他们继承了马克思主义哲学对人的关注与重视，强调人的主体性，把"人"作为存在的本原和出发点，以人道主义的伦理和"自由""仁爱"等道义标准来衡量和改造当代社会，并肯定马克思主义是人道主义。西方马克思主义学界又将这种马克思主义思潮称为"西方人本主义马克思主义"。

　　在日本战后党内生活题材左翼文学中，马克思主义的人本主义思想成为了左翼作家们批判既成左翼的思想武器。例如，井上光晴的《未能写成的一章》大胆揭露了日本共产党常任党员的贫困状态即体现了以人为本的思想。一直以来，革命文学极少描写党员的物质生活，一些革命者甚至认为，谈论金钱是小资产阶级的表现。然而，经济基础是任何一个人生存的必需条件，它不仅影响着个体的生活质量，也关系着一个人的价值尊严。认为谈论金钱就是小资产阶级的表现，是对马克思主义思想的教条式理解。

例如，《未能写成的一章》中，鹤田因没有经济能力照顾生病的妻子、养活孩子，不得不将他们送回娘家。此后鹤田的岳父来信说不能继续把女儿托付给没有抚养能力的男人，这是对鹤田个人价值尊严的极大否定。可以说，小说通过对常任党员生活困窘状态的揭示，从人本主义的角度关注了革命者作为"人"的现实生活。

另外，佐多稻子的作品则通过描写日本共产党党内的政治斗争提出了革命人本主义的思想。《溪流》中，主人公友江因与日本共产党主流派产生了意见分歧而遭遇除名。其实，友江只是针对日本共产党的共产主义实践提出了自己的意见，她的政治立场并没有发生转变，因此，她始终把自己当作党的一员，把党视为自己的"家"。然而，某一天，她去一家党的地方常任们经常入住的民宿办理入住手续时，同样在办理入住手续的一位年轻的地方常任看到之后，认为友江没有资格住在这间民宿，因为她与党走了不同的路线。被拒绝而不得不离开民宿的友江感到十分屈辱。这令她想起了去年被除名时所遭遇的更为屈辱的经历。"友江想起了去年四月的那天晚上，她被十来个人围起来审问，深夜里除名表决通过之后她当即被赶到了外面。那之前，她从没想过自己的人生中会有这样的经历。今天晚上，也有和那时同样的感受。"① 这里，作品也是从人本主义的视角，描写了党内的政治斗争对人际关系的破坏以及个人尊严的漠视。

还有，大西巨人在小说《天路的奈落》的开篇即引用了《第一国际成立宣言》和弗朗索瓦·菲特的《匈牙利的悲剧》中的两段话："拥护道义以及公平不仅作为支配个体之间关系的法则，也作为诸国民间交往的最高法则（摘自《第一国际成立宣言》）"②"我们的事业是要将奉行斯大林主义的'现实主义者们'所完全弃置的道义——人道的原则恢复到社会主义中来（摘自弗朗索瓦·菲特的《匈牙利的悲剧》）。"③ 这两段话的主张都是要在政治与革命中引入人本主义思想。事实上，《天路的奈落》这部小说所

---

① ［日］佐多稻子．溪流［M］.//佐多稻子全集（第十二卷）．東京：講談社，1978：57.

② ［日］大西巨人．天路の奈落［M］．東京：講談社，1984：3.

③ ［日］大西巨人．天路の奈落［M］．東京：講談社，1984：4.

试图传达的就是一种革命人本主义思想。

　　小说中，人民党党员后藤在与镜子谈话时提到了"常滑事件"，即 1949 年 8 月 15 日，在奥州本线常滑车站附件发生的列车翻车事件，造成了三名乘务员死亡。这一事件被传言是人民党员为抗议吉田自由党政府解雇职员而精心策划的恐怖袭击。人民党党员后藤默认了传言的真实性，并且认为像"常滑事件"这样的事情是人民党为了实现革命的成功而做出的取舍：

> 　　虽然列车上的乘务员和大部分乘客也都属于人民大众。但是，为了解救大虫，也就是为了革命的成功，必须牺牲几只小虫。为了万人即多数人的幸福而牺牲一人即少数人的幸福是社会主义·共产主义的初步原则。……事实上，事件也没有很严重，只是死了三名乘务员。如果死亡人数能再多一点点的话，就可以造成更广泛的社会不安，从而加快革命契机的成熟呢。①

　　在后藤看来，为了实现多数人的幸福而牺牲少数人的幸福是正确的。但是镜子却认为后藤对常滑事件的看法是非人道、非共产主义的，并提出了自己的困惑："应该是哪里出错了，应该是在根本性的地方出现了错误"②。实际上，是否应该为了实现多数人的幸福而牺牲少数人的幸福一直以来都是道德哲学中的一道难题，不同学派有不同的观点。镜子认为人民党在常滑事件中的做法是非人道的，显然她是站在人本主义的立场上来看问题的。人本主义学派认为，人拥有他自身，人存在绝对权利，高过任何外界利益总和。因此牺牲少数人的幸福虽然其目的是为了实现多数人的幸福，也就是说其目的是美好的，但其结果还是侵犯了少数人的绝对权利。因此，在人本主义者看来，这一做法是非人道的。

　　人本主义作为一种思潮，在西方是从文艺复兴时期开始的，其本源是人文主义（Humanism），是从拉丁文 Humanistas（人道精神）一词延伸而来的。人文主义者主张以"人"为本，肯定人的价值和尊严，要求个性解放，肯定现实生活，他们认为人有追求幸福与个人自由的权利。并且人生来就

---

①　［日］大西巨人. 天路の奈落［M］. 東京：講談社，1984：20.
②　［日］大西巨人. 天路の奈落［M］. 東京：講談社，1984：20.

是自由平等的，这是人与生俱来的权利，任何人都没有资格剥夺它。这与以实现人的自由与平等为革命目标的左翼思想不谋而合。马克思在早年就十分欣赏费尔巴哈的有关"人本身是人的最高本质"的人本主义观念，并以此作为他探索人道主义的出发点，创立了独具"现代哲学"特色的历史唯物论的人道观。可以说，马克思主义是具有政治实践性的人本主义思想。违背人本主义的做法也同样违背了马克思主义。

第三节　日本左翼新写实主义的发展

20 世纪 20、30 年代，随着世界无产阶级文学运动的高涨和无产阶级走上政治舞台，日本无产阶级文学运动也随之兴起。《播种人》《文艺战线》等杂志相继创办，并先后成立了"日本无产阶级文艺联盟（普罗联）""普罗艺""劳艺""前艺""纳普"等文学团体。这些文学运动和文学团体的出现都极大地推动了日本无产阶级文学理论和文学创作的发展和繁荣。

在无产阶级文学创作的理论方面，藏原惟人是做出重要贡献的文艺理论家，也是日本无产阶级文学运动的主要领导者。他曾留学苏联，精通俄语和俄苏文学，翻译了大量苏联文学的作品和研究著作。鲁迅从日文转译的一些俄文著作，如普列汉诺夫的《艺术论》等，就是以藏原惟人的译文为底本的。藏原惟人的文艺理论核心是倡导"新写实主义"，即无产阶级写实主义。1927 年，他发表了《到新写实主义之路》，对新写实主义创作提出了三个要求：第一，新写实主义的出发点是"执拗的现实"，亦即从事实本身出发来描写这个世界；第二，用社会的、阶级的观点观察和描写一切；第三，新写实主义在充分把握了人和社会的一切复杂性之后，整体地把握人和世界的本质。在这一次的理论阐释中，藏原惟人把真实性放在了首要位置，其与"旧写实主义"（"旧现实主义"），也就是过去的写实主义的态度是同一的，都主张现实的、客观的描写。那么，既然两者在"真实的、客观的描写"方面是如此态度统一，又有何必要提出"新写实主义"呢？为了解答这一疑问，藏原惟人随后发表了《到无产阶级现实主义之路》一文，指出只有站在无产阶级的立场上来写实才是新写实主义的唯一继承者。

自此，藏原惟人的新写实主义理论得以初步形成。

不过，1929 年，藏原惟人发表了《再论普罗列塔利亚写实主义》一文，表明了他的新写实主义理论的"转向"。在这篇文章中，藏原惟人认为唯物辩证法应是新写实主义的主要创作方法。他写道"普罗列塔利亚写实主义和像这样表面的琐屑的写实主义在根本上是不同的。它是拿着观察现实的方法。所谓这方法是唯物辩证法。……换句话说，普罗列塔利亚写实主义是把握着在进行中的社会，把它必然地向普罗列塔利亚的胜利方面前进的故事，用艺术的、就是形象的话描写出来，以外没有别的"①。藏原惟人的新写实主义理论这样转向后，原来所强调的文学的审美性被文学的鼓动性替代了，其所主张的"现实的客观的态度"变成了"主观地、形象地描写胜利"。

藏原惟人的理论之所以会发生转向，是因为其理论在形成之初就包含有两个容易发生冲突的命题：第一，无产阶级文艺的宣传鼓动性，第二，无产阶级文艺的客观真实性。他既承认"一切的艺术在本质上必然是宣传和鼓动，又承认还有一种第二型艺术——把这现实正确地、客观地，而且具体地描写出来的艺术"②。因此，实际上藏原的新写实主义理论中暗藏着"正确"（革命话语）与"真实"（文学话语）之间的内在断痕。这使得他的理论具有着向两个不同方向引申的可能性。尽管藏原在政治上反对左倾福本主义，在文学上重视真实性和艺术性，但又始终未能跳出苏联拉普的理论框架。1930 年以后，藏原惟人逐渐向激进方向演变，放弃了新写实主义，转而提倡苏联拉普的"唯物辩证法的创作方法"，直接以世界观取代了创作方法。这种脱离本国实际、照搬苏联经验的做法使日本无产阶级的文学创作陷入了"左"倾机械主义的泥潭。

1945 年以降，日本在经历了 1930 年代的"左"倾机械主义以及战时期间的创作停滞之后，以民主主义文学的形式实现了对左翼文学的复苏。不过，战后的日本左翼文学不是对战前左翼文学，也就是无产阶级文学的原封不动的延续，而是在一边批判一边继承的基础之上发展起来的。因此，

---

① 靳明全 . 中国现代作家与日本［M］. 济南：山东文艺出版社，1993：208.
② 藏原惟人 . 再论新写实主义［J］. 之本译 . 拓荒者 . 1930（1—5）：323.

它的创作理念和创作方法相比战前无产阶级文学而言有所突破，在协调政治与文学的矛盾冲突等问题上也做出了一些大胆而有效的尝试。具体来说，战后日本左翼文学在创作上不仅继承了战前无产阶级文学的左翼立场，还就"文学的主体性""政治与文学"等课题展开了深入探讨，纠正了战前日本无产阶级文学运动中所出现的过度的政治主义偏向。由佐多稻子、井上光晴、大西巨人、中野重治等作家创作的一批以党内生活为题材的左翼文学即体现了对传统的"唯物辩证法创作"的克服，以及对藏原惟人的新写实主义理论的探索与反思。

一、最低限度的政治性和最高限度的真实性

藏原惟人的新写实主义理论既承认："一切的艺术在本质上必然是宣传和鼓动，又承认还有一种第二型艺术——把这现实正确地、客观地，而且具体地描写出来的艺术。"① 也就是说，他的新写实主义理论包含着"政治性"与"真实性"这两个难以调和的命题，所以它具有着向两个不同方向引申的可能性。如果过于注重文学的政治性就会失去对生活的真切感受，使文学创作趋于机械化、公式化。而如果只强调真实性的话，则会走向自然主义的真实，难以表现出社会或历史的发展。日本战后以党内生活为题材的左翼文学在探索新写实主义创作方法的过程中采取了最低限度的政治性和最高限度的真实性相融合的方式。

日本战后以党内生活为题材的左翼文学纠正了"唯物辩证法的创作方法"以世界观代替创作方法的错误，注重描写真实的生活。1932 年斯大林在反省"唯物辩证法创作方法"的时候，就曾特别强调作家的生活实践。他说："你们不应该用抽象的论点来装满艺术家的脑袋，他应该知道马克思和列宁的理论，但也应该知道生活。艺术家首先应该真实地反映生活。如果他真实地反映我们的生活，那么他在生活中就不可能不觉察到、不可能不反映使生活走向社会主义的东西。这就是社会主义艺术，这就是社会主

---

① 藏原惟人 . 再论新写实主义 ［J］. 之本译 . 拓荒者 . 1930（1—5）：325.

义现实主义"①。日本战后以党内生活为题材的左翼文学中，很多作品都是作家根据自己在日共的亲身经历创作的，具有极强的生活实感。佐多稻子、井上光晴、中野重治等作家均是日本共产党员，还有过被除名的经历。其中，佐多的《溪流》《塑像》《我家》等一系列描写日共的作品更是被称为自传体小说。总的来说，日本战后左翼文学中以党内生活为题材的作品在题材选择、观察视角方面注重挖掘个人经历，充分反映出了日本共产党的真实现状。可以说，这些作品表现出了文学最高限度的真实性。

同时，日本战后党内生活题材左翼文学并不只是对生活本相的还原，还展现了坚定的左翼立场，表达了对现实的政治关怀和批判意识。佐多稻子在她的日共题材自传体系列小说中表达了对日本共产党的"我家"意识。其中，小说《溪流》中有这样一段话："她虽然对主流派的方针持反对的意见。但是，在公众场合她是绝不会站在反共派这一边的。这并不是因为害怕受到主流派的责难，也是为了抵抗政府。"② 事实上，抵抗政府代表的是与主流意识形态对立的左翼姿态。主人公的"我家"意识是她对左翼姿态的一种认同表现。当代西方马克思主义学者齐泽克在他的"第十一论纲"中曾指出："一个真正的左翼姿态，便是对既有的权力结构、主流意识形态的一个永恒的批判、疏离与对抗，从而瓦解当下秩序的自我恒固化操作。"③日本战后以党内生活为题材的左翼文学尽管深刻揭露与批判了日本共产党的现实状况，并对其共产主义实践提出了质疑。但是，作品始终表现出来的是一种对左翼姿态的认同。事实上，这种对左翼实践的内部批判反而体现出了疏离于既有权力结构的真正的左翼精神。这也正是左翼文学所应当保有的最低限度的政治性。

综上所述，日本战后以党内生活为题材的左翼文学反省了战前日本无产阶级文学照搬苏联"唯物辩证法创作方法"的错误，以争取最高限度的

---

① A·罗曼诺夫斯基:《在第一次苏联作家代表大会筹备期间党对文学的领导》。转引自蔡清富. 鲁迅怎样看待"唯物辩证法的创作方法"［J］. 沈阳师范学院学报，1987（3）：25.

② ［日］佐多稻子. 溪流［M］.∥佐多稻子全集（第十二卷）. 東京：講談社，1978：51.

③ 吴冠军. 第十一论纲：介入日常生活的学术［M］. 北京：商务印书馆，2015：18.

生活真实性，和保有最低限度的政治性的方式，有效调和了藏原惟人提出的"新写实主义"创作方法中所包含的两个矛盾命题，实现了对"新写实主义"创作方法的回归和发展。

二、第三人称自传体小说

日本战后以党内生活为题材的左翼文学中，很多作品都是基于作者的亲身经历而创作的。例如井上光晴的《未能写成的一章》、佐多稻子的日共题材系列作品如《溪流》《塑像》等等，这些作品都称得上是自传体小说。自传体小说与自传有着密切的联系同时又有明显的区别。自传体小说与自传的最大共同点就是主人公与作者的关联性，作品中的主人公都具有与作者自身生活重合的经历。不同之处在于，自传是非虚构文学，它追求的是作品的真实感和纪实性。而自传体小说是虚构文学，作者具有对作品内容进行艺术处理的权利。海伦·巴斯曾对自传体小说下过这样的定义："自传体小说是小说的一种，它的人物和事件基于作者本人的生活但却保留着小说阅读契约。（如，作者不向读者保证他/她在小说中透露了自己的私人生活。）"① 总的来说。自传体小说介于自传和小说之间，因此兼有自传的真实和小说的虚构两种特性。此外，在叙述人称的选择上，自传和自传体也有所不同。自传都采用第一人称叙事，作者、叙述者和主人公都是同一人，而自传体小说属于虚构文学，为了艺术创作的需要，它可能采用第一人称或者第三人称叙述，其作者、叙述者和主人公可以是不同的人。例如，日本战后党内生活题材左翼文学中，《未能写成的一章》《溪流》《塑像》等自传体小说都采用的第三人称的叙述方式。其原因主要是为了艺术创作的需要，具体总结有以下几点：

首先，第三人称与第一人称相比显得更为客观，对于以反映社会政治现实为主，而不是个人生活为主的文学作品而言更加有利。例如，《溪流》是佐多稻子的一部自传体小说，它反映的是佐多的除名经历。小说的主人公叫"友江"，她的原型便是作者本人。小说中，友江遭遇除名后有这样一

---

① Buss, Helen. "Writing and Reading Autobiographically", Life Writing Special Issue [M]. Autumn1995, p.5—15.

段心理描写：

> 友江确实把共产党称作"我家"。这种感觉是她从战前与党的接触中逐渐形成的。……今天的友江也把自己当作党的一员。即使她从事不了很多政治活动，也不打算从事什么政治活动，但是她作为党的家庭成员的这种关系就代表了她的政治立场。友江从没想过要脱离党，成为党的一员是她的生活信条。正是因为这样，她才把与党相关的事情当作自己的责任。当她面对党外人士的时候，党对她来说就是"自己的家"。①

这段话如果采用第一人称叙述则会产生一种为自己辩解的意味，而采用第三人称显得更为客观，为人物形象的真实性增添了可信度。事实上，这一话题也涉及叙事人称与叙述的可靠性之间的关系。在众多叙事学家看来，不可靠叙述者通常出现在第一人称叙述之中。这是因为，隐含作者和叙述者是同一人，叙述的主观性强烈。而采用第一人称叙述的自传体小说，其叙述的不可靠性则可以说达到了顶峰。此时的自传叙述者兼具了真实作者、隐含作者和叙述者三位一体的身份。许多叙事学研究家认为，不可靠叙述是第一人称叙述的自传体小说中普遍存在的一个叙事征候。日本战后党内生活题材的左翼文学虽然多采取以自传体的形式进行创作，但其主要创作意图并不是展现个人的私生活，而是揭示和探讨党的政治现实。对此如果采用第一人称叙述来创作的话，由于叙述的主观性强烈，就难以免除第一人称叙述的自传体小说所普遍具有的不可靠叙述征候，而采用第三人称来创作自传体小说，则可以在一定程度上增强叙述的客观性，有利于作品对政治现实的呈现。

其次，在自传体小说中，相比第一人称叙述，使用第三人称叙述可以使作品出现两个叙述声音，即隐含作者的声音和故事人物的声音，从而呈现出双声部复调叙事的效果。从叙事聚焦来看，第三人称可以采用零聚焦、内聚焦和外聚焦的聚焦方式。聚焦是法国叙事学家热奈特提出的术语，指

---

① ［日］佐多稻子．溪流［M］．//佐多稻子全集（第十二卷）．東京：講談社，1978：115、116．原文为日语，日译汉由笔者翻译，文责自负。下文出自该书引用处不再赘述。

叙述者在叙事时所采用的眼光或视点。它包括了是谁在作为视觉、精神或心理感受的核心，以谁的眼光和心灵传达出叙述信息，用谁的眼光"过滤"或限制叙述文本所表现的内容。根据叙事视点的不同，热奈特将聚焦类型分为零聚焦、外聚焦、内聚焦三类。第一类零聚焦叙事，由作者本人充当叙述者，叙述者纵观洞悉一切。第二类外聚焦叙事，又称纯客观叙事，叙述者仅从外部观察人物的言行，不透视人物内心。第三类内聚焦叙事，叙述者是故事人物，他能够描述自己的主观意识和所见所闻。这三种聚焦模式中，零聚焦叙事适宜于表现宏大叙事，外聚焦叙事适宜于客观描述，而内聚焦叙事则适宜于展露人心。由于第三人称可以采用零聚焦、内聚焦和外聚焦的三种聚焦方式，因此它既可以从宏观的视角来勾勒现实，又可以从某一个个体的视角来发表感想、提出疑问；它既可以站在旁观者的角度来观察事件的发展，又可以深入人物的内心，了解人物的心理活动。

聚焦方式的转换使得作品可以出现多个叙述声音，而叙述者的声音和故事人物的声音交替出现可以颠覆读者的期待视野，引发其思考。例如，《未能写成的一章》中，针对常任党员的贫困状态有这样的描述："党并没有给职业革命活动家支付基本生活费的经济条件。如果全职党员的薪水能够定期全额发放的话，也只能满足最低生活水平。即便如此，大多数情况都会延迟发放或者拖欠发放"①。这段描写是以外聚焦的方式，由隐含作者来对日本共产党的财务状况进行客观的说明。对此，作为故事人物的鹤田是无法知晓的。也正因为鹤田无从知晓这些真实状况，所以他才会有很多疑惑，比如"生活的疾苦已经到了极限状态。只需再有一根小指头的力量，就可能让大家全部倒下。但是，没有一个人开口说出实情。这是怎么回事呢？②"这样，由隐含作者和故事人物组成的双声部复调叙事的推进，可以引发读者反思常任党员们对贫困问题讳莫如深的原因。

还有，自传体小说通过采用第三人称的叙述方式，使自传的叙述视角

---

① ［日］井上光晴. 書かれざる一章［M］.∥現代文学の発見〈第四卷〉政治と文学. 東京：学芸書林，1968：61.

② ［日］井上光晴. 書かれざる一章［M］.∥現代文学の発見〈第四卷〉政治と文学. 東京：学芸書林，1968：241.

能在主人公和作者之间移动，从而形成了一种"看"与"被看"的结构性存在。一方面，作品中的部分叙述声音可以从故事人物那里获得，从而让叙述显得更加真实可信。例如，井上光晴的《未能写成的一章》中的"鹤田和夫"、佐多稻子的日共题材系列小说中的"友江"，还有大西巨人《天路的奈落》中的"镜子"和"鲛岛"均既是故事人物，也是叙述声音。并且，内聚焦的叙述方式可以深入到人物的内心世界，揭露党员的真实思想意识。小说《未能写成的一章》《溪流》《塑像》《天路的奈落》等作品中均出现了许多对党员心理活动的描写。其中，《未能写成的一章》有大部分叙述内容都是关于主人公"鹤田和夫"的内心独白，可以称得上是一部具有意识流特征的小说。但是，这些心理描写不同于现代派意识流小说的地方在于，它们的内容不是纷乱无序的自由联想，而是叙述人物对于党内各类奇怪现象的感受和思考。所以，叙述人物在作品中就像是一个透视镜，读者可以通过故事人物的叙述了解到战后日本共产党的发展状况。另一方面，隐含作者也参与了故事的叙述。当隐含作者在叙述时，叙述人物则成为被叙述的对象。他的行为成为了故事情节中的一部分，他的"看"、他的思索都成为了一种自我呈现的内容，正如拉康所说的："在镜像领域中，观看是外部性的，我看，同时意味着，我是一幅画面"。例如，井上光晴的《未能写成的一章》中，在描写党员的研讨会议时交替出现了两种叙述声音，一种是故事人物鹤田的内心独白："两个半月没有发一毛钱的常任费，地方的组织部连吃饭都不管，今天一定要提出来。不过，至少肯定会有人提常任费的事情。如果谁都不说的话，那我就必须发言了"①。另一种是隐含作者的叙述："鹤田很仔细地环视着会上每一个常任的脸。他们意识到被注视之后都慌张地低下了头。大家到底还是在思考着什么，却谁也没有开口"②。接着又是故事人物的独白："在议长总结之前，没有任何人发言吗？现在正是时候啊。如果现在不说的话就没机会了。……你说呀，还有你，

---

① ［日］井上光晴．書かれざる一章［M］．//现代文学の発見〈第四巻〉政治と文学．東京：学芸書林，1968：232．

② ［日］井上光晴．書かれざる一章［M］．//现代文学の発見〈第四巻〉政治と文学．東京：学芸書林，1968：232．

我不行，快点谁来说一下。"① 然后又是隐含作者的叙述："会议结束了。最终谁也没有提到那件事情，大家都带着欲言又止的表情各自离开了自己的座位。"② 在这段文本中，鹤田与隐含作者的交叉叙述即是鹤田的叙述与被叙述，也是鹤田的"看"与"被看"。而鹤田的"看"与"被看"给读者制造了两个悬念，一个来自故事人物鹤田和夫的内心独白，即为什么其他人都不提常任费的事；另一个来自隐含作者的叙述，即为什么鹤田最终也没有开口提常任费的事。这两个悬念的答案指向的是日本共产党内部存在着的深层问题，同时也表现了人性的复杂。这样，通过让故事人物和隐含作者共同参与叙事，不仅使外在故事叙述和人物心理叙述同时进行，还将故事人物变成被叙述的对象，构成文本的第二重反思视野，从而增加了作品的思想深度。

藏原惟人曾在《再论新写实主义》中对新写实主义提出要注意到人的复杂性的要求。"必须把人们在那复杂性里面，那些活的形象里面描写"③，包括人的心理活动和潜意识，也要加以描写，但要"把那心理的由来向社会中探求，决定那心理的社会的等价"④。也就是说，藏原惟人的新写实主义不仅要求作家从社会的、发展的眼光表现某一时代、某一社会、某一阶级、集团的东西，还要求作家要从社会的、发展的眼光去把握人性，描写人的心理。日本战后以党内生活为题材的左翼文学以第三人称的叙述方式来创作自传体小说，通过在故事人物和叙述者、作者之间创造空隙的方式，使作品摆脱了自传体小说只能通过故事人物的叙述来提供"真相"的负担。它让外在故事叙述和内在心理叙述由不同的叙述声音交替进行，不仅可以更真实地展现人物的内心世界，表现人的复杂性，同时还可以将人性的复杂与矛盾融进革命话语之中，使作品的意涵更加丰富和深刻。

---

① ［日］井上光晴. 書かれざる一章［M］.∥現代文学の発見〈第四巻〉政治と文学. 東京：学芸書林，1968：232.

② ［日］井上光晴. 書かれざる一章［M］.∥現代文学の発見〈第四巻〉政治と文学. 東京：学芸書林，1968：232.

③ 转引自孔庆升. 中国现代戏剧思潮史（下卷）［M］. 北京：人民日报出版社，2014：544.

④ 转引自孔庆升. 中国现代戏剧思潮史（下卷）［M］. 北京：人民日报出版社，2014：544.

综上所述，日本战后党内生活题材左翼文学多采用第三人称叙述的自传体小说形式来创作，使作品兼具自传的真实和小说的虚构两种特性。一方面，作品取材于作家的真实经历，从个人的视角反映了日本共产党在二战结束之后很长一段时间的发展状况，相比纯虚构文学而言，更具有真实感和纪实性。另一方面，作家采用第三人称叙述等创作手法对文本素材进行了艺术处理，它不仅使作品能够跳脱出第一人称的视野局限，对故事以及周遭的现实进行多维度的叙述，还能使作品出现"叙述"与"被叙述"、"看"与"被看"、"反思"与"被反思"的复杂结构，将人性复杂的呈现与革命话语的书写同时融入作品之中。

三、"革命+家庭"叙事模式

日本战后党内生活题材左翼文学对新写实主义的发展还表现在其对日常生活的描写。一直以来，革命文学都存在着抽离或压抑日常生活的倾向。在革命文学作品中，个人的私生活被压缩至最低限度。这是因为在革命文学创作者们看来，日常生活是平庸的，它会侵蚀人的理想和精神追求。于是他们把日常生活压缩至最低限度，或是从个人生活里把个人投入到集体中去，以此来引领读者超越日常生活、追求宏大的革命目标。但是，在所有的社会主义现实主义文学的叙事中又都强烈地呼唤、需要日常生活。因为现实主义理论最重要的一个方面就是细节的真实性，而细节的真实性则体现在生活的日常性之中。被抽离了日常生活的革命文学是缺乏真实感的。并且，日常生活其实是具有两面性的。它既有与革命的崇高目标相悖的平庸的一面，又可以作为一种叙事手段，表达某种隐喻意义。通过对日常生活的注入，可以从表达真理的"大叙事"走向表达个人话语的"小叙事"。而这种具有后现代特征的"小叙事"不仅增添了革命文学的真实感，还使得革命文学具有了更多的人情关怀。

日本战后党内生活题材左翼文学作为革命文学的一部分，这些作品在反映日本共产党的内部发展状况的同时，还着意描写平淡的家庭日常生活，讲述小人物的悲欢离合，形成了一种"革命+家庭"的叙事模式。这种"革命+家庭"的叙事模式给革命文学增添了很多的日常性，这对于强调编写革命话语、倾向宏大叙事的日本战前左翼文学来说无疑是一种很大的革新。

佐多稻子的日共题材系列小说均采用的是"革命+家庭"两条故事线交叉出现的叙事模式。故事主线是日共党员友江遭遇除名的前后经历。故事副线是友江的家庭日常生活。例如，小说《溪流》中，主线是友江因与日本共产党主流派在武装斗争等问题上产生了意见分歧而遭遇除名，但最终被无条件恢复了党籍的前后经历。副线则是友江及其子女的家庭生活纠葛。具体而言是友江与她的三个子女各自的婚姻恋爱生活，还有友江与大女儿千加枝之间的情感纠葛。千加枝小的时候因为父母离异而没有和母亲友江一起生活，她与友江的另外两个子女是同母异父的关系。这些过往经历使得她与母亲友江的关系十分微妙和复杂。当得知千加枝结婚后生活拮据又身患重疾，友江邀请千加枝一家人搬回来和自己住。然而，生活的不顺加上与母亲的隔阂使得她们的同居生活发生了许多矛盾和摩擦。不过，最终在家庭亲情的感化之下，两人解开了心结。《溪流》的这种"革命+家庭"的叙事模式给革命文学注入了日常生活的描写。但是，如果只是单纯地把这些日常生活描写作为一种与讲述党建经历的"大叙事"完全没有关系的"小叙事"来看待的话，《溪流》这部作品就变成了友江的革命生活与家庭生活的叠加。其实，《溪流》中的家庭叙事是具有隐喻意义的。作者以家庭中的矛盾纠葛影射了自己与日本共产党的关系，表达了对于日本共产党的"家族爱"。同时，作者还以家庭成员之间的情感羁绊来作比人与组织的关系，反驳了政治主义者们仅仅因为意见不合就将组员除名的行为，给政治话语注入了情感慰藉和人文关怀。

还有，佐多稻子的另一部小说《塑像》中同样采用的是"革命+家庭"两条故事线交叉出现的叙事模式。故事的主线是友江因与其他几名党员联名向党中央提交了意见书而被除名的经历，副线则是友江的孙子接受心脏手术的前后经过以及好友樱内操与狭间良彦之间生离死别的爱情故事。同样，如果只是单纯地把故事副线中出现的这些日常生活描写作为一种与讲述党建经历的"大叙事"完全没有关系的"小叙事"来看待的话，作品中革命生活描写与家庭生活描写的交叉出现就会显得跳跃甚至是有些突兀。其实，《塑像》中的家庭叙事与《溪流》一样也是具有隐喻意义的。友江的小孙子协太因为心脏问题需要接受手术，一家人都为他的健康日夜揪心，最终协太在医生的爱心助力以及周围亲友的热心关爱下顺利完成手术。而樱内操与狭间良彦也经历了生离死别的折磨最终走到了一起，友江从这两件事中体会到了生命的珍贵与人间的温情。"为了协太的手术，医生们倾尽了全力，亲人们日夜担忧，友江从中真切地感受到了生命的温度。这是所有人的生命中共通的东西"①。换句话说，《塑像》中的家庭叙事通过对日常生活的描写，歌颂了生命的珍贵和人情的温暖。而它的隐喻意义则体现在与家庭叙事这条故事线交叉出现的另一条故事线上。这条故事线讲述的是友江作为日本共产党党员被除名的前后经历。《塑像》中，友江与日本共产党党内其他十一名党员联名向党的中央委员会提交了意见书，对党内存在的问题进行了指摘，尤其对党过度干涉民间艺术团体提出了反对意见。小说中，友江说道："科学、艺术世界里的自由、批判和创造的自由不应受到任何限制。科学、艺术的问题并非不应迎合'当下的要求'，但是决不能仅仅只是迎合'当下的要求'"②。然而，令友江感到意外和震惊的是，他们的意见书并没有得到日本共产党中央委员会的采纳，反而被认定为具有反党和修正主义的思想。提交意见书的十二名党员受到了党政机关报纸的严厉斥责和批评，友江等四名意见书的发起人则遭受了除名处分。不仅如此，令友江更为意外和震惊的是，提议要将意见书的发起人除名的正是与友江在党建初期曾经共同奋斗过的同事兼朋友。友江从中看到了政治权威对日共内部成员之间人际关系的腐蚀。"即使是友江，也知道党内成员并不能比同于儿时的伙伴。但是，对于如今党内人际关系的狰狞、惨烈，友江无法不心生感慨"③。这样，《塑像》中的故事主线揭示了政治权威对人际关系的腐蚀，而故事副线则歌颂了生命的珍贵和人情的温暖。作品中友江有这样的自白："我认为，日本的政党已经忘记了对生命的尊重。不尊重生

---

　　① ［日］佐多稻子．塑像［M］.∥佐多稻子全集（第十二卷）．東京：講談社，1978：244.

　　② ［日］佐多稻子．塑像［M］.∥佐多稻子全集（第十二卷）．東京：講談社，1978：294. 原文为日语，日译汉由笔者翻译，文责自负。下文出自该书引用处不再赘述。

　　③ ［日］佐多稻子．塑像［M］.∥佐多稻子全集（第十二卷）．東京：講談社，1978：229.

命的政治是组织不起来的。……关于放射能源的空气污染问题，科学家们已经向我们发出了警告。我们的政治怎能脱离对这些问题的关注呢"①。可见，故事主线和故事副线之间并不是相互平行没有交集的关系，作品通过插入故事副线旨在给政治话语中注入生命意识、生活意识。

日本战后党内生活题材左翼文学对日常生活的描写不仅是为了提高日常生活在文学中的篇幅比重，还原文学的细节真实性。同时也是把这种日常生活描写作为一种关注人性、人情的叙事手段，为革命政治话语注入生命意识、生活意识。这样，日常生活以一种与革命目标相异的带有平庸性的私人话语，发挥了以小见大的隐喻功能。因此，日本战后党内生活题材左翼文学对日常生活的描写既是叙事内容上的革新，同时也是叙事手段的革新。

不过，这种对日常生活叙事的偏向同时也体现出了左翼文学向自然主义靠拢的倾向。自然主义反对文学去描写生活中崇高的、伟大的、优美的事物，而对藐小、平庸的东西有着特殊的兴趣，并将它们作为艺术表现的中心。日本战后以党内生活为题材的左翼文学不也是这样吗？它所描写的都是基层党员或小人物的政治经历和日常生活。事实上，虽然对小人物日常生活的描写不管是在新写实主义文学中还是在自然主义文学中都具有解构崇高、贴近真实的效果。但是，自然主义文学是用生物主义的观点来看社会和人，把人写成脱离社会的动物，把人的生活和行为归结为病理现象和生理现象，强调自然本能对人的巨大影响力，而不去表现生活现象的内在意义，更不去对所描写的事物做社会政治的、道德的和美学的评价。而左翼新写实主义文学则是从人道主义的观点来看人和政治，强调政治的人文关怀和生命意识，人道主义的政治理想寄寓在小人物的悲欢之中。因此，这种小叙事创作是一种包含着现实关怀和政治批判意识的艺术形式。

总的来说，日本战后以党内生活为题材的左翼文学对小人物日常生活的描写强调了左翼文学写作的真实性，克服了"革命文学"创作中的公式化、概念化以及虚浮的"革命罗曼蒂克"倾向，标志着日本左翼新写实主义文学创作的进步与成熟。

---

① ［日］佐多稻子. 塑像［M］.//佐多稻子全集（第十二卷）. 東京：講談社，1978：244.

第五章
学生运动题材左翼文学

20 世纪 60—70 年代，这是一个全世界的年轻人试图用热血和理想去改变世界的年代，在法国、美国、中国等世界多个国家都爆发了风起云涌的学生运动。战后初期，随着占领军对日本民主改革的推进，口号为争取教育民主化的学生运动此起彼伏。1968 年前后，以学院纷争为导火线，日本发生了全国范围的学潮运动，史称"全共斗"。在学运中，学生组织与校方、警察发生了激烈的暴力冲突。最终，"全共斗"在日本警方的残暴镇压下宣告失败。20 世纪 70 年代以后，新左翼组织中内讧斗争频发，以联合赤军为首的极左翼势力策划了多起恐怖爆炸袭击，致使新左翼势力的民众支持率和影响力急剧下降，80 年代以后逐渐走向低潮。

　　作为对这一特殊时期日本左翼运动的缅怀和反思，日本战后左翼文学中出现了许多取材于学生运动的作品，如柴田翔的《然而，我们的日子》（1964 年）；真继伸彦的《发光的声音》（1966 年）；佐藤泰志的《城市战的爵士家》（1967 年）；桐山袭的《风的编年史》（1984 年）、《游击队传说》（1984 年）、《圣母悼歌》（1985 年）；村上龙的《69 Sixtynine》（1987 年）；立松和平的《光雨》（1993 年）。这些作品多洋溢着浓浓的青春气息，以伤痕叙事的形式描写了个体在学生运动中的经历与感受。另外，还有一些反思、影射学生运动的作品，如高桥和巳的《忧郁的党派》（1965 年）；大江健三郎的《洪水淹没我的灵魂》（1973 年）、《万延元年的足球队》（1967 年）等等。关于学运文学，日本学界已经出现了不少研究作品，例如黑古一夫的《祝祭与修罗——日本全共斗文学研究》等。中国学界尚未出现将学运文学作为整体研究对象的作品，但有一些个案研究。例如于永妍的博士论文"反秩序的阿修罗——高桥和巳长篇小说研究"对高桥和巳的《忧郁的党派》《邪宗门》等多部学运题材作品进行了研究。于永妍在论文中注意到了学运文学中普遍出现的左翼青年的"不自然的毁灭或者离开",认为它们"象征着青春的终结,也象征着属于他们那个年代的思想的终结",并认为作品旨在提醒人们"即使战争结束,和平时代已经到来,也不能忘记对时代的思考和对秩序的批评"①。本章节将结合日本战后社会的历史现实,考察日本战后学运题材左翼文学对学运之后日本年轻人的生活现状和社会处境的描写,同时将学运失败作为日本现代历史的一个分界点,剖析其对于日本社会以及日本民族思想的影响,考察日本学运题材左翼文学的思想立场和艺术价值。

第一节 革命青春的激荡与破灭

学生运动的革命主体是在校的学生,他们正处在最满怀激情和浪漫的青春时期。如果在这一时期遭遇革命,那么青春的激情、浪漫、懵懂与革命的社会理想、自由情怀相结合,就会迸发耀眼的生命火花,谱写出辉煌的人生篇章。日本战后以学生运动为题材的左翼文学紧紧抓住了青春与革命在学运这一场域中的激烈碰撞,描写了革命青年们在学运中的经历和体验,尤其是他们的精神世界在学运前后的变化。

一、关于学运的历史碎片

20 世纪 50—70 年代风起云涌的日本学生运动在以警察为首的日本国家机关的残暴镇压和强力干涉下宣告失败。之后,日本主流媒体一直对学生运动讳莫如深,极力试图回避和掩盖这段历史。不过,日本战后左翼文学中不时会出现一些以学生运动为故事背景的作品。这些作品没有对这段历史进行全景式的展现,而只是多以那些具有学运经历的青少年为视角,描写他们在青春遭遇革命之后的个人体验。不过,从这些个体人物对学运时

---

① 于永妍. 反秩序的阿修罗——高桥和巳长篇小说研究 [D]. 上海外国语大学: 45、50.

期的青春记忆中，我们可以感受到那个时代浓浓的学运气息。

例如，柴田翔的《然而，我们的日子》以日共"全六协"的召开为背景。1950 年，日本共产党的高层组织因意见不合分裂为"感想派"和"国际派"。1951 年 10 月，以德田球一为首的"感想派"召开了日共"四全协"（即第四次全国代表会议），通过了武装斗争的路线，提出建议以城市企业为根据地的城市游击队和以农村为根据地的山村工作队，开展长期的"自卫反击战争"。于是，大批日共党员离开校园、离开城市，潜入农村为武装斗争做准备。然而，1955 年，以宫本显治为首的"国际派"替代"感想派"掌握了日共的最高领导权，并召开了日共"六全协"（即第六次全国代表会议），宣布放弃武装斗争路线。日共前后矛盾的政治决策以及日益公开化的内部斗争使得许多追随日共的左翼青年感到错愕和迷茫。

柴田翔的《然而，我们的日子》中，"我"与节子是未婚夫妻的关系。节子在大学时期是左翼社团的成员，参加了多次学生运动。她当时的恋人是那个左翼社团的首领野濑。1951 年，日本共产党提出了"农村包围城市"的武装斗争路线，包括野濑在内的很多学生党员都离开校园奔赴山村为武装斗争做准备。这样，野濑与节子便中断了联系。1955 年，日本共产党在第六届全国协会上宣布放弃武装斗争路线，解散了所有山村的军事组织。野濑不得不回到校园。日共的错误决策和派系斗争使得野濑对外部革命以及内在的自我都产生怀疑，因而丧失了与节子继续交往的信心。可以说，学运的发展影响了以野濑、节子为代表的一些青年学生们的青春体验与自我建构。

还有，村上龙的小说《69 Sixtynine》是村上龙根据自己的高中生活创作的自传体青春小说。而村上龙读高中的时候正好是 1969 年前后，也就是"全共斗"时期。根据史料记载，"全共斗"运动爆发的导火索是日本大学被查出了巨额财务资金去向不明的问题以及东京大学医学部取消了现行的实习生制度，由此引发了日大和东大学生的对于学校教育体制的反抗行动，他们联合起来成立了"全学共斗会议"，史称"全共斗"，并展开了全国范围的校园斗争。《69 Sixtynine》的创作背景是日本的"全共斗"时期。小说开头即根据"我"的追忆描述 1969 年的日本："1969 年这年，东京大学停止了入学考试。披头士乐队发行了《白色专辑》《黄色潜水艇》和《修道院大道》，滚石乐队发售了最佳单曲《夜总会女郎》。还出现了一群被称为嬉皮士的人，他们留着长发，呼吁爱与和平……"① 小说的主要情节是"我"与班上的几个要好的同学一起，联合学校全共斗的成员在毕业典礼那天进行了校园封锁。"我们"于毕业典礼前的午夜凌晨潜入学校，在各校的门柱、墙壁等各个显露的地方用鲜艳色彩的油漆喷写"粉碎国体""造反有理""权力的走狗们，自我批评一下吧""同志们啊，拿起武器吧"等标语。另外，"我们"还爬上屋顶，在建筑物外面悬挂起一幅巨大的白底红字标语"想象力夺取政权"，并封锁了通往屋顶的出入口。作者所追忆的这次校园封锁行动是由几个学生临时发起的一次缺乏规模性、组织性，近乎恶作剧一样的抗议活动。不过，这种个人叙事从一个很小的切入口，以戏谑、轻松的笔触反映了 1969 年前后的"全共斗"时期日本青年学生对于学校教育体制的不满与反抗。

另外，桐山袭的作品如《风的编年史》《圣母悼歌》《游击队传说》，还有立松和平的《光雨》等作品都取材于 1970 年代以后由联合赤军所开展的武装斗争这段历史。20 世纪 60 年代日本的学生组织的由于日本警方的镇压以及内部屡次发生组织分裂和内讧斗争而陷入混乱，学生运动逐渐转入低潮。1971 年，由激进的极左学生组成的"联合赤军"诞生。他们相信只有通过暴力才能赢得革命的胜利。1972 年，联合赤军袭击了位于栃木县的军火店夺走枪支和弹药后逃去，警方开始追捕行动。随后，联合赤军成员逃到群马县的山岳地带，但由于赤军成员内发生内讧，互相屠杀（山岳据点事件），大大削弱了他们的势力。最后，剩下的联合赤军逃入长野县的轻井泽，占领了位于该地的一间度假山庄（浅间山庄），并挟持山庄管理人的妻子作为人质。他们与包围山庄的警察展开枪战，在相持了数日之后，最终遭到逮捕。这就是轰动一时的宣告学生运动落下帷幕的"浅间山庄事件"。联合赤军在国内的势力遭到镇压以后，剩下的赤军成员先后逃到了中东，与当地游击队一起战斗。他们的领导人就是赫赫有名的重信房子和冈

---

① ［日］村上龙.69 Sixtynine ［M］.董方译.上海：上海文艺出版社，2009：1.

本公三。

桐山袭、立松和平等人的作品基本取材于联合赤军在国内的活动，尤其是"山岳据点事件"和"浅间山庄事件"。例如，桐山袭的《圣母悼歌》从五个友人在一所山庄度假，他们傍晚围坐在火炉边讲故事开始。小说主要叙述的是其中一个人所讲的故事。故事中的五名联合赤军在袭击了军火店，抢夺店里的枪支和弹药，随后为了躲避警方的追捕，他们逃到了故事讲述人所在的山庄。警方从截获的联合赤军无线电报中查到了五人的位置后，发动机动部队将整座山庄团团包围。在和警方周旋的过程中，五人之间因意见不合发生内讧，在僵持了近十天之后终于被警方制服。这个故事的原型便是日本新左翼运动后期的激进派组织联合赤军于1971年12月至1972年2月所策划的"山岳据点事件"和"浅间山庄事件"。

小说中的故事讲述人将这个故事命名为"圣母悼歌"，整部小说的名字也由此而来。关于这个命名的含义，小说中有一段这样的说明："根据一位喜欢作曲家佩尔戈莱西的朋友的提议，故事的名字被定为'圣母悼歌'（站立着的悲怆圣母）。这是佩尔戈莱西为纪念他亲密的友人，画家兼舞台设计师克理斯提安·伯拉德的早逝而创作的安魂曲。"① 也就是说，"圣母悼歌"是一首为早逝的友人而创作的安魂曲。同时，创作这首安魂曲的意大利作曲家乔万尼·巴蒂斯塔·佩尔戈莱西（1710—1736）本人也只活了26岁，是一位英年早逝的音乐天才。但是，他的音乐成就却是惊人的，他的一些作品都是在他死后，有些甚至在他死后多年才为人所理解。在今天，他的音乐已经成为了一个传奇。所以，从"圣母悼歌"的命名我们可以了解到，这个故事是为了悼念在新左翼运动尤其是"山岳据点事件"和"浅间山庄事件"中牺牲的年轻的生命而创作的。

二、少年布尔什维克的精神世界

日本社会学家小熊英二认为，"全共斗"运动开始从以正义为名对权力之恶开战，到在体制的坚硬墙壁下遭遇挫折，最后因发生了以联合赤军事

_____

① ［日］桐山襲.スターバト・マーテル［M］.東京：河出書房新社，1986：8.
原文为日语，日译汉由笔者翻译，文责自负。下文出自该书引用处不再赘述。

件（1972）为标志的内讧而自取灭亡。实际上这个过程也是青年学生从寻找自我、表达自我到遭遇挫折的一个过程。小熊英二从心理主义的角度，把"全共斗"运动诠释为青年学生试图寻找自我、表达自我却遭遇挫折的事件。

事实上，对于学运青年来说，参加学生运动不仅仅是实现社会理想的方式，更是一种自我实现的方式。在学运题材的左翼文学中，有很多对少年布尔什维克即左翼青年们的心理活动的描写。从中我们可以看到，许多左翼青年学生也就是少年布尔什维克在参与学运的过程中遭遇了剧烈的心理纠葛。它们在一定程度上暴露了知识分子的软弱性和妥协性，但同时我们也不可忽略学运的复杂性给少年布尔什维克们所带来的强烈的精神冲击。

首先，左翼青年在学运中所表现出来的软弱和动摇，使少年布尔什维克的自我建构遭遇挫折。例如，柴田翔的《然而，我们的日子》中，学生党员佐野一直以来把党员的身份当作自己唯一的骄傲，但是他却在党领导的武装斗争中临阵逃跑了。他为自己的背叛行为而感到愧疚和自责，可是，退党的话就意味着他将失去自己最珍视、最骄傲的身份。最终，佐野在长时间的内心纠葛和精神压力之下选择了退党，不久之后就自杀了。对于佐野来说，除了学运败北的打击之外，其精神世界的败北是他选择结束生命的重要原因。还有，大江健三郎的《万延元年的足球队》中，弟弟"鹰四"是一名学运领袖，曾经领导过多次学生运动，并在暴力斗争中表现英勇。学运败北之后，他转向加入了右翼剧团，赴美国出演了以悔过学运为主题的忏悔剧《我们自身的耻辱》。鹰四对"我"说参加这个剧团只是为了去美国，到了美国之后他会立即逃离剧团。但是后来，鹰四去美国之后并没有离开剧团，而是以华盛顿为起点，接连在波士顿、纽约等几个城市都参加了演出。回国以后，鹰四回到了家乡的老宅，在当地组织村民进行暴动。鹰四虽然认为通过具有颠覆性的革命暴动可以把想象力的火花植入人们心中，但同时，他又为自己曾经背叛革命而感到自责，最终鹰四也选择结束了生命。在罗杰斯的自我理论中，自我概念是个人对自己以及与自己有关的事物的知觉和认识。当一个人的自我概念与其实际上的经验产生分歧时，个人就会经历一种不协调的状态，在这种状态下人们常会产生焦虑和恐惧。

佐野和鹰四所期待的自我均是勇敢、无畏的左翼革命青年，但是他们却在革命运动中看清了自己的软弱和动摇。因此，佐野和鹰四的自杀都源于他们试图在学运中建构的自我与实际经验发生了分歧，于是造成了自我的解体。

其次，由日本共产党的错误决定和内部分裂而造成的党的威信的崩塌也使少年布尔什维克们的精神世界发生了剧烈震动。日本战后的学生运动一开始是在日本共产党的领导之下展开的。对于左翼青年来说，日本共产党是神一样的存在。青年们坚信："人民的党不会犯错"，"党的判断凝聚着人民的智慧，它超越了个人的判断，所以永远是正确的"。1951 年，日本共产党吸取中国共产党革命斗争的经验，确立了"农村包围城市"的武装斗争路线。于是，许多左翼青年听从党的指示，离开校园潜入山村，为进行武装斗争做准备。然而不久之后，日本共产党内部出现了派阀斗争，并且在 1955 年第六届全国协议会上宣布放弃武装斗争路线。日本共产党的内部丑闻以及前后矛盾的决策使得党的权威在左翼青年的心目中发生了动摇。

《然而，我们的日子》中，节子在学运时期的恋人，当时担任左翼社团首领的野濑从农村返回学校后，一直回避见节子。节子主动找到野濑问他原因时，野濑说："我害怕见到你。我害怕你问我那个时候的'我'到底算什么。这次党的决定有何意义？为什么党会犯错误？今后该怎么办？这些问题我一个也回答不了。"① 可见，信仰的坍塌则使野濑不再自信，因而没有勇气再与昔日的恋人相见。小说中还有一段这样的描写："这样在那个夏天，当党的权威在我们面前崩塌之时，在我们的心中同时崩塌的不仅有对党的信任，还有压抑着理性无条件地信任党的权威的我们的自我"②。党的权威在左翼青年心中的崩塌使得他们对自己的判断力产生了怀疑，因此心中党的权威的坍塌极大挫伤了左翼青年们的自信精神。

另外，对学运背后的本质的问询和担忧也给一些支持学生运动的左翼学者带来了难以纾解的内心纠葛。高桥和巳是活跃于"全共斗"时期的日本学者兼作家，他是京都大学文学部的教授，同时还创作了《忧郁的党派》

---

① ［日］柴田翔.されどわれらが日々一［M］.東京：文藝春秋新社，1964：184.
② ［日］柴田翔.されどわれらが日々一［M］.東京：文藝春秋新社，1964：182.

《邪宗门》等许多影射学生运动的左翼文学作品。虽然高桥的身份不是学生而是处于学生对立面的老师，但是他在学运中选择站在学生这一边，可以说是经历了与学生一样甚至是更加激烈的精神洗礼。1969 年，"全共斗"风潮席卷到京都大学时，高桥站在学生这一边公开批判了学校教授会的虚伪和腐败，并且为了支援学生与学校管理层发生了严重冲突。但是，高桥在赞扬学生运动颠覆现代社会思想与政治意识的价值意义的同时，又提出了自己对于狂热背后的本质的问询与担忧。最终，高桥的问询和担忧令左翼学生们感到反感和不解。不久，高桥和巳就陷入了肉体疲劳、神经崩溃、笔不能进、书也读不下去的支离破碎的状态。翌年春，他辞去了京都大学的教职，回到镰仓家中静养，在病榻上渡过一年后即去世了。日本文学评论家植谷雄高曾这样写道："与日本全共斗运动息息相关的高桥和巳既是怀有强烈共鸣的、全共斗的真诚支持者，也是全共斗的诚实批判者，同时还是深刻的苦恼者。"① 梅原猛在《高桥和巳及其人》中曾说他的一生，特别是他的死，不能与"全共斗"运动分开来看，他对这场运动"过于认真、过于诚实的态度"②，是他早逝的原因之一。这与《然而，我们的日子》中的佐野，还有《万延元年的足球队》中的鹰四是何其的相似，他们对于学运"过于认真、过于诚实的态度"使他们遭遇了自我的解体，最终结束了年轻的生命。高桥和巳在临终前写下的随笔《我的解体》，通过对这部作品的解读我们可以知道，高桥在学运中所面临的是重重的自我矛盾和内心纠葛。或许可以说，高桥和巳的自我矛盾和内心纠葛主要来源于两个方面，一方面，他作为日本新左翼运动的内部相关人员，对日本革命运动的同情更加强烈；另一方面，他作为从事学术研究的大学教授，把革命运动作为与人类的过去、现在和未来密切相关的人类自身问题来看待，因而又对日本革命运动的现状抱有诸多遗憾和担忧。

① ［日］黑古一夫．大江健三郎论——森林思想及生存原理［M］．徐凤、陶晓霞译．杭州：浙江工商大学出版社，2018：10.

② 戴燕．遇见高桥和巳：文学、学术与现实、历史的叠影［J］．读书，2011，(11)：138.

三、学运败北后的社会状况

学潮斗争在国家政权的强力干涉下被平息以后，日本政府加强了对国内意识形态的控制，并且还积极推行政治体制改革，形成了总体上有利于保守党派的政治生态。另外，1960—1970 年期间日本经历了资本主义的高速经济发展期，实现了国民收入的倍增计划，形成了数量庞大的中产阶层，使全社会蔓延着"一亿中流"的意识，这样，国民较以往更倾向于维持现状而不是寻求变革。

桐山袭的许多作品都对学运结束之后日本的社会现状进行隐晦的批判。小说《圣母悼歌》是这样描写学运结束之后，也就是 1980 年代的城市风貌的："在已经看不出季节变化的夜空中，耸立着几根由微弱光亮聚合起来的柱子。它们好像是靠吸食全世界的光线而生存的可怖生物……"① 还有"祖母看到在首都的时间之路上，十字路口的火焰逐渐消失，并潜入地下，巨大的高楼赢得了胜利。"这里的"高楼（building）"即指的是资本主义经济在日本的高速发展，而"十字路口的火焰"则暗指的是革命和反抗的精神。那么"十字路口的火焰逐渐消失，并潜入地下，巨大的高楼赢得了胜利"其意在表达，学运浪潮退去之后，资本主义垄断经济在日本取得了压倒性的胜利。相反，革命力量则受到了极大的镇压和限制，他们已经基本消失于大众的视野之中，只有少量势力在大众所看不到的地方涌动。还有《风的编年史》中写道："1960 年代末期的庆祝剧谢幕以后，我们似乎默然地把'不写'作为了一种伦理纲领来遵守。"② "风起云涌的 1960 年代末期的短暂的几年仿佛是我们生命的全部时间了，这之后的时间都是在奔向死亡。"③ 这些描写也均暗示了学运结束之后日本社会形势的变化。即垄断资产阶级学运结束之后取得了决定性胜利，为了防止学运的再度发生，他们进一步强化了对国民的思想禁锢和极权统治，日本社会陷入了万马齐喑的

---

① ［日］桐山襲. スターバト・マーテル［M］. 東京：河出書房新社，1986：45.
② ［日］桐山襲. 風のクロニクル［M］. 東京：河出書房新社，1985：11. 原文为日语，日译汉由笔者翻译，文责自负。下文出自该书引用处不再赘述。
③ ［日］桐山襲. 風のクロニクル［M］. 東京：河出書房新社，1985：74.

政治局面。

同时，还有的作品则通过那些参与过学运风潮，即将或者已经走向社会的青年人们的生存现状来折射学运败北之后日本的社会环境。在一些作品中，左翼青年们在学运失败之后遭遇了非自然死亡，他们有的是自杀，有的是抑郁而亡。例如，《然而，我们的日子》中的佐野、《万延元年的足球队》中的阿鹰、《忧郁的党派》中的西村等等。对于他们发生非自然死亡的原因，日本社会学家小熊英二认为，左翼青年非自然死亡的原因与其内部世界的自我认知矛盾相关，全共斗的推进过程就是青年学生自我表达的过程，全共斗的失败意味着青年学生自我表达的失败①。这样的观点是从精神分析的角度，将学运失败对左翼青年的人格塑造和心理状态的影响作为主要矛盾点。

不过，大部分作品中左翼青年发生非自然死亡的时间点并非是在学运结束不久之后，而是在学运结束之后又历经了许多事情才最终结束了生命。《万延元年的足球队》中，曾经作为学运领袖的阿鹰在学运失败之后，回到家乡四国，为了帮助山谷青年对抗资本势力，一步步策划组织山谷青年进行抗议暴动并最终失败，失败之后阿鹰选择了自杀。还有，《忧郁的党派》中，主人公西村曾在大学时期积极参加学生运动。大学毕业后，西村回到了家乡广岛任教。两年后，他突然被"一股褐色的愤怒"所驱使，辞职后花了5年时间搜集整理在原子弹爆炸中死伤人员的资料，然后写了一部传记。随后他抛妻弃子辗转来到东京和大阪，拎着笨重的皮包，四处联系出版社帮他出版传记，却屡屡碰壁，最终抑郁而亡。这些作品中，左翼青年是在学运结束之后又接连遭遇挫折，从而最终走向死亡的。也就是说，主人公都试图在学运结束之后再次发起左翼行动，但是他们比学运之前更加快速地陷入了穷途末路、四面楚歌的境地。可见，在学运结束之后的日本社会，左翼思想的价值和意义遭到了否定，左翼行动的发起和开展变得越来越艰难。因此，左翼青年的死亡不仅仅是源于他们内部世界的解体，还有着深刻的社会原因。

---

① 小熊英二.1968（上、下）［M］.東京：新耀社，2009.

综上所述，日本战后学运题材左翼文学作品大多不是对学运历程的单纯追忆，而是将其作为一个历史背景，描写了在此之后日本青年尤其是左翼青年的生活境遇，以此折射出日本在学运结束之后，被垄断资本进一步裹挟、控制的社会现状。对于历史来说，学运只是一个插曲，在此之后，日本社会乃至整个世界很快便恢复了正常的秩序，在忙碌的日常生活中，人们很快便会忘记曾经还有这么一段插曲。但其实学运作为一次特殊的历史事件，对于社会来说是具有断裂性意义的，它给日本的民族精神思想带来了重大而深远的影响，这其实正是在研究学运题材左翼文学作品时最为应该关注的地方。

第二节　现代性反思与左翼抵抗

日本战后以学生运动为题材的左翼文学通过描写日本青年知识分子在学运中以及在现实生活中连连碰壁的经历，生动展现了他们从自我实现到自我放弃的青春幻灭历程。同时，这些左翼作品还从个人视角出发，以缅怀青春的形式阐发了学生运动的意义，表达对革命精神的颂扬。不过，左翼文学从来不会停留在对个人命运的书写，还会进一步对他们所生活的社会环境背后的社会体制乃至整个现代性制度进行了一定程度的揭露和鞭笞。

一、政治权力批判

左翼文学总是保持着对既有的权力结构、主流意识形态的一个永恒的批判、疏离与对抗的立场。日本学生运动题材的左翼文学也发出了对日本政治体制的批判之音，它们与其他题材的左翼文学一样都表现出了以平等、自由为目标的左翼姿态，但同时也带有着学生运动题材左翼文学自身的立场和特点。

首先，日本学生运动题材左翼文学大胆揭露了日本资本主义政治体制对于异己思想和异己组织的镇压和封锁。桐山袭的《风的编年史》中，"我"的大学同学"N"因参加了1975年的学潮运动被日本警方逮捕，并遭到对方袭击头部，成为了"植物人"，失去了言语和行动的能力。小说通过

"我"对 N 的追忆以及对 N 的现状的关切，揭露和谴责了日本政府对学生运动的血腥镇压。"我"在写给 N 的信中写道："'革命的送葬者'对我们党和革命运动的侵蚀，是其立下的最大功劳，也是其对历史的唯一贡献。"①这里，"我"以"革命的送葬者"隐喻日本政府，抨击了其诋毁和破坏日本共产党和革命运动的卑劣行径。另外，"我"借由日本政府为确立天皇信仰而废除其他神灵的历史事件，讽喻了日本政府为维护资本主义体制而排斥社会主义思想、打击革命势力的行为。"为了把一个活人确立为这个国家唯一神圣的祭王，就必须把那些在这个国家的土地里生存的古老树木以及与它们相依相伴的六万六千个无名的神灵从地表、也从人们的意识中完全彻底地清除。"② 可以说，《风的编年史》这部作品具有着强烈的政治批判意味和左翼思想倾向。

其次，日本学生运动题材左翼文学批判了以教育为代表的意识形态国家机器对于国民的控制和剥削。例如，村上龙的《69 Sixtynine》把批判的矛头对准了日本的学校教育体制，反映了"全共斗"时期的青年学生对于教育体制的不满和反抗。小说中，"我"身边很多加入学校"全共斗"组织的都是一些学习成绩不太好的"差生"，他们平时得不到周围人的关注，有着强烈的自卑感。参加了"全共斗"之后，这些差生变得比过去自信了很多。他们愿意加入"我"所策划的校园封锁，也多是为了克服自卑感。在"我"看来，"差生"的出现是由日本学校的教育体制产生的。小说中有多处都对日本学校的教育体制进行了抨击："如今日本的教育制度与其说是为了培养独立的社会人，还不如说都是为了选出能成为国家工具、资本家工具而制定的。"③ "无论狗、猪，还是牛，小的时候总能尽情玩耍，即将成年之前，就要被分类筛选。"④ "高中生就是变成家畜的第一步。"⑤ 这些对于日本教育体制的批判揭露了资本主义学校教育的本质，那就是把学生分成三六九等，为维持资本主义生产关系的再生产培养人才。其实，日本不少

---

① ［日］桐山襲. 風のクロニクル［M］. 東京：河出書房新社，1985：30.

② ［日］桐山襲. 風のクロニクル［M］. 東京：河出書房新社，1985：129.

③ ［日］村上龙. 69 Sixtynine［M］. 董方译. 上海：上海文艺出版社，2009：127.

④ ［日］村上龙. 69 Sixtynine［M］. 董方译. 上海：上海文艺出版社，2009：138.

⑤ ［日］村上龙. 69 Sixtynine［M］. 董方译. 上海：上海文艺出版社，2009：138.

以"全共斗"为题材的青春小说都把青年学生加入"全共斗"组织、参加学生运动描写成"差生"实现自我、克服自卑感的故事。不过，作为具有左翼文学特征的《69 Sixtynine》并没有停留在这一点，而是更进一步地指出了造成"差生"产生的根本原因是作为意识形态国家机器的教育体制。

另外，《69 Sixtynine》还从后现代主义的角度阐发了校园封锁行动的政治意义。小说从学校在校园封锁事件发生后最先会做的就是尽早将学校恢复原状这一现象发现，体制害怕景物的改变。因为，改变学校的景物是对体制作为一种结构的解构。破坏那些被认为是理所应当如此的景物就如同破坏那些被认为是天经地义的信条一样，是带有解构主义的精神气质的。学生们发起的校园封锁，即在学校的门柱、墙壁等显眼的地方喷上油漆标语，悬挂垂幕的行为，不仅仅只是发泄不满情绪的捣乱，而是通过对代表着体制权威的景物的破坏，来实现对权威的消解与挑战。

二、体制化社会的单向度危机

左翼文学一直以来十分关注青年学生也就是青年知识分子的境遇和命运，这不仅是因为青春阶段是个人的一生中最富有反抗精神和社会理想的时期，也是因为青年知识分子是这个社会的精英阶层，他们的个人境遇和命运反映着这个社会最深层的现实。我们知道，一个民工的沉沦和一个大学生的沉沦所引发的社会反响是绝不一样的。假如这个社会连大学生都丢失了锐气的话，可以说这个社会已经病入膏肓了。日本战后以学生运动为题材的左翼文学通过描写日本青年知识分子在学运中以及学运后的个人遭遇，对他们所生活的社会环境进行了揭露和批判。

高桥和巳的小说《忧郁的党派》中，主人公西村恒一是学运败北后仍然对社会抱有"愤怒"的一人，但是，他为了撰写和出版有关原子弹爆炸死伤者的传记而辞职，还抛妻弃子来到京都，联系出版社却连连碰壁，最后病逝于贫民客栈。西村的悲剧是属于他个人的悲剧，他那些昔日曾经一起参加过学运的同学大多都已经过上了"上班族"生活，不再关心政治了。不过，高桥和巳正是希望通过西村的孤独，西村的离经叛道，西村的不合群体、不合时宜来反衬出学运败北后日本社会的单一化现实。左翼青年的穷途末路，揭示了他所处的社会环境因资本主义意识形态的控制而处于极度封闭和僵化状态的事实。或许这才是令高桥和巳最为忧郁的地方。

这种社会环境的体制化和单一化趋势在柴田翔的《然而，我们的日子》中也有体现。小说中的主要人物在大学毕业后纷纷都远离了政治活动，进入企业或学校工作，然后找一个适合一起生活的人结婚。人在精神上对自由的向往最强烈地体现在婚恋问题上，因为恋爱和婚姻都应该是建立在爱情基础之上的，而爱情是人类情感中最为感性、最为主观的部分。如果一个人在婚恋问题都逃避自由，臣服于秩序的话，可见他的整个精神思想彻底丧失主体性了。

小说《然而，我们的日子》中，"我"向节子求婚之后，节子很快就同意了。但"我"对于自己和"节子"的关系的看法是："我们是订婚夫妻，但我们不是恋人"。在"我"看来，节子并没有对"我"产生恋爱的感觉，而只是因为相互熟悉所以同意了订婚。节子在学运期间与一名左翼青年发展着恋爱关系，但随着学运的结束，节子和那位青年的恋爱关系也无疾而终。大学毕业以后她成为了一名公司职员，对政治活动不再关心，并"对所有的事情都表现出了一种自暴自弃的态度"①，其中也包括恋爱。因此，当"我"提出订婚的想法时，尽管节子对"我"并没有恋爱的感觉，却也毫不犹豫地同意了。

除了节子之外，小说中其他一些年轻人，例如宫下也表现出排斥恋爱的心理。小说中"宫下"有一段自白：

> 我是学者，所以只考虑相亲结婚。……学者必须要自律。自律首先需要承认存在于我们周围的客观的秩序。所以对于这种由秩序之内的人为我们选出符合秩序的结婚对象的相亲方式，我们理应给予尊重。恋爱的话尽管看上去得到了周围人的极大祝福，但它在本质上是反秩序的。……那种把对方作为最重要的人的柏拉图式爱情本身，就包含着反秩序的倾向，以及从自己所属的秩序中脱离出来的获得自由的倾向。不，也许相反，是因为有了想获得自由的愿望才出现了恋爱。但

---

① ［日］柴田翔. されどわれらが日々— ［M］. 東京：文藝春秋新社，1964：14.

是，自由是什么呢？……我们不正是为了逃避自由才选择了做学术吗？①

宫下对相亲结婚和恋爱的看法道出了日本的青年人们在学运败北以后只结婚不恋爱背后的心理状态，那就是对自由的逃避。弗洛姆在《逃避自由》中认为，自由在现代社会中会呈现出模棱两可的两个方面，一方面，人摆脱外在的权威，日益独立；另一方面，个人日益觉得孤独，觉得自己微不足道、无能为力。人渴望更加自由地发展和表达个人自我，不受任何外在限制的束缚，但同时这也令他越来越远离为他提供安全并树立信心的世界。所以人的本性在追求自由的同时又有逃避自由的倾向。当个人在追求自由的过程中遭遇挫折时，孤独和无力感增加，便产生了放弃个性（individuality）的冲动，要把自我完全消融在外面的世界，这便是逃避自由的表现。学运的败北使青年人们不仅开始怀疑党的权威，也开始怀疑那个相信党的权威的自我。这种自我怀疑所带来的孤独和不安使他们产生了放弃自我、臣服于秩序的心理。《然而，我们的日子》中所描写的年轻人不再追求自由恋爱的现象反映了他们学运遭遇挫折之后逐渐放弃了自我、臣服于体制的倾向。小说最后，柴田翔借助"我"之口指出学运青年是"容易衰老的一代"，这里的衰老也就是指对自我的放弃。

还有，大江健三郎的《万延元年的足球队》也讽刺了日本年轻人臣服于体制之中的生活状态。小说中，"我"同时收到了在东京一所私立大学任英语系讲师以及担任非洲动物采集派遣队的翻译组负责人这两份工作邀请，我倾向于选择安稳的教师职位。而妻子却认为与大学英语教师的职业相比，去非洲更有可能发现新生活，要是弟弟阿鹰的话一定会选择去非洲。"真的，换了阿鹰，他倒会马上把这工作接下来的。这样看来，阿蜜，像你这种人，遇到一种可能需要冒险一试的工作，真的连积极点的选择都做不来。只好等人家接受那份工作，克服了危险，消除了疲劳，写出书来，由你翻

① ［日］柴田翔. されどわれらが日々— ［M］. 東京：文藝春秋新社，1964：44.

译，这才是你的工作吧!①”在妻子的尖锐指摘之下，我开始承认自己真的和老鼠一样封闭胆小：

> 我不去寻找自己的新生活，自己的茅草屋，却选择没有一个学生认真期待的、隔几周不停课一次就会遭到全体学生憎恨的英语讲师的生活，与鹰四在纽约所见过的那个杜威的门人研究者那样，作为一个绰号“耗子”、同样被学生嘲笑的脏兮兮的独身（我们已经没有了维持婚姻的理由）教员，这次我才真正开始走向老年与死亡的不可改变的生活。②

此外，小说中还多次出现“我”幻听到“你这家伙，真像只老鼠”的声音，这些都同样带有对日本年轻人臣服于体制、选择稳健保守生活方式的讽刺。

这样，我们可以看到，高桥和巳的《忧郁的党派》和柴田翔的《然而，我们的日子》，还有大江健三郎的《万延元年的足球队》都通过左翼青年的败北、转向或者消失，通过社会中越来越多的年轻人对稳健生活方式的选择，来折射整个社会在思想意识和价值观念上的单一趋同化，批判了资本主义体制对日本社会意识形态的控制。

放弃自由、臣服于体制是人的精神趋向奴性的表现，它会给整个社会带来严重的危机。因为当人的精神臣服于体制和秩序的时候，那么他在主观上就不具有否定性，也就不可能成为革命力量。用马尔库塞的话来说，他就是单向度的人。而当所有人都变成单向度的人之后，这个社会就变成了单向度的社会，任何否定性和革命性的力量都无法产生。在马尔库塞看来，失去了否定性的社会必然会导致极权主义。当人们仰赖秩序，而不惜放弃自由、放弃自我的时候，当他乐于成为工具的时候，极权主义还会遥远吗？

---

① ［日］大江健三郎.万延元年的足球队［M］.于长敏、王新新译.北京：光明日报出版社，1995：293.

② ［日］大江健三郎.万延元年的足球队［M］.于长敏、王新新译.北京：光明日报出版社，1995：294.

三、学运价值反思

回顾学潮运动，那是一段全面败北的历史。在运动中，学生与校方、警方发生了激烈的暴力冲突，部分学生在斗争中负伤。其中，以联合赤军为首的极左翼势力策划了多起暴力袭击事件，大量组织成员在斗争中牺牲。我们不禁会思考，那么多朝气蓬勃、拥有无限未来可能性的青年人，把自己宝贵的青春甚至生命献给了最终败北的学生运动，献给了并非是"神"的日本共产党，究竟意义何在呢？事实上，许多学运文学的创作者们都在尝试着通过作品来做出回答。

学运文学作品中通常会出现一组对立的人物形象。一个是积极参加学运的左翼青年，另一个是与学运保持距离的旁观者。例如，《然而，我们的日子中》，佐野是左翼社团的领袖人物，曾经参加过多次学生运动，同时还是一名共产党员。他在自杀之前只给一个人写了信，这个人竟然是一直与学运保持着距离的无党派人士曾根。还有《万延元年的足球队》中弟弟阿鹰是一名学运领袖，曾经领导过多次学生运动，在暴力斗争中表现非常英勇。而哥哥阿蜜则是一名对学运冷眼旁观的大学老师。

小说围绕这些对立的人物，对他们的人生轨迹、性格特点进行了比较。首先，在人生轨迹方面，佐野和阿鹰为了纯粹信仰而参加学运，不断历经挫折，最终遭遇了信仰的坍塌和自我的解体。而曾根"总是冷静而理性地生活，从来不曾走偏过自己的路"①。他没有复读就考取了东京大学，接着免试升入研究生院，然后当上了东京大学的助教。阿蜜则是结婚育子、在大学任教，过着稳当、安逸的生活。其次，在性格方面，阿鹰和阿蜜正如他们的名字所寓意的一样，前者激进、勇敢，后者保守、稳重，小说中鹰四的朋友、阿蜜的妻子都讽刺阿蜜像老鼠，连阿蜜自己也时常在梦境中、在空无一人的山谷中听到有人说"你真像只老鼠"这样的话。

还有，在人物的最终结局方面，理想主义者"鹰四"和《然而，我们的日子》中的佐野一样都以自杀的形式结束了自己的生命。《然而，我们的

---

①　［日］柴田翔．されどわれらが日々―［M］．東京：文藝春秋新社，1964：55.

日子》中的佐野对于曾根以及《万延元年的足球队》中的鹰四对于"我"都抱有着极大的羞耻感。佐野在给曾根的信中写道："永别了，冷静而坚强的我的监视者！我将以此永远逃离出你的注视。永别了，冷漠的注视者"①。萨特认为，人与人之间的相互注视是一种否定性的存在关系，在他者的注视下，自我的主体性失落，自我被异化为与物一样的客体，自我用同样的注视来反击他者的注视，使他者客体化，这样，自我与他者的关系就是相互客体化的关系，是相互限制对方自由的否定性关系。佐野之所以要逃离曾根的注视，是源于他对自己过去人生的羞耻感和自卑感，他选择自杀表明了其对自身存在的否定性认识。同样，在《万延元年的足球队》中，妻子认为是"我"把鹰四逼上绝路的。"阿蜜，是你在阿鹰临死以前，让他感到了耻辱。是你把阿鹰丢在耻辱感当中。"② 因为在鹰四准备开枪自杀时，"我"对他说了这样的话："你只是希望成就这一种狂暴惨烈的死亡，用自我处罚偿付乱伦和它造成的无辜者的死亡带给你的负疚感，让山脚的人们记得这个'亡灵'，这个暴徒。实现了这个幻想，你就真正可以将撕裂开来的自我重新统一在肉体里，然后死去。"③ 在"我"看来，鹰四并不是革命英雄而是野蛮的罪犯和卑劣的叛徒。鹰四的自杀也是源于他对于自身的存在的羞耻感和自卑感。

实际上，这两组对立的人物形象代表着两种革命态度。佐野和阿鹰积极参加学生运动，希望通过革命的方式改变世界，是革命理想主义思想的代表。曾根和阿蜜对学生运动保持冷眼旁观的态度，是革命虚无主义思想的代表。那么，佐野和阿鹰不断地遭遇挫折，最终选择了自杀，而曾根和阿蜜则过着安稳的生活。这看似表明，革命虚无主义赢得了胜利。并且，革命虚无主义者对革命理想主义者所标榜的"勇敢"是持怀疑态度的。《万延元年的足球队》中，"我"一直认为鹰四在学运中的表现并不能称得上是"勇敢"。"阿鹰倒是希望做一个以暴力活动为常态的粗暴的人，可是即便偶

① ［日］柴田翔. されどわれらが日々一 ［M］. 東京：文藝春秋新社，1964：90.

② ［日］大江健三郎. 万延元年的足球队 ［M］. 于长敏、王新新译. 北京：光明日报出版社，1995：305.

③ ［日］大江健三郎. 万延元年的足球队 ［M］. 于长敏、王新新译. 北京：光明日报出版社，1995：285.

尔取得成功，也还是给人以一个有意硬去充当粗暴人的印象。这和勇敢不是一回事，不是吗?"①。还有："这种大冒险只能说明阿鹰不过是反复无常、好心血来潮的任性小子。这和勇敢可联系不上"②。

但是，小说通过这两组对立人物在人生态度上的激烈碰撞，对两种革命理念进行了辩证思考。《万延元年的足球队》中，鹰四在学运中的表现究竟是任性还是勇敢姑且不论，小说中不仅鹰四的朋友、妻子说我像老鼠，我自己也时常在梦境中、在空无一人的山谷中听到有人说"你真像只老鼠"这样的话。另外，当"我"同时收到在东京一所私立大学任英语系讲师以及担任非洲动物采集派遣队的翻译组负责人这两份工作邀请时，妻子根据鹰四的性格对他的选择进行了预测："若是阿鹰的话，他准会马上就去，并且能得到一种新生活。阿桃说，阿鹰还特意把人道主义的希望都寄托在那些非洲捕象的人身上"③。而"我"则在这次工作选择中暴露了自己的保守和胆怯。

> 我不去寻找自己的新生活，自己的茅草屋，却选择没有一个学生认真期待的、隔几周不停课一次就会遭到全体学生憎恨的英语讲师的生活，与鹰四在纽约所见过的那个杜威的门人研究者那样，作为一个绰号"耗子"、同样被学生嘲笑的脏兮兮的独身（我们已经没有了维持婚姻的理由）教员，这次我才真正开始走向老年与死亡的不可改变的生活。④

这样，小说通过一次职业选择戳开了革命虚无主义者的精致面具，揭开了他们封闭守旧、消极避世的本质，突显了革命理想主义所蕴含着的锐

---

① ［日］大江健三郎 . 万延元年的足球队［M］. 于长敏、王新新译 . 北京：光明日报出版社，1995：31.
② ［日］大江健三郎 . 万延元年的足球队［M］. 于长敏、王新新译 . 北京：光明日报出版社，1995：36.
③ ［日］大江健三郎 . 万延元年的足球队［M］. 于长敏、王新新译 . 北京：光明日报出版社，1995：293.
④ ［日］大江健三郎 . 万延元年的足球队［M］. 于长敏、王新新译 . 北京：光明日报出版社，1995：294.

意进取的可贵品质。

　　还有，《然而，我们的日子中》，佐野在给曾根的信中写了这样一段话："你总是冷静而理性地生活，从来不曾走偏过自己的道路。……但是，有一件事情你却无法体验到，以后你也依旧无法体验到。你注意到是什么了吗？那就是受伤的感觉，把头深埋在泥沼之中，连停下来思考的空闲也没有，肉体和心灵都遍体鳞伤的那种感觉。"① 作者借助佐野的信揭开了理性虚无主义者害怕失败、苟且偷安的本质面目。

　　作为小说的最后结局，《万延元年的足球队》中，阿鹰自杀之后，阿蜜选择了去非洲动物采集派遣队担任翻译组负责人的工作。《然而，我们的日子》中，佐野自杀的谜团被揭开之后，节子最终下定决心取消婚约，重新开始新生活。这些都表明，革命理想主义的精神态度并非是失败和落时的。虽然《然而，我们的日子》中的佐野、《万延元年的足球队》中的鹰四都曾在学生运动中犯过错误、经历过挫折，但是他们所代表的革命理想主义相比革命虚无主义，体现着更加开放、多元的生活态度。这既是左翼青年留给未来青年人的宝贵精神财富，也是抵抗体制化社会的精神武器。

　　综上所述，学运虽然是一段全面败北的历史，不少学生为它献出了自己的青春乃至生命。但它的价值在于其所蕴含的左翼精神，它可以抵抗在资本控制下的现代社会中的功利、僵化和冷漠的生活态度，使整个社会重新拾回价值和诗意。

第三节　唤醒集体记忆的叙事策略

　　捷克著名作家克里玛曾谈起年轻人对 1989 年的记忆荒芜："对于今天的年轻人而言，1989 年是远古史了。我到布拉格的各个学校去演讲，常常要先说明什么叫作共产主义，因为他们不知道，需要从零说起。"同样的，在国家体制的政治舆论操控之下，日本现在的年轻人对于 20 世纪 60—70 年代的日本学生运动也几乎到了记忆荒芜的程度。如何恢复和保存这段正在

---

① ［日］柴田翔. されどわれらが日々一［M］. 東京：文藝春秋新社，1964：55.

被遗忘和抹杀的集体记忆，是日本左翼学者们共同关注的课题。其中，日本的左翼作家们把文学作为建构和保存集体记忆的方式，创作了一批以学生运动为题材的文学作品。他们一方面是想通过对受难经验的描写建构和保存集体记忆，同时唤起革命者的集体认同意识和连带情感。另一方面，是试图站在左翼的立场为革命者们疗伤，为下一次的革命征程吹响号角。

一、创伤叙事

日本学运题材的左翼文学在建构学运青年的青春记忆时，注重于表现人物的情感极限状态，如人物自我的分裂、对某段经验的压抑或静默等等，还注重显示在学运败北前后人物自我和对世界认识的巨大变化。例如，柴田翔的《然而，我们的日子》中，节子与野濑的恋情在日本共产党宣布取消武装斗争路线之后便结束了。他们的恋情的结束表征了党的权威的崩塌对野濑和节子所带来的精神上的动摇和迷失。小说借助节子之口揭示了以野濑为代表的日本青年因学运失败所遭受的精神创伤。"这样在那个夏天，当党的权威在我们面前崩塌之时，在我们的心中同时崩塌的不仅是对党的信任，还有压抑着理性无条件地信任党的权威的我们的自我。"① 还有《万延元年的足球队》中的鹰四以及《忧郁的党派》中的村濑，他们都曾参加过学生组织领导的暴力行动，坚信只有暴力革命才能改变社会。但同时他们又面临着社会舆论的斥责和伦理的拷问，最后他们因不堪忍受精神的折磨而结束了生命。

事实上，这些都是创伤的症状。"创伤"一词最早出现于医学领域，意为外部力量给身体造成的伤口。19 世纪后期，创伤的内涵从肉体层面扩展到精神层面。有关精神层面的创伤的理论研究最早可追溯至弗洛伊德，弗洛伊德在研究歇斯底里症时指出："一种经验如果在一个很短暂的时期内，使心灵受到一种最高度的刺激，以致不能用正常的方法谋求适应，从而使心灵有效能力的分配受到永久的扰乱，我们便称这种经验为创伤。"②

---

① ［日］柴田翔. されどわれらが日々一［M］. 東京：文藝春秋新社，1964：182.
② 转引自刘帅一. 论创伤记忆及其文学呈现［J］. 广东外语外贸大学学报，2017，（5）：94.

节子、野濑、鹰四和村濑所遭受的挫败感和失落感中不仅有革命理想破灭后的伤怀，还有因信仰的迷失和自我的解体所造成的精神空洞。他们中的许多人感到自己被时代的列车丢弃了，遗落在孤独而空虚的荒漠之中。所以，这种创伤是由学运败北而带来的属于学运一代人的集体创伤，也叫作文化创伤。"文化创伤"的概念是由美国学者杰弗里·C. 亚历山大在弗洛伊德的创伤理论的基础上发展而来的。他认为："当个人和群体觉得他们经历了可怕的事件，在群体意识上留下难以磨灭的痕迹，成为永久的记忆，根本且无可逆转地改变了他们的未来，文化创伤就发生了"①。根据亚历山大的定义我们可以知道，文化创伤是属于某一个特定群体的创伤记忆，因此也是集体记忆的内容。

日本左翼文学采用创伤叙事的手法来描写学生运动，一方面是想通过对受难经验的描写建构和保存集体记忆，同时唤起革命者的集体认同意识和连带情感。另一方面，是试图站在左翼的立场为革命者们疗伤，为下一次的革命征程吹响号角。

当代叙事学认为，创伤叙事具有文学疗伤的功能。文学家们通过建构创伤场景，使创伤者回到创伤发生的历史瞬间，去确认那些被否认的、被压抑的或被遗忘的经历，可以帮助创伤者实现潜意识转化为意识的历程，并找到创伤的症结，使创伤得以医治。而左翼文学的特殊之处在于，它们从左翼立场出发，通过给革命者的创伤经验赋予意义，来帮助创伤人物恢复被创伤中断的时间历程，实现自我的统一，从而使创伤得以医治。

二、文体杂糅

从文学作品的体裁来看，柴田翔的《然而，我们的日子》是杂糅了书信体的小说，桐山袭的《风的编年史》则完全可以说是一部书信形式的小说，其中还杂糅了戏剧。《然而，我们的日子》是以"我"与节子之间的感情发展为主线的青春小说，其中穿插了佐野写给曾根、"我"写给节子以及节子写给"我"的信。小说《风的编年史》主要由"我"写给 N 的信构

---

① 转引自刘帅一 . 论创伤记忆及其文学呈现 [J] . 广东外语外贸大学学报，2017，(5)：95.

成，信中又包括历史学家给"我"的回信以及"我"写的戏剧。这两部作品在文体上都呈现出了文体杂糅的特点。文体杂糅主要分为文章的体裁方面和语体方面的杂糅，其中文章的体裁方面的杂糅又分为文备众体式杂糅和文体互渗式杂糅。文备众体式杂糅的文学作品在文体形态上表现为小说占主导地位，小说的局部中杂糅的其他文体如诗歌、书信等只起到叙事、抒情、审美等其他作用。《然而，我们的日子》呈现出的即是这种形式的杂糅。另一方面，文体互渗式杂糅的文学作品则呈现出两种主导文体，这两种文体互相渗透，从而创造性地形成了一种新的文体，我们常说的"小说的某某化""某某体小说"就是其表现形式。《风的编年史》中的小说体与书信体的杂糅即是文体互渗式的杂糅，不过，局部处所穿插的戏剧则属于文备众体式的杂糅。

文体杂糅的艺术手法由来已久，日本的古典小说《源氏物语》、我国的四大名著之一《红楼梦》中就穿插了很多诗词，可见在小说中杂糅其他的非小说因素在古代就已经是很普遍的现象了。那么，学运题材左翼文学中的文体杂糅与其他作品的文体杂糅相比有什么不同之处呢？

结合创伤小说的主要特点来看，《然而，我们的日子》和《风的编年史》中的文体杂糅起到了创伤叙事的效果。首先，在小说中穿插书信、戏剧可以改变故事叙述的线性时间顺序，为回忆创造叙述条件。在文学领域中，创伤叙事研究的代表人物凯西·卡露丝将创伤定义为"对于突如其来的、灾难性事件的一种无法回避的经历，其中对于这一事件的反应往往是延宕的、无法控制的，并且通过幻觉或其他侵入的方式反复出现"[①]。可见，创伤在时间上具有突发性、事后性的特点。创伤在它发生之时无法被充分领会，只是在后来的一些强烈的情绪危机点才成为事件。所以，回忆是创伤叙事的重要特点。这样，传统的线性叙事手法便不足以表达创伤事件。安妮·怀特海德在《创伤小说》中指出，"创伤携带着一种使它抵抗叙事结

---

① 转引自刘帅一．论创伤记忆及其文学呈现［J］．广东外语外贸大学学报，2017，（5）：95.

构和线性时间的精确力量"①。为了改变小说的线性时间，小说家常以倒叙、插叙、闪回等非线性叙事手法来创造回忆的叙述条件。在《然而，我们的日子》和《风的编年史》中，作家们在小说中插入书信、戏剧之后，也实现了改变叙事时间的效果。《然而，我们的日子》中插入的信有大量内容都是创伤人物对于过去的回忆。《风的编年史》中杂糅的戏剧是根据"我"对学运的记忆来创作的，其叙事时间也是过去。

其次，在小说中穿插书信、戏剧可以为创伤叙事提供一个更为安全、私密的叙述环境。创伤理论起源于精神病理学。弗洛伊德提出："一种经验如果在一个很短暂的时期内，使心灵受到一种最高度的刺激，以致不能用正常的方法谋求适应，从而使心灵有效能力的分配受到永久的扰乱，我们便称这种经验为创伤的"②。当代叙事学认为，文学具有安抚和治疗创伤的功能。小说家通过建构创伤场景，使创伤者再次回到创伤发生的历史瞬间，去确认那些被否认的、被压抑的或被遗忘的经历，可以帮助创伤者实现潜意识转化为意识的历程，使创伤得以医治。《然而，我们的日子》和《风的编年史》中以穿插在小说中的书信或戏剧的形式来进行创伤叙事，并完全隐藏了书信以及戏剧的创作者，也就是创伤人物在写作书信和戏剧时的具体环境和时间。这样可以使被压抑的经历和情感更好地得到释放，也更增添了小说的真实性和安抚性。

还有，在小说中穿插书信、戏剧还有着多重聚焦、视角转换的功能，可用于叙述具有群体影响力的文化创伤。美国学者杰弗里·C.亚历山大认为："当个人和群体觉得他们经历了可怕的事件，在群体意识上留下难以磨灭的痕迹，成为永久的记忆，根本且无可逆转地改变了他们的未来，文化创伤就发生了。"③ 学运的败北使学运青年们经历了人物自我和世界认识的巨大变化，他们的青春记忆里交织着青春、恋爱与革命的众声喧哗。学运

---

① ［英］安妮·怀特海德. 创伤小说［M］. 李敏译. 开封：河南大学出版社，2011：5.

② 转引自刘帅一. 论创伤记忆及其文学呈现［J］. 广东外语外贸大学学报，2017，（5）：94.

③ 转引自刘帅一. 论创伤记忆及其文学呈现［J］. 广东外语外贸大学学报，2017，（5）：95.

题材的左翼文学尤其注重表现学运青年在学运败北的群体事件影响下所经历的文化创伤。所以作品中的创伤人物通常不止一个人。《然而，我们的日子》中的"佐野""节子"，《风的编年体》中的"我"和"N"都是学运败北的创伤者。通过在小说中穿插书信或者戏剧，就可以多次转换叙述视角，让不同的创伤人物回忆各自的创伤。同时，通过书信体和戏剧体还可以恢复死者的声音，例如《然而，我们的日子》中佐野自杀了，《风的编年体》中的N变成了植物人，无法言语。但是，小说通过佐野自杀前写给曾根的信，以及"我"创作的戏剧让不再能发声的人发出声音，通过确认他们各自被否认、被压抑或被遗忘的经历来寻找文化创伤的症结，使文化创伤得以医治。

三、戏中戏

桐山袭的《风的编年史》中，以20世纪70年代的学生运动为背景，通过"我"写给N的信追忆了这段历史。不过，信中还穿插了另一段历史，那就是与N的家族有关的历史。N的爷爷曾经是一名神官，守护着位于T村神山上的祀堂。1906年，政府颁布了"神社合祀的敕令"，废止了全国半数以上的神社，T村神山上的神社也在废止名单之中。T村的村民大多表示同意，只有N的祖父和他的姐姐站出来反对，却遭遇了血腥地残杀。同样，大江健三郎的《万延元年的足球队》以20世纪60年代的学生运动为背景，描写了"我"的弟弟鹰四在学运失败以后回到老家，领导当地村民发起革命暴动的故事，其中也穿插了另一段历史，那就是万延元年"我们"的曾祖父以及曾祖父的弟弟，在废藩置县诏令发布之后，领导当地农民发起了暴动，暴动持续了五天五夜，使农民的要求被接受。但是参加暴动的同志却在暴动结束之后遭遇了搜查官的血腥斩杀，只有曾祖父的弟弟免遭毒手，逃进树林失踪了。

这两部作品都以20世纪六七十年代的学运青年为主要人物，同时插入了关于主要人物的祖父辈的故事。从文学创作的艺术手法来看，这种故事中镶嵌故事的结构叫作"戏中戏"。所谓"戏中戏"，又叫"套层结构"，原本是戏剧创作的重要技巧，指一部戏剧之中又套演戏剧本事之外的其他戏剧故事、事件，《哈姆雷特》的"伶人进宫献艺"就是采用的"戏中戏"结构。后来这种"戏中戏"结构也被广泛应用于小说等其他体裁的文学创作中。那么，在学运题材的左翼文学中，"戏中戏"的创作手法实现了什么样的艺术效果呢？

首先，在故事的表层结构中，"戏中戏"可以推动故事情节的发展。《风的编年史》中，无法言语的 N 每天都会到神山上的祀堂朝拜，他在这一行动背后所进行的言说不仅是"我"也是读者想知道的，直到查到了关于 N 的家族也就是 N 的祖父遇害的这段历史故事之后才解开了谜团。《万延元年的足球队》中，鹰四的一生都在模仿曾祖父的弟弟，他参加学生运动、领导村民进行暴动，都是在万延元年的暴动的启示下开展的。最后鹰四选择自杀在一定程度上也是受到了曾祖父的弟弟背叛革命的影响。

其次，在故事的深层结构中，"戏中戏"起到了彰显和拓深故事主题意蕴的作用。《风的编年史》中，祀堂消失的故事揭示了日本统治者为了控制国民的思想意识，将天皇确立为唯一而且是绝对的信仰崇拜，废止了与之相异的信仰设施。小说借此讽喻了现代日本国家政权为了维护资本主义生产关系，镇压左翼势力、禁锢国民思想的行为。《万延元年的足球队》中，"我"经过多方考证之后得知，曾祖父的弟弟在暴动之后并没有抛弃兄弟独自逃走，而是在家宅的地下室里自我幽闭了二十年。这一发现给鹰四的自杀赋予了新的注脚，他并不是要以自杀求得永生和原谅，而是以自己的勇敢超越了心中的地狱，最后一次实践了他的英雄主义幻想，完成了自我的统一。

最后，"戏中戏"的结构还发挥了创伤叙事的效果。创伤叙事旨在通过创伤人物对创伤经历的回忆，找到创伤的症结，给予创伤经验以意义，帮助创伤人物恢复被创伤中止的时间历程，恢复他们与集体、世界的联系。也就是说，小说家不仅要建构创伤场景，让创伤人物重返创伤发生的历史瞬间，关键还要帮助创伤人物找到创伤的症结，使创伤得以医治。并且，安妮·怀特海德在《创伤小说》中指出："小说家们常常发现创伤的冲击力只有通过模仿它的形式和症状才能得到充分表达，因此时间性和年代学崩溃了，叙事的特征表现为重复和间接性。"① 《风的编年史》和《万延元年的足球队》中的"戏中戏"结构均呈现出情节借用的特征，也就是两个故事中的情节相似，人物命运表现出同向发展的趋势。并且，故事中的故事构成了对主故事的隐喻。这样，小说家便可以从与创伤事件相似的另一故事中找到创伤的症结，使创伤得到抚慰。《万延元年的足球队》中，曾祖父弟弟的逃跑就是对鹰四的创伤症结的模仿和隐喻，当曾祖父弟弟没有逃跑的真相被揭露之后，也即完成了对鹰四创伤的抚慰和治疗。

---

① ［英］安妮·怀特海德. 创伤小说［M］. 李敏译. 开封：河南大学出版社，2011：3.

结　语

二战以后，日本左翼文学在战前日本无产阶级文学的基础上，以民主主义文学的名义复苏，之后伴随着日本55年政党体制（日本政坛自1955年出现的一种体制）的形成，以及民主主义运动、反战运动、安保斗争、新左翼运动、全共斗学潮等左翼运动的风起云涌，日本左翼文坛上相继诞生了许多与这些左翼运动相关的文学作品。具体可分为民主解放题材、战争体验题材、美军基地题材、党内生活题材、学生运动题材五类题材。本文在文本细读的基础上，通过社会历史批评的方法，考察了日本战后左翼文学中的战败书写、军营书写、基地书写、日共书写和学运书写，揭示了作品中所反映出来的战后日本的社会历史与社会现实。同时，运用西方马克思主义、后殖民主义、存在主义、女性主义等多种批评方法深入挖掘了日本战后左翼文学的思想内涵。另外，还结合叙事学理论剖析和总结了日本战后左翼文学的艺术创作方法。

　　在内容上，日本战后左翼文学深入反映了日本战后的社会现实，包括日本战后的社会现状以及左翼运动、左翼政党的发展情况。例如，民主解放题材左翼文学细致描绘了二战战败以后日本的城市景象，反映了战争给日本本国所造成的毁灭性破坏。同时还描写了日本工农在共产党领导下所开展的民主解放斗争。战争体验题材左翼文学刻画了士兵的反战、厌战心理，揭露了军营中的非人道制度和政治腐败，以及日军在被侵略国的加害行为。美军基地题材左翼文学揭发了美军基地建设所引发的各种社会问题，并刻画与反思了日本人民的反美斗争。还有，党内生活题材左翼文学反映了日本共产党在战后所面临的现实困境。学生运动题材左翼文学作品描写了革命青年在学运中的经历和体验。

在思想上，日本战后左翼文学从左翼立场出发，对造成日本战后现实问题的社会体制、政治制度进行了尖锐批判，体现出了强烈的底层关怀和政治批判意识。例如，民主解放题材左翼文学批驳了战时日本法西斯政府的极权主义统治，表达了对民主政治的诉求；同时还对战争进行了深刻反省，将战争责任归咎为战时日本法西斯政府的极权统治以及日本的天皇专制制度，极力宣扬民主启蒙思想，以铲除日本民族心理中的封建思想和军国主义毒瘤。战争体验题材左翼文学揭露了日本法西斯独裁政权发动战争的政治本质，批判了战争得以维持背后的生命政治和阶级剥削，表达了对底层人民的关怀。美军基地题材的左翼文学辛辣讽刺了日本政府卖国求荣的外交政治。党内生活题材左翼文学对日本既成左翼的实践模式发出了质疑和批判之音，体现出了革命人道主义和新左翼的精神思想。学生运动题材左翼文学以缅怀青春的形式表达对革命精神的颂扬，同时还通过学运的败北对日本的整个日本现代性社会制度进行了反思和鞭笞。

在艺术手法上，日本战后左翼文学采取了创伤叙事、荒诞叙事、情节反转、复调叙述、文体杂糅、戏中戏等多种叙事技巧，将个人生命书写与历史宏大叙事交融起来，注重从革命发展中真实地、历史地、具体地描写现实，反映现实生活的本质。例如，民主解放题材左翼文学采取了人道主义、启蒙叙事、革命现实主义等多种叙事方法，增强了作品的战争反思和思想启蒙的效果。战争体验题材的左翼文学采取了宏大叙事的个体化表达的方式，通过个人化的叙事来表现宏大的反战主题，实现了个人生命书写与历史宏大叙事的交融与同构。美军基地题材的左翼文学采取了情节反转和荒诞叙事等许多叙事策略来表现对日本人民以及冲绳人民面对美军基地修建问题时的主体性缺失问题，具有极强的艺术张力和讽刺效果。党内生活为题材的左翼文学以最低限度的政治性和最高限度的真实性为准则，极为注重生活的真实性。还以双声部复调叙述和小叙事等方式，克服了传统的"唯物辩证法创作"，实现了向新写实主义的探索与回归。学生运动题材的左翼文学运用了创伤叙事的手法，通过为革命者的创伤经验赋予意义，来帮助创伤人物恢复被创伤中断的时间历程，实现自我的统一，使创伤得以医治。

综上所述，日本战后左翼文学呈现出以下几点特征：首先，日本战后左翼文学与日本左翼运动紧密相关，深刻反映了日本战后的社会现实以及左翼运动、左翼政党的发展情况。其次，作为资本主义国家的左翼文学，日本战后左翼文学是在更为复杂的环境下发展起来的，因此它自身带有矛盾性。一方面它具有着敢于把矛头指向任何违背"平等、自由"理念的一方甚至包括自己的批判精神，体现出了真正彻底的左翼姿态。另一方面，它又缺乏革命斗争的思想，表现出学院左翼的倾向，具有一定的局限性和不彻底性。还有，在创作方法上，日本战后左翼文学反思了战前日本无产阶级文学中模式化、公式化的弊病，极力试图突破文艺在战前与政治之间机械和庸俗的关系。另外，随着现代主义、后现代主义文学思想的普及，以及西方新马克思主义理论的传入，日本战后左翼文学吸收了新左翼、后现代的思想精髓和创作手法，展现出了丰富的思想内涵和艺术特征。

回溯日本左翼文学的历史，由于受到日本国内资本主义政治意识形态的控制，日本的左翼文学无论是在战前还是战后，都是在极其艰难的环境中形成和发展起来的。在日本文学史的叙述中左翼文学也一直处于边缘位置。但是，它的命运就与日本共产党一样，虽然经历了艰难反复的历程，却至今仍然在日本社会中涌动推进。研究战后日本左翼文学，有利于我们认清日本战后的历史真相和当前的社会现实，同时对于促使日本正视本国乃至亚洲的历史具有重要意义。另外，也对于全世界人民抵抗霸权和暴力，维护和平，发扬人道主义精神具有启示性价值。

参考文献

一、文学作品

[1]宫本百合子．播州平原[M]．叔昌译．∥宫本百合子选集 第三卷．人民文学出版社,1959 年:1—158.

[2]佐多稻子．树影[M]．文洁若译．长沙:湖南人民出版社,1980.

[3]佐多稻子．私の東京地図[M]．東京：講談社文庫, 1972.

[4]德永直．静静的群山(第一部)[M]．萧萧译．北京:作家出版社,1956.

[5]德永直．静静的群山(第二部)[M]．萧萧译．北京:作家出版社,1956.

[6]宫本百合子．知风草[M]．张梦麟译．∥宫本百合子选集(第三卷)．北京:人民文学出版社,1959:159—221.

[7]德永直．妻呵,安息吧[M]．周丰一译．上海:上海文艺出版社,1961.

[8]壶井荣．二十四颗眼珠[M]．孙青译．北京:新文艺出版社,1956:135.

[9]中野重治．五勺の酒[M]．∥大岡昇平・平野謙・佐々木基一．現代文学の発見〈第四卷〉政治と文学．東京：学芸書林,1968：9—30.

[10]野间宏．真空地带[M]．肖肖译．北京:人民文学出版社,1956.

[11]大冈升平．野火[M]．王杞元、金强译．北京:昆仑出版社,1987.

[12]梅崎春生．樱岛[M]．包容译．∥日本当代小说选(上)．北京:外国文学出版社,1981:84—143.

[13]大西巨人．神聖喜劇（第一卷）[M]．東京：光文社文庫, 2015.

[14]大西巨人．神聖喜劇（第二卷）[M]．東京：光文社文庫, 2015.

［15］大西巨人．神聖喜劇（第三卷）［M］．東京：光文社文庫，2015.

［16］大西巨人．神聖喜劇（第四卷）［M］．東京：光文社文庫，2015.

［17］大西巨人．神聖喜劇（第五卷）［M］．東京：光文社文庫，2015.

［18］堀田善衛．時間［M］．東京：岩波現代文庫，2015.

［19］霜多正次．冲绳［M］．∥中央人民广播电台文教科学编辑部编．阅读与欣赏 第3集(外国文学部分)．北京：北京出版社，1964.

［20］有吉佐和子．暗流［M］．梅韬译．北京：中国文艺联合出版公司，1984.

［21］西野辰吉．不下蛋［M］．文学朴译．∥日本当代小说选(上)．北京：外国文学出版社，1981：522—533.

［22］德永直．在军事基地旁边［M］．王振仁、李克异译．∥人民文学，1954，(2).

［23］西野辰吉．美系日人［M］．周作人译．∥周作人译文全集·第八卷．上海：上海人民出版社，2013：588—600.

［24］西野辰吉．烙印［M］．周作人译．∥周作人译文全集·第八卷．上海：上海人民出版社，2013：601—611.

［25］霜多正次．守礼之门［M］．迟叔昌译．北京：作家出版社，1964.

［26］霜多正次．冲绳岛［M］．金福译．上海：上海文艺出版社．1963.

［27］大江健三郎．人間の羊［M］．∥大江健三郎自選短編．東京：岩波書店，2014.

［28］大江健三郎．人羊［M］．李庆国译．∥人羊：大江健三郎作品集．杭州：浙江文艺出版社，2000.

［29］大城立裕．カクテル・パーティー［M］．東京：岩波現代文庫，2011.

［30］井上光晴．書かれざる一章［M］．∥大岡昇平・平野謙・佐々木基一．現代文学の発見〈第四卷〉政治と文学．学芸書林，1968：225—246.

［31］大西巨人．天路の奈落［M］．東京：講談社，1984.

［32］佐多稲子．塑像［M］．∥佐多稲子全集（第十二卷）．東京：講談社，1978：165—307.

［33］佐多稲子．渓流［M］．∥佐多稲子全集（第十二卷）．東京：講談社，

1978：5—164.

　　[34]村上龙．69 Sixtynine[M].董方译．上海：上海文艺出版社,2009.

　　[35]桐山襲．スターバト・マーテル[M].東京：河出書房新社,1986.

　　[36]柴田翔．されどわれらが日々ー[M].東京：文藝春秋新社,1964.

　　[37]桐山襲．風のクロニクル[M].東京：河出書房新社,1985.

　　[38]大江健三郎．万延元年的足球队[M].于长敏、王新新译．北京：光明日报出版社,1995.

　　[39]高橋和巳．わが解体[M].東京：河出書房新社,1971.

　　[40]高橋和巳．憂鬱なる党派[M].//高橋和巳作品集 3.東京：河出書房新社,1972.

　　[41]高橋和巳．憂鬱なる党派[M].//高橋和巳作品集 3.東京：河出書房新社,1972.

二、日文文献

(一)単行本

　　[1]浅羽通明．右翼と左翼[M].東京：幻冬社,2006 年.

　　[2]磯田光一．左翼がサヨクになるときーある時代の精神史[M].東京：集英社,1987 年.

　　[3]松原新一．戦後日本文学史・年表[M].東京：講談社,1977 年.

　　[4]川村湊．戦後文学を問う：その体験と理念[M].東京：岩波書店,1995 年.

　　[5]宮本顕治．「敗北」の文学[M].東京：新日本出版社,1976 年.

　　[6]磯田光一．戦後史の空間[M].東京：新潮文庫,2000 年.

　　[7]本多秋五．物語・戦後文学史[M].東京：岩波書店,2005 年.

　　[8]思想運動研究所．人物・戦後左翼文学運動史[M].東京：全貌社,1969 年.

　　[9]大岡昇平．対談：戦争と文学と[M].東京：文藝春秋,2015 年.

　　[10]鈴木英生．新左翼とロスジェネ[M].東京：集英社,2009 年.

［11］島田雅彦．優しいサヨクの復活［M］．東京：PHP 研究所,2015 年．

［12］津田孝．民主主義文学論［M］．東京：新日本出版社,1966 年．

［13］津田孝．民主主義文学とは何か：文学運動と作家・作品論［M］．
東京：新日本出版社,1987 年．

［14］日本民主主義文学同盟．民主主義文学運動の歴史と理論［M］．京
都：青磁社,1981 年．

［15］鶴岡征雄．私の出会った作家たち：民主主義文学運動の中で［M］．
東京：本の泉社,2014 年．

［16］日本文学研究資料刊行会．中野重治・宮本百合子(日本文学研究
資料叢書)［M］．京都：有精堂出版,1981 年．

［17］竹内栄美子．戦後日本:中野重治という良心［M］．東京：平凡社,
2009 年．

［18］北川秋雄．佐多稲子研究［M］．東京：双文社,1993 年．

［19］小熊英二．1968（上、下）［M］．東京：新耀社,2009 年．

［20］太田代志朗．高橋和巳序説:わが遥かなる日々の宴［M］．林道舎,
1998 年．

［21］黒古一夫．祝祭と修羅：全共闘文学論［M］．東京：彩流社,1985.

(二)论文和杂志特集

［1］岡崎正道．日本の左翼と右翼の源流［J］．言語と文化・文学の諸
相,2008(03).

［2］平野謙．左翼文学［J］．群像,1963,18(10).

［3］本多秋五．左翼文学は不毛か［J］．群像,1956,11(11).

［4］高橋義孝．左翼文学はなぜ不毛か［J］．群像,1956,11(6).

［5］霜多正次、津田孝、佐藤静夫．戦後文学 30 年［J］．民主文学,
1975,110(1).

［6］平林一．民主主義文学運動：問題論的に［J］．日本文学,1963,12(7).

［7］沼沢和子．宮本百合子:戦後の出発の時期の問題［J］．日本文学,
1977,26(12).

［8］沼沢和子．宮本百合子の十二年［J］．日本文学,1990,39(11).

［9］北田幸恵．宮本百合子の〈戦後〉:「播州平野」「二つの庭」を中心に［J］．日本文学,1989,38(6).

［10］久野通広．宮本百合子のリアリズム論と民主主義文学［J］．民主文学,2011,546(4).

［11］渡邊澄子．百合子と反戦、平和［J］．国文学,2006,26(12).

［12］阿武隈翠．『播州平野』に見る戦後［J］．民主文学,2003,39(11).

［13］沢田章子．今日の課題から読む「播州平野」［J］．民主文学,1999,38(6).

［14］沢田章子．「歴史の悶絶の瞬間」から――宮本百合子の「播州平野」［J］．民主文学,1994,345(8).

［15］伊豆利彦．「播州平野」と「風知草」――戦後の原点に学ぶ［J］．民主文学,1996,26(12).

［16］津田孝．「播州平野」「風知草」論［J］．民主文学,1971,39(11).

［17］小原元．『播州平野』と戦後民主主義文学の出発［J］．民主文学,1966,38(6).

［18］小林裕子．佐多稲子との対話:イデオロギーと倫理の差［J］．日本文学誌要,1999,60(7).

［19］後藤直．ユニークな反戦文学・壺井栄「二十四の瞳」［J］．民主文学,1967,16(3).

［20］綾目広治．「雨の降る品川駅」から「五勺の酒」へ――中野重治と天皇制［J］．社会文学,2000,39(11).

［21］直原弘道．『五勺の酒』再々論［J］．新日本文学,1999,38(6).

［22］竹内栄美子．内なる鞭声:「五勺の酒」「批評の人間性」の中野重治［J］．日本文学,1991,40(8).

［23］塩見鮮一郎．文学の中の帝国陸軍――「真空地帯」と「神聖喜劇」［J］．現代の眼,1980,21(11).

［24］田坂昂．「真空地帯」――政治と文学の眼［J］．現代の眼,1979,20(10).

[25]藤田明史．大西巨人著『神聖喜劇』に見える非暴力抵抗の思想：平和学からの考察[J]．大阪女学院短期大学紀要，2016(46)．

[26]山口直孝．内破のコミュニズム：大西巨人『神聖喜劇』の基底思考[J]．社会評論，2015(179)．

[27]太田哲男．大西巨人『神聖喜劇』をめぐって——東堂太郎の記憶力と反戦の論理[J]．桜美林世界文学，2007(3)．

[28]立野正裕．日本庶民兵士の二重性——『神聖喜劇』と根底的不同意の精神[J]．社会評論，1998，24(3)．

[29]堀厳．『神聖喜劇』と戦闘的個人主義——テーマ・構成・文章体の統一と美的緊張感[J]．社会評論，1998，24(2)．

[30]中村勝利．一人称小説における語りの重層性——大岡昇平「野火」を例として[J]．名城大学人文紀要，1990，25(2)．

[31]立尾真士．「死者は生きている」——大岡昇平『野火』論[J]．日本近代文学，2007，77(11)．

[32]野田康文．戦争体験の記憶と記録——大岡昇平『野火』文体論[J]．福岡大学大学院論集，2001，33(1)．

[33]鶴岡征雄．梅崎春生の戦争と文学：「桜島」について[J]．民主文学，2014，586(8)．

[34]戸塚麻子．梅崎春生『桜島』：戦争体験とイロニーの発現[J]．日本文学誌要，1997，56(7)．

[35]神子島健．思想的課題としての南京事件：堀田善衛『時間』の問いかけ[J]．世界，2017，902(12)．

[36]小原耕一．霜多正次の文学と思想における「ポストコロニアル」の位相[J]．葦牙，2008，34(7)．

[37]篠原茂．新しいリアリズム文学の誕生・霜多正次「沖縄島」[J]．民主文学，1967，20(7)．

[38]稲沢潤子．西野辰吉「米系日人」「C町でのノート」の方法[J]．民主文学，2017，617(2)．

[39]銘苅純一．喋る傷口：大城立裕「カクテル・パーティー」論[J]．

社会文学,2014(39).

　　[40]江口真規.らしゃめんの変容と戦後占領期文学における羊の表象:高見順『敗戦日記』.大江健三郎「人間の羊」を中心に[J].文学研究論集,2015(33).

　　[41]栗原幸夫.大西巨人の「天路の奈落」を読む[J].新日本文学,1984,39(8).

　　[42]新船海三郎.「歴程」から「奈落」へ——大西巨人「天路の奈落」批判[J].民主文学,1984,226(9).

　　[43]湯地朝雄.佐多稲子の「我が家」の問題——「渓流」と「塑像」[J].新日本文学,1978,33(11).

　　[44]北川秋雄.佐多稲子「塑像」私注:階級的と、人間的ということ[J].姫路独協大学外国語学部紀要,2013,26(3).

　　[45]北川秋雄.佐多稲子「渓流」私注:三つの家と背後の闇[J].姫路独協大学外国語学部紀要,2012,25(3).

　　[46]飯野博.「諦念」を歌うな——柴田翔「されどわれらが日々」を中心に[J].文化評論,1964,36(10).

　　[47]山内洋.されど「われら」が内実:半世紀後の『されどわれらが日々』論[J].季刊文科,2016,69(8).

　　[48]松本健一.学生運動という青春——柴田翔「されどわれらが日々」[J].新潮,1988,85(12).

　　[49]新船海三郎.小説のなかの「サヨク」——桐山襲・島田雅彦批判[J].民主文学,1984,220(03).

　　[50]小林祥一郎.六十年代の暴動派と傍観派——大江健三郎「万延元年のフットボール」批判[J].新日本文学,1967,22(9).

　　[51]真継伸彦.わが解体:高橋和巳の抱えていたもの[J].日本文学誌要・臨巻,1974(9).

(三)论文特集

　　[1]特集 戦後文学の再検討[C].国文学:解釈と鑑賞,2005,(11).

［2］特集 戦後文学の源流［C］. 国文学：解釈と鑑賞,1970,(8).

［3］特集 戦後文学［C］. 国文学：解釈と鑑賞,1962,(5).

［4］特集 左翼文学は果たして芸術か［C］. 国文学：解釈と鑑賞,1961,(9).

［5］特集 高橋和巳が問いかけるもの［C］. 国文学：解釈と教材の研究,1978,23(1).

［6］特集 高橋和巳を弔う特集号［C］. 人間として,1971,(6).

三、英文文献

(一)英文专著

［1］Heather Bowen-struyk, Norma Field. *For Dignity, Justice, and Revolution: An Anthology of Japanese Proletarian Literature*［M］. Univ of Chicago Pr,2016.

［2］Ruth Barraclough, Heather Bowen-struyk, Paula Rabinowitz. *Red Love Across the Pacific: Political and Sexual Revolutions in the Twentieth Century*［M］. Palgrave Macmillan,2015.

［3］George Tyson Shea. *Leftwing literature in Japan: A brief history of the proletarian literary movement*［M］. Univ of Hosei Pr,1964.

(二)英文论文

［1］Heather Bowen-struyk. Proletarian Arts in East Asia［J］. *The Asia-Pacific Journal*,April,2007.

四、中文文献

(一)单行本及译著

［1］［日］吉田精一. 现代日本文学史［M］. 齐干译. 上海：上海人民出版社,1976.

［2］辞海8(第六版典藏本)［M］. 上海：上海辞书出版社.2009.

［3］［意］吉奥乔·阿甘本. 神圣人：至高权力与赤裸生命［M］. 吴冠军

译．北京:中央编译出版社,2016.

[4]中国大百科全书30(第二版)[M]．北京:中国大百科全书出版社.2009.

[5]吴岳添．法国现当代左翼文学[M]．湘潭:湘潭大学出版社.2007.

[6][日]长谷川泉．日本战后文学史[M]．李丹明译．北京:生活·读书·新知三联书店,1989.

[7]曹志明．日本战后文学史[M]．北京:人民出版社,2010.

[8]叶渭渠、唐月梅．日本现代文学思潮史[M]．北京:中国华侨出版社,1991.

[9]叶渭渠、唐月梅.20世纪日本文学史[M]．青岛:青岛出版社,1998.

[10]叶渭渠、唐月梅．日本文学史·近代卷[M]．北京:经济日报出版社,2000.

[11]叶渭渠、唐月梅．日本文学史·现代卷[M]．北京:经济日报出版社,2000.

[12]杨国华．日本当代文学史[M]．上海:上海三联出版社,2011.

[13]林伟民．中国左翼文学思潮[M]．上海:华东师范大学出版社,2005.

[14]刘春英．日本女性文学史[M]．北京:商务印书馆,2012.

[15]刘海波.20世纪中国左翼文论研究[M]．北京:光明日报出版社,2007.

[16]方维保．红色意义的生成——20世纪中国左翼文学研究[M]．合肥:安徽教育出版社,2004.

[17]刘炳范．战后日本文化与战争认知研究[M]．北京:中国社会科学出版社,2003.

[18]王岳川．后殖民主义和新历史主义文论[M]．济南:山东教育出版社,2001.

[19]张京媛．新历史主义与文学批评[M]．北京:北京大学出版社,1993.

[20]赵京华．日本后现代与知识左翼[M]．北京:生活·读书·新知三

联书店,2007.

[21]吕庆广. 战后美国左翼政治文化历史、理论与实践[M]. 北京:社会科学文献出版社,2015.

[22][美]约翰·W.道尔. 拥抱战败[M]. 胡博译. 北京:生活·读书·新知三联书店,2008.

[23][苏]罗·伊·卢基扬诺娃. 第二次世界大战期间的日本垄断资本[M]. 北京:商务印书馆,1959.

[24]杜德斌主编. 世界经济地理[M]. 北京:高等教育出版社,2009.

[25]解放军总政治部宣传部、人民日报社国内政治部编. 记住这段历史[M]. 北京:解放军出版社,1995.

[26]徐志民. 战后日本人的战争责任认识研究[M]. 北京:社会科学文献出版社,2012.

[27]安平. 胜利日[M]. 北京:华文出版社,2015.

[28][法]米歇尔·福柯. 规训与惩罚:监狱的诞生[M]. 刘北成、杨远婴译. 北京:生活·读书·新知三联书店,2003.

[29]杨晓、杨飏. 矛与盾:近代日本民族教育之管窥[M]. 北京:知识产权出版社,2015.

[30]吉林人民出版社编. 日本问题译丛(第2辑)[M]. 长春:吉林人民出版社,1979.

[31]冯平、刘东岳、牛江涛主编. 世界文学百科之四:亚非现代著名作家[M]. 北京:中国环境科学出版社,2006.

[32]李德纯. 战后日本文学史论[M]. 北京:译林出版社,2010.

[33]莫琼莎. 野间宏文学研究——以"全体小说"创作为中心[M]. 天津:南开大学出版社,2012.

[34][日]田中正俊. 战中战后:战争体验与日本的中国研究[M]. 罗福惠、刘大兰译. 广州:广东人民出版社,2005.

[35]陈雷. 经济与战争:抗日战争时期的统制经济[M]. 合肥:合肥工业大学出版社,2008.

[35]丁建弘、孙仁宗. 世界史手册[M]. 杭州:浙江人民出版社,1988.

[36]孙先科．叙述的意味[M]．北京:经济日报出版,2000.

[37]崔道怡．"冰山"理论:对话与潜对话[M]．北京:工人出版社,1986.

[38]丁跃斌．战后冲绳文学的创伤书写[M]．南京:南京大学出版社,2020.

[39][美]爱德华·W. 萨义德．东方学[M]．王宇根译．北京:生活·读书·新知三联书店,1999.

[40][日]福井绅一．重读日本战后史[M]．王小燕、傅颖译．北京:生活·读书·新知三联书店,2016.

[41]徐万胜．当代日本安全保障[M]．天津:南开大学出版社,2015.

[42]周明、李巍．东瀛之刀:日本自卫队[M]．上海:上海社会科学院出版社,2015.

[43][美]马尔库塞．单面人[M]．左晓斯等译．长沙:湖南人民出版社,1988.

[44][美]威廉·巴雷特．非理性的人——存在主义哲学研究[M]．杨照明、艾平译．北京:商务印书馆,1995.

[45][英]以赛亚·伯林．自由论[M]．胡传胜译．北京:译林出版社,2003.

[46]陈国灿、于逢春．环东海文明互动与东亚区域格局研究[M]．北京:中国商务出版社,2018.

[47]计璧瑞．被殖民者的精神印记[M]．厦门:厦门大学出版社,2010.

[48][法]热拉尔·热奈特．叙事话语[M]．王文融译．北京:中国社会科学出版社,1990.

[49]钱中文主编．巴赫金全集 第 3 卷[M]．石家庄:河北教育出版社,2009.

[50]靳明全．中国现代作家与日本[M]．济南:山东文艺出版社,1993.

[51]吴冠军．第十一论纲介入日常生活的学术[M]．北京:商务印书馆,2015.

[52]孔庆升．中国现代戏剧思潮史(下卷)[M]．北京:人民日报出版社,2014.

［53］［美］埃里希·弗罗姆．逃避自由［M］．刘林海译．北京：国际文化出版公司,2007.

［54］钢花．“国家与资本”关系的政治经济学分析［M］．北京：经济管理出版社,2015.

［55］［法］萨特．存在与虚无［M］．陈宣良等译．北京：生活·读书·新知三联书店,1997.

［56］［英］安妮·怀特海德．创伤小说［M］．李敏译．开封：河南大学出版社,2011.

［57］范湘萍．后经典叙事语境下的美国新现实主义小说研究［M］．上海：上海交通大学出版社,2015.

［58］孔瑞．“后9.11”小说的创伤研究［M］．北京：北京交通大学出版社,2015.

［59］李凤亮．诗·思·史：冲突与融合米兰·昆德拉小说诗学引论［M］．北京：商务印书馆,2006.

［60］［美］韦恩·布斯．小说修辞学［M］．华明、胡晓苏、周宪译．北京：北京联合出版公司,2017.

［61］［法］米兰·昆德拉．小说的艺术［M］．尉迟秀译．上海：上海译文出版社,2019.

［62］［日］子安宣邦．日本现代思想批判［M］．赵京华译．上海：上海译文出版社,2017.

［63］［法］于尔根·哈贝马斯．现代性的哲学话语［M］．曹卫东译．北京：译林出版社,2011.

［64］汪民安．现代性［M］．南京：南京大学出版社,2020.

［65］王晓升．走出现代性的困境：法兰克福学派现代性批判理论研究［M］．南京：江苏人民出版社,2021.

［66］刘擎．西方现代思想讲义［M］．北京：新星出版社,2021.

(二)期刊论文

［1］李俄宪．社会文学：日本左翼文学的滥觞［J］．外国文学研究,2010,(6).

［2］小堀真裕、张俊跃．当今日本社会中的马克思主义与左翼运动——迟来的"再分配"政治的走向［J］．学海,2011,（2）．

［3］季亚娅．"左翼文学"传统的复苏和它的力量——评曹征路的小说《那儿》［J］．文艺理论与批评,2005,（1）．

［4］王新生．战后日本社会思潮的演变及其对政治体制的影响［J］．日本学刊,1993,（12）．

［5］崔世广．战后日本社会思潮的变迁［J］．当代世界,2013,（8）．

［6］曹清华．何为左翼,如何传统——"左翼文学"的所指［J］．学术月刊,2008,（1）．

［7］刘霞、李俄宪．日本左翼文学在中国的研究现状［J］．外国语言文学文化论丛,2012,（3）．

［8］刘炳范．日本战后左翼文学批判研究［J］．日本研究,2001,（3）．

［9］姚远．日本市民运动的历史演进和当代转型［J］．学海,2014,（6）．

［10］凌晨光．历史与文学——论新历史主义文学批评［J］．江海学刊,2001,（1）．

［11］唐月梅．日本无产阶级文学理论的形成与发展［J］．日本学刊,1991,（5）．

［12］平献明．略论日本无产阶级文学运动［J］．日本研究,1990,（1）．

［13］丁瑞媛．日本无产阶级文学思潮的理论建构与历史演进［J］．马克思主义美学研究,2008,（2）．

［14］黄万华．战后中国左翼文学的三种形态及其文学史意义［J］．文史哲,2013,（3）．

［15］张义素．日本军国主义教育及对国民意识的影响［J］．日本学刊,2005,（4）．

［16］刘炳范．基于民族主义的矛盾性——战后日本文学战争反思主题评析［J］．济南大学学报,2012（6）．

［17］周异夫．战后初期日本文坛的战争反思［J］．社会科学战线,2015,（5）．

［18］孙树林．战后日本民主主义文学［J］．日语知识,2000,（4）．

［19］赵仲明．战后日本民主主义文学的历史回顾［J］．当代外国文学,

2001,（1）.

　　［20］陈静．论佐多稻子的文学特点［J］.辽宁广播电视大学学报,2015,（1）.

　　［21］刘立善．论野间宏作品的反战特色［J］.日本研究,2014,（2）.

　　［22］刘炳范．野间宏小说的战争认知［J］.日本学论坛,2005,（C1）.

　　［23］杨国华．一部揭露日本军队内幕的不朽作品——重读野间宏的《真空地带》［J］.外语与翻译,2010,（4）.

　　［24］缪伟群．野间宏的文学观［J］.日本学论坛,1985,（2）.

　　［25］王志．近代日本陆军军阶制度及其特征［J］.东北亚研究,2014,（1）.

　　［26］何建军．日本战后派作家的战争体验和文学创作［J］.日语教育与日本学研究,2014.

　　［27］陆贵山．新历史主义文艺思潮解析［J］.中国人民大学学报,2005,（5）.

　　［28］刘继明、旷新年．新左翼文学与当前思想境况［J］.黄河文学,2007,（3）.

　　［29］丁文俊．记忆与对话．子安宣邦视域下的“交往共同体”［J］.东莞理工学院学报,2016,（4）.

　　［30］史桂芳．日本国内战争狂热的形成及原因［J］.浙江师范大学学报,2015,（6）.

　　［31］陈红旗．民族危难、左翼立场与战火中的生死感悟——左翼文学演变的一种精神轨迹［J］.汉语言文学研究,2016,（1）.

　　［32］大西巨人、川村凑．追问战后文学的有效性［J］.谭晶华译．外国文艺,1996,（5）.

　　［33］周和军．空间与权力——福柯空间观解析［J］.江西社会科学,2007,（4）.

　　［34］章霞．日本战后派作家堀田善卫之研究初探［J］.青年文学家,2015,（27）.

　　［35］章霞．作为一种反思的“上海体验”:浅析堀田善卫文学思想的形成与发展［J］.日语教育与日本学研究,2011.

　　［36］徐静波.《时间》:堀田善卫对南京大屠杀的解读及对中日关系的思考［J］.日本问题研究,2013,（4）.

　　［37］林方．日本——美国的军事基地和殖民地［J］.世界知识,1953.

[38]徐静波.战后七十年日本人内心为何纠结[J].学习月刊,2015,(17).

[39]胡亚宁.浅析大江健三郎的作品《人羊》[J].西江文艺(下半月),2015,(11).

[40]霍士富.鲁迅与大江健三郎文学中的审美思想比较——以"狗""羊""狼"为隐喻[J].西北大学学报,2013(3).

[41]韩振江.当代"激进左翼"的理论特征与定位——以齐泽克、巴迪欧和阿甘本为例[J].理论探讨,2016(4).

[42]杨珍珍、高西峰."弱"与"强"的碰撞与共生:有吉佐和子《海暗》论[J].日语教育与日本学,2015,(1).

[43]柳广利.有吉佐和子《暖流》刍议[J].艺术广角,2009,(6).

[44]奥野健男、赵安博.有吉佐和子的文学生平[J].日本文学,1987,(4).

[45]池田大作、卞立强.我以"人"的名义写作:忆有吉佐和子女士[J].作家,2003,(8).

[46]张一兵.广松涉:日本新马克思主义的奠基者[J].马克思主义研究,2009(1).

[47]藏原惟人.再论新写实主义[J].之本译.拓荒者,1930(1—5).

[48]陈治桃、赵凯荣.理论批判·现实批判·自我批判——马克思主义哲学的功能特征及生命力[J].马克思主义研究,1989,(3).

[49]张之沧.再论马克思的人道主义[J].河北学刊,2008,(1).

[50]崔丽华.试论人本主义总体性的特征[J].长春师范学院学报,2010,(11).

[51]尚文.关于新写实主义[J].文艺理论与批评,1992,(4).

[52]蔡清富.鲁迅怎样看待"唯物辩证法的创作方法"[J].沈阳师范学院学报,1987,(3).

[53]姜飞.左右同源:新文学史上的新写实主义[J].四川大学学报,2012,(1).

[54]吴国群.左翼文艺运动中的"新写实主义"[J].杭州师范学院学报,1990,(4).

[55]王智慧.福本和夫主义、新写实主义之于中国"革命文学"[J].山

东社会科学,2004,(5).

[56]王新生."全学联"与战后日本学生运动[J].大连大学学报,2012,(2).

[57]郭永玉."逃避自由说"的文本解读[J].华中师范大学学报,1997,(9).

[58]俞伯灵.自由的悖论——重读弗洛姆的《逃避自由》[J].浙江社会科学,2003,(4).

[59]胡志昂.高桥和巳创作思想及其作品浅析[J].外国文学报道,1984,(5).

[60]陈泓."作为人的忧郁"——高桥和巳的文学及其周边[J].日本研究,1991,(3).

[61]戴燕.遇见高桥和巳:文学、学术与现实、历史的叠影[J].读书,2011,(11).

[62]刘帅一.论创伤记忆及其文学呈现[J].广东外语外贸大学学报,2017,(5).

[63]胡健生."戏中戏"在戏剧艺术中的运用[J].民族艺术研究,2000,(1).

[64]胡健生.漫谈戏剧中的"戏中戏"[J].齐鲁艺苑,2000,(2).

[65]杨惠."戏中戏"与延宕技巧——论张恨水小说《夜深沉》的电视剧改编中的戏剧元素[J].贵州大学学报(艺术版),2010,(3).

[66]王欣.创伤叙事、见证和创伤文化研究[J].四川大学学报,2013,(5).

[67]洪治纲.集体记忆的重构与现代性的反思——以《南京大屠杀》《金陵十三钗》和《南京安魂曲》为例[J].中国现代文学研究丛刊,2012,(10).

[68]袁庆丰.电影《桃李劫》散论——批判性、阶级性、暴力性与艺术朴素性之共存[J].宁波大学学报,2008,(3).

[69]胡志昂.高桥和巳创作思想及其作品浅析[J].外国文学报道,1984,(5).

[70]黄德志、刘涛.后青春时代的爱情书写——评丁捷新作《依偎》[J].小说评论,2011,(5).

[71]李敏.时间的政治——以"伤痕"和"反思"小说中的创伤叙事为例[J].山东社会科学,2007,(2).

[72]杨永明.左翼文学叙事范式的延展和深化——以"伤痕""反思"小

说为例[J].甘肃社会科学,2015,(6).

（三）博士论文：

[1]于海鹏.宫本百合子文学研究[D].吉林大学,2015.

[2]王学胜."底层文学"批判[D].吉林大学博士论文,2013:82.

[3]林啸轩.大江健三郎文学论——立足边缘,走向共生[D].山东大学,2013.

[4]王新新.大江健三郎的早期文学世界——从战后启蒙到文化批评[D].东北大学,2002.

[5]林进.日本现当代纯文学的风向标:芥川奖小说研究[D].吉林大学,2012.

[6]舒方鸿.战后日本和平主义思想研究[D].中国社会科学院研究生院,2012.

[7]于永妍.反秩序的阿修罗——高桥和巳长篇小说研究[D].上海外国语大学,2019.